KB041161

히츠지 가메이 지음
himesuz 일러스트
김보미 옮김

이세계 마법은
뒤떨어졌다!
2

아노 미즈키

샤나 레이지

티타니아
루트 아스텔

레피르
그라키스

야카기
스이메이

"싫어…… 부탁이야, 보지 마…… 제발……."

"죽음이여, 그대는 나의 천둥 앞에 멸하리……." *Abreq ad Habra*

목차
contents

이세계 마법은 뒤떨어졌다!

2

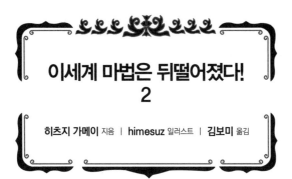

이세계 마법은 뒤떨어졌다!
2

히츠지 가메이 지음 | himesuz 일러스트 | 김보미 옮김

커버 그림, 본문 일러스트 | himesuz

프롤로그

──이 세상에는 마술 연대사로 볼 때도 비교적 새로우며 단연 눈에 띄는 마술 계통으로서 현대 마술 이론이라는 것이 있다.

그 양식은 지금으로부터 약 400년 전인 1600년대에 만들어졌으며, 그 기초는 기존의 모든 마술 이론을 수용한다.

일반적으로 하나의 마술 계통은 하나의 기초 이론으로 이루어지는 것이 은비학(隱秘學)의 상식이다. 근간이 되는 이상과 역사는 하나이며, 관련 종교도 하나다. 카발라, 점성술, 수비술과 같이 유사한 사상에서 탄생한 이론이 합쳐지는 일은 있어도, 별개의 사상에서 탄생한 이론이 합쳐지는 일은 결코 없다. 위치 크래프트, 음양술 등 몇몇 마술을 같은 계열로 정리하여 체계화한 이른바 복합 마술 계통은 논외로 하더라도, 원칙적으로 하나의 마술 계통이 취급하는 기초 이론은 하나로 제한된다.

따라서 마술은 단순하고 제한된 범위의 기술로서 범용성이 결여되어 있기 때문에, 다른 이론을 기초로 한 마술이 필요할 때 그 필요를 충족시킬 수 없는 것이 명백하며, 그 결과 마술의 진화는 정체를 면할 수 없게 된다.

수많은 마술사가 그들의 최종 목표인 아카식 레코드, 일자, 진리, 얼티메이트 게이트(궁극의 문)로 불리는 고차적 위계에 도달할 수 없는 것은 오로지 그런 이유 때문일 것이라고 당대의 마술사들은 추측했다. 그 때문에 1500년대의 마술사들은 이 단일한 마술들을 언제든 일원화할 수 있는 이론이 있다면 기존의 마술이 가진 허점을 보완하여 완전한 마술을 완성할 수 있지 않을까, 비록 현실성 없는 이론일지라도 그것을 추구할 수만 있다면 마술은 지금보다 완벽한 형태로 거듭나지 않을까, 하고 터무니없는 구상을 하게 된다.

그렇게 황당하고 절조 없는 사고에서 탄생한 것이 타계통 마술을 합친 『현대 마술 이론』이다. 그 이론을 다루는 자들이 이른바 현대 마술사이며, 이들은 마술사들 사이에서도 특히 이단으로 취급받는다.

그리고 바야흐로 보병궁 시대로 불리는 현대에, 그 현대 마술 이론을 다루는 한 명의 현대 마술사가 존재한다.

자신의 몸에 짊어진 불행을 떨쳐내지 못한 채 생을 마감한 어머니를 두었으며, 그런 어머니를 지키지 못하고 자그마한 꿈을 좇던 마술사 아버지마저 여의고, 그 아버지의 꿈을 이어받아 갖은 고난에 몸을 내맡긴 채 살아온 소년이다.

그런 소년이 추구해온 것―― 소년의 아버지가 바란 것은 사소한 것이었다. 그렇기에 소년보다 뛰어난 마술사였던 소년의 아버지가 그 바람을 이루는 것은 그리 어렵지 않았을 터.

하지만 소년의 아버지는 끝내 그 바람을 이루지 못했다.

누구나 이룰 수 있는 작은 꿈을. 자신의 주변에만 꽃피는 미소. 단 몇 사람만의 소소한 행복. 하지만 그것은 누구나 바라마지않을 행복이었다. 그러나 결코 아버지에게는, 아버지에게만큼은 허락되지 않은 꿈이었다.

그래서 그날, 소년이 아버지의 바람을 듣던 날, 소년의 아버지는 소년에게 이렇게 말한 것이다.

──높이 날지 않는 새는 크게 떨어지는 법도 없다. 그 낙차에 절망할 일도, 땅에 떨어져 다칠 일도 없지.

행복하게 살고 싶거든 결코 자신의 뒤를 따르는 짓 따위는 하지 말라고, 소년의 아버지는 당부했다.

하지만 소년은 아버지의 말을 따르지 않았다. 그렇다. 소년은 이미 아버지의 등에 매료당한 것이다. 늘 자신의 앞에서 신비와 꿈을 좇아 나아가던 그 눈부신 등을 소년은 동경했다. 자신도 그런 등을 가진 사내와 같은 것을 좇는 마술사가 되겠노라고, 언젠가 되어 보이겠노라고 다짐했다.

그래서 소년은 쉬지 않고 달려왔다. 아버지가 바라 마지 않았던 꿈이 이 험한 길 끝에 반드시 존재할 거라 굳게 믿으면서.

──그리고 그 소년은 지금 그런 꿈과는 전혀 연이 없는 곳에 와 있다.

그곳은 소년이 있던 현대가 아닌 소년, 소녀의 몽상 속에서나 등장할 법한 세계이며, 용사가 있고, 마왕이 있고, 검과 마법이 당연하다는 듯이 존재하는 그런 이야기 속 같은 세계이다. 소년이 목표로 하는 것, 소년이 추구했던 것, 소년이 맹세했던 것, 소년이 지켜야 하는 것 따위는 하나도 존재하지 않는 그런 곳이다.

마술사가 활개를 치는 살벌한 세계에서 벗어나 잠깐이나마 평범한 학생이 누릴 법한 시간을 보내던 그날. 자신의 의사와는 상관없이 이세계로 불려 왔고, 함께 불려 온 친구들과 난데없이 마왕 토벌을 부탁받았다. 자신은 부탁을 거절했고, 부탁을 받아들인 친구들과 헤어졌다. 그렇다. 소년에게는 목적이 있었기에 그들과 함께할 수 없었다. 지금은 돌아가신 아버지의 꿈을 이루기 위해서. 그 약속을 지키기 위해서. 원래의 세계로 돌아가기 위해서.

그리고 그날, 성을 나온 소년이 가장 먼저 향한 곳은 모험자들이 모이는 곳이었다.

"──저기. 실례지만 땅거미 정(亭)은 자주 이용하니?"

소년이 땅거미 정이라고 불리는 모험자 알선 시설에서 접수를 기다리고 있을 때, 누군가가 부드러운 목소리로 그렇게 물어 왔다. 반말이었지만 얕보는 듯 느껴지지 않는 예의 바른 말씨였다. 그 목소리의 주인공은 옆에서 순서를 기다리던 소녀였다.

해 질 무렵의 하늘처럼 선명한 진홍색 머리카락을 가졌고, 소년에게 향해진 얼굴은 늠름했으며, 하얀 얼굴에는 붉게 물든 날카로운 눈동자가 자리 잡고 있었다.

이목구비와 행동거지에서는 기품이 묻어났다. 챙이 넓은 모자를 쓰고 흰 바탕에 군데군데 붉은색이 들어간 경갑옷을 입고 있지만, 선이 고운 자태로 보아 필시 그 갑옷 안에는 아름다운 몸을 감추고 있을 터였다. 호오, 하고 무심코 탄성이 나올 정도로 미인이다.

느긋하지만 꼿꼿하게 앉은 모습에서 여유와 침착함이 느껴졌다. 무언가에 비유하자면 고요한 검이라고나 할까. 검술은 어깨너머로 배운 게 다인 소년도 알아차릴 만큼 소녀의 자세에는 빈틈이 없다. 그렇다면 검의 명수일까. 체격과 이목구비로 보아 나이는 소년과 비슷할 것으로 짐작되지만, 딱 잘라 단정 지을 수 없는 영묘한 기운이 소녀에게는 있었다.

설마 말을 걸어오리라고는 생각지도 못했기에 소년은 살짝 당황한 기색으로 대답했다.

"아뇨, 그게 전혀. 실은 오늘이 처음입니다."

"그거 인연이구나. 나도 이런 곳에 온 건 이번이 처음이야. 가맹 희망자 창구가 여기가 맞는지 살짝 불안해하고 있었거든."

"그거라면 문제없어요. 이쪽 창구와는 별개로 의뢰를 받는 사람들은 또 다른 곳에 창구가 있는 것 같거든요."

소년은 그렇게 말하면서 술판이 벌어진 모퉁이 안쪽을 가리켰다. 그곳에도 그들이 있는 곳처럼 창구가 있었으며, 이

알선 시설을 자주 이용하는 것처럼 보이는 자들이 한데 모여 있었다.

"혹시, 당신도 모험자 길드에 가입하려고요?"

"응. 부끄러운 이야기지만 잘하는 거라곤 싸우는 것밖에 없거든. 돈을 벌려면 여기가 제일 좋을 것 같아서."

소녀는 허리에 찬 칼자루를 가볍게 툭 친 뒤, 자조적으로 웃으면서 대답했다. 역시 소년의 짐작대로 전투를 생업으로 하는 듯했다. 옆구리 쪽에 길게 늘어뜨린 장검을 보면 한눈에 알 수 있듯, 겉모습에 전사라고 쓰여 있는 것이다. 당연하다면 당연한 것이었다.

그러자 소녀가 대뜸 자신의 이름을 댔다.

"나는 레피르 그라키스라고 해. 괜찮다면 네 이름을 묻고 싶은데."

"예?"

소녀가 난데없이 이름을 묻자, 소년은 당황한 듯 물었다.

그러자 소녀—— 레피르는 난처하다는 듯한 표정으로 말했다.

"아, 미안. 갑자기 이름을 물어서 당황했겠지만, 일단 나도 그럴 만한 사정이 있어."

"……그게 뭔데요?"

"너무 경계하지 마. 오늘 아침에 구세교회에 갔는데 나를 지명한 아르주나의 신탁이 있었거든. 그래서 오늘은 이렇게 만나는 사람들과 통성명을 하고 있어."

레피르는 귀찮은 기색을 숨기려 하지도 않고 한숨을 섞어가면서 말했다.

구세교회라면 여신 아르주나를 제일신으로 숭배하며 이 세계에서 가장 많은 신도를 보유한 종교다. 알현 당시에도 아무개 마왕의 이름이나 행동에 관한 신탁이 있었는데, 그녀도 그 신탁을 듣고 이런 일을 하는 건가.

"왜 하필 그런 신탁인데요?"

"그건 나도 몰라. 다만 메테르의 주교님 말씀으로는 오늘 만난 사람과 일련의 관계를 맺으라는 아르주나의 신탁이 있었대."

"그래서 내 이름을 묻는 거예요?"

"그래."

"신탁이군요. 별 이상한 것도 다 있네요…… 아, 죄송합니다."

너무 추상적인 신탁인지라 소년은 저도 모르게 마음속에 있던 말이 튀어나와서 곧바로 사과했다. 기도를 하러 가는 정도일지라도 그녀도 일단 구세교회의 신도이다. 그런 사람 앞에서 지금 한 발언은 경솔한 것이다.

말실수를 해서 내심 안절부절못하고 있는데 레피르는 싱긋 웃기만 했다.

"후후. 네 말이 맞아. 하지만 그런 식의 발언은 삼가는 게 좋을 거야. 나는 별로 개의치 않지만 독실한 신자 앞에서 그랬다간 장황한 설교를 들어야 하거든."

"조심할게요. 경솔했습니다."

"뭐, 그 신탁을 듣고 무심코 이의를 제기한 내가 할 말은 아니지만 말이야."

"에……?"

소년은 무심결에 바로 옆에 있는 소녀의 얼굴을 눈을 동그랗게 뜨고 쳐다보았다. 그 말인즉슨, 조금 전에 언급한 **장황한 설교**라는 것을 이미 아침에 직접 겪었다는 건가.

"정말, 평소처럼 기도를 드리러 간 것뿐인데 그렇게 될 줄 누가 알았겠니. 덕분에 예정보다 시간을 더 잡아먹었어."

"그거 딱하게 됐군요."

"어쩌겠어, 자업자득인걸. 투덜댄다고 뭐가 달라지겠니."

"그럼 오늘은 신탁 내용을 지키면서 계속 이런 식으로 하는 건가요?"

"응, 네가 열 번째야."

"그것참…… 고생이네요."

"말도 마. 신탁에 관해서 설명하기 전까지는 이상한 사람 취급하거나 유혹하는 걸로 오해하더라니까."

"네……."

우울하게 한숨을 내쉬는 레피르를 바라보며 소년은 반쯤 이해한다는 듯 맞장구를 쳤다.

이상한 사람 취급은 별개로 하더라도, 확실히 그녀 정도의 미인이 말을 걸고 이름까지 묻는다면, 의심이 많은 사람이 아닌 이상, 남자라면 이성으로서 호감을 표시하는 것이라고

김칫국을 마시는 사람도 있을 것이다. 그녀가 깊은 한숨을 쉬는 이유도 여러 번 그런 오해를 받았기 때문일 것이다.

"어때? 괜찮다면 네 이름을 알려주지 않을래?"

소녀가 묻자 소년은 이름 정도는 알려줘도 딱히 문제 될 것은 없으리라 판단하고 말했다.

"스이메이 야카기입니다."

이것이 현대 마술사 소년, 야카기 스이메이와 레피르 그라키스의 만남이었다.

제1장　　모험자 길드의 약속을 잊지 않고

　스이메이가 레피르와 만나기 조금 전. 원래의 세계로 돌아가려는 목적을 이루기 위해 아스텔 왕국의 카멜리아 왕궁을 떠난 스이메이는 왕도 메테르의 번화가에 도착했다.

　성에서 나온 뒤, 스이메이는 곧장 옷 가게에 들러 평소에 입을 외출복을 사고 나서야 안정을 되찾았다.

　'……좋아, 이 정도면 누가 봐도 평범해 보이겠지.'

　행인들 틈에서도 옷차림이 튀지 않는 것을 확인한 뒤, 스이메이는 안도의 한숨을 내쉬었다.

　중세 시대의 유럽을 방불케 하는 거리와 사람들 틈에 섞여 생활하려면 아무래도 블레이저 차림은 위화감이 있었다. 그것은 스이메이도 처음부터 의식하고 있었기에 제일 먼저 향한 곳이 옷 가게였다.

　돈은 처음에 가지고 왔던 고등학교 교과서를 팔아 마련할 생각이었지만, 결국은 조금 전에 성을 나서면서 재상 그레스에게 받은 금화로 값을 치렀다.

　비슷한 또래들이 입고 다니는 옷을 참고하여 샀기 때문에 평범하게는 보였지만 역시 착용감이 좋지 않았다.

　현대의 물건과 비교하면 당연한 일이겠지만 이것으로 더이상 겉모습을 신경 쓰지 않아도 되었다.

　'다음은 모험자 길드인가…….'

옷소매의 감촉을 손으로 확인하면서 스이메이는 다음 목적지인 모험자 길드로 향했다.

스이메이가 옷 가게 다음으로 그곳을 목적지로 정한 이유는 먼저 신분증이 될 만한 것을 만드는 게 중요하다고 생각해서였다.

자신의 힘으로 살아가고자 성에서 나온 것까지는 좋았지만, 현재 스이메이의 신분은 부랑자나 다름없었다. 그러다 보면 여러모로 곤란한 상황에 맞닥뜨리기도 한다.

현대처럼 신분이라는 개념은 판타지의 세계에서도 생활과 직결된다. 아니, 현대와는 달리 상대를 판단할 수 있는 요소가 신분이나 겉모습밖에 없는 이곳에서, 자신을 증명할 물품이 없는 것은 현대사회에서보다 치명적일지 모른다.

어차피 아스텔을 떠날 것이기에 지금 당장 이곳에서 신분증을 만들 필요는 없을지도 모르지만, 만들 수 있다면 만들어 두어야 한다.

그럼, 그 모험자 길드라는 곳은 어떤 곳인가. 카멜리아 왕궁의 서고에서 뒤진 길드 자료에 따르면, 이곳은 다른 길드와 달리 누구나 등록할 수 있는 것 같다.

다른 길드―― 예를 들면, 상인 길드나 장인 길드 같은 곳은 대개 인턴 경험이나 후견인이 있어야 가입이 가능하다. 하지만 모험자 길드는 그런 조건이 없다. 맨몸으로 부딪칠 수 있는 쉬운 조직―― 이라고 하면 심한 표현일지도 모르지만, 실력이 있다면 가입할 수 있다.

하지만 조직의 특성상 신뢰가 있어야 일을 맡을 수 있고, 일 자체에도 위험이 따르기에 평범한 사람에게는 의뢰를 하러 오는 것이 아니라면 연이 없는 곳이다.

마법사 길드라는 선택지도 있었지만, 유사시에 국가의 전력으로 취급되므로 스이메이의 의도와 맞지 않았다. 즉, 그가 길드 카드를 발급받기에는 모험자 길드만 한 곳이 없는 것이다.

'결국, 가장 정석대로 되어버리네…….'

그런 생각을 하면서 멍하게 걷던 스이메이는 이윽고 모험자 길드로 짐작되는 곳에 도착했다.

눈앞에 떡하니 자리한 건물은 주변의 건물과 동일한 목조 건축이고, 2층이었다. 처마 끝에는 마치 음식점이나 술집처럼 땅거미 정이라고 적힌 간판이 대문짝만 하게 걸려 있고, 플레이트 메일을 입은 경비 두 명이 문 앞을 지키고 서 있었다. 건물 자체는 주변 건물과 다를 게 없지만 눈에 띄는 점이라면 부지가 넓은 것이었다.

여기 이세계의 도시는 침략자나 마물 등 외적의 침입을 막기 위해 20미터는 족히 넘는 벽으로 둘러싸여 있다. 그 때문에 도시의 부지는 제한되어 있고, 건물 하나에 할당되는 면적도 안타까울 정도로 좁은 수준이다.

그런 실정에 모험자 길드의 위치와 면적은 이 길드가 얼마나 중요한 곳인지를 말해주었다. 국가적으로도 상당히 중요시되는 곳임을 알 수 있다.

그렇게 생각하면서 다시 주위를 둘러보니 이 근처에는 다른 거리와는 달리 드문드문 수상한 차림을 한 사람들이 눈에 띈다. 마치 게임이나 애니메이션에 등장하는 캐릭터처럼 갑옷을 입은 전사풍의 거한이나 페르메니아처럼 로브를 걸친 선이 가는 남녀 커플, 소위 클레이모어로 불리는 폭이 넓은 장검을 등에 멘 사내도 있다.

현대의 일본이라면 무기 소지 위반으로 체포당해야 마땅하지만, 여기 이세계에서 그것들은 생필품으로 분류되므로 그럴 일은 없다.

하지만 역시 조금 위험하긴 하다. 주위에 슬쩍 발을 들인 것만으로도 살벌한 공기가 전해진다. 평범한 거리에서 이런 기분을 느끼는 것은 신선한 데가 있다.

험악한 주변 상황을 눈으로 좇으면서 스이메이는 땅거미정의 문 앞으로 향한다. 문 앞에 섰는데도 경비들이 별다른 제지를 하지 않는 것으로 보아 아무래도 자신이 수상해 보이지는 않는 듯하다. 가볍게 인사를 하자 허가의 뜻인지 그들이 가볍게 한쪽 손을 들어 보였다.

스이메이는 문을 열고 안으로 들어섰다.

모험자 길드의 내부는 어떠한가. 흔히 말하는 판타지 세계에 나올 법한 이 시설은 내부 장식 대부분이 술집을 모델로 삼고 있었다. 중세 시대의 선술집이 술을 제공하는 장소일 뿐만 아니라 만물상이나 집회장의 기능도 가지고 있기에, 술집이 곧 모험자 길드가 된 것이리라. 스이메이는 실제로는 그렇지 않을 것이라고 생각하며 들어섰다가, 현재 땅거미 정의 내부가 술집과 상당히 유사한 것을 보고 탄성을 내질렀다.

정면에는 의뢰인이나 길드원의 상담을 위한 창구가 있고, 긴 대기석이 놓여 있다. 옆에는 알림글 같은 것을 놓아두는 탁자가 있고, 의뢰서를 붙여둔 게시판도 있다.

그리고 홀의 대부분을 차지하고 있는 것이 술집 같은 구조의 공간이다. 높직한 원탁과 긴 의자. 오크제 술통이 산더미처럼 쌓인 그곳에는 아직 대낮인데도 취기가 가득 오른 수상쩍은 무리들이 포도주와 맥주를 한 손에 들고 떠들썩하게 판을 벌이고 있었다.

'대낮부터 술판이라니. 무슨 행사가 있는 것도 아닌 것 같은데.'

스이메이는 감탄인지 질림인지 모를 소리를 뱉으면서 그 모습을 곁눈질하며 안쪽으로 향했다. 곧이어 접수처와 긴 대기석이 나타났고, 대기석 위에 주의서가 붙은 표기판이 놓여 있는 것이 보였다.

스이메이는 주의서에 적힌 내용에 따라 순서를 기다리기 위해 맨 뒤로 갔다. 그리고—— 붉은 머리카락의 소녀, 레피르 그라키스와 만난 것이다.

★

——스이메이의 이름을 들은 레피르는 그 이름이 주는 울림을 여러 번 곱씹은 뒤, 크게 끄덕였다.

　　"야카기구나. 고마워. 내게 내려진 영문 모를 신탁에 협조해줘서."

　　"아닙니다. 그런데 구세교회의 신탁이라는 건, 자주 있나요?"

　　"응. 나도 교회에 자주 나가는 편이라 종종 신탁을 받아. 보통은 이번처럼 구체적인 신탁은 적은 편인데 대체 무슨 영문인지 모르겠어."

　　"헤에……."

　　그녀가 답답하다는 듯이 한숨을 쉬자, 스이메이는 어중간하게 맞장구쳤다. 국가를 움직일 만한 신탁을 내린다고 생각했더니, 개인에게도 신탁을 내리는 이세계의 신앙 조직 구세교회. 그 취지를 가늠할 수 없는 신탁의 내용은 신의 변덕일까, 아니면 신탁을 내리는 자의 기호일까. 어느 쪽이든 신탁이라면 그 주교가 사기꾼이 아닌 이상, 강신술을 근간으로 한 초상적 존재의 개입이거나, 일종의 점사나 점술일 것인데——

　　"그런 신탁이라니 무슨 일인지 모르겠군요."

　　"정말이야. 여신님은 대체 무슨 생각이신 건지 알다가도 모르겠다니까."

　　"그런 말을 하면 위험하지 않나요?"

　　"여긴 고지식한 주교님이 없잖아. 게다가 이 정도 불평쯤은 여신님도 눈감아주셔──"

"다음 분."

스이메이와 레피르가 대화하고 있는데 접수처에서 소리가 들렸다. 레피르의 옆에 앉아 있던 사람은 이미 없었다. 그러니 이번이 누구 차례인지는 말할 것도 없다.

"아무래도 내 차례인 것 같네."

"네. 다녀오세요."

"응, 네 의뢰도 금방 해결되면 좋겠다."

스이메이가 배웅하자, 그녀는 그렇게 말한 뒤 접수처로 향했다.

"……?"

어째서 그녀는 그렇게 말한 것일까. 스이메이가 어리둥절한 표정을 짓고 있는 사이에 그녀는 접수원과 간단한 대화를 주고받은 뒤 서류를 작성하고 문 안으로 들어갔다. 안에서는 면접을 보겠거니 하고 생각하는데 접수처의 창구 너머로 "다음 분"이라는 소리가 들린다. 스이메이는 자리에서 일어나 접수처로 갔다.

"──어서 오세요. 모험자 길드 땅거미 정의 메테르 지부에 오신 걸 환영합니다. ……으음, 이곳은 이번이 처음이신 거죠?"

"어떻게 아세요?"

"아까부터 길드 안을 아주 흥미롭게 둘러보시는 걸 봤거든요. 처음 오신 분들은 다들 그러세요── 오늘은 의뢰를 하러 오셨나요?"

"아뇨, 가맹을 하려고요."

스이메이가 그렇게 말하자 접수원은 잘못 듣기라도 한 것인지.

"……네?" 하고 다시 물었다.

"아, 길드에 가맹을 부탁드립니다."

"으음, 다시 한 번 말씀해주실래요?"

"아, 그러니까, 길드에 가맹을 하려고 합니다."

못 들은 것일까. 접수원은 무려 세 번을 확인하더니, 무슨 영문인지 험악한 표정을 지었다. 그녀는 무엇을 고민하는 것인지 여전히 굳은 표정으로 양 눈썹 사이를 손가락으로 문지르더니, 이윽고 크게 한숨을 쉰 뒤, 정중하지만 날카로움이 묻어나는 투로 묻는다.

"저…… 실례지만, 이곳이 모험자 길드 땅거미 정이라는 것을 알고 그렇게 말씀하시는 건가요?"

"예. 무슨 문제라도 있습니까?"

"네, 아주 큰 문제 같군요."

"……?"

조금 전의 붙임성 있는 태도와는 전혀 딴판으로 접수원의 말에서는 추풍의 서늘한 기운마저 감돌았다.

어째서 그런 식으로 단언하는 것일까. 반쯤 얼이 빠진 스이메이에게 접수원은 다그치듯이 주의를 준다.

"……만약 장난이라면 이쯤에서 그만 돌아가 주세요. 저희는 그런 장난에 어울려줄 만큼 한가하지 않습니다."

난데없이 혼이 났다. 이상하다. 왜일까. 미즈키가 빌려준 소설의 패턴대로라면 길드 가맹은 크고 작은 절차는 거칠지언정 순조롭게 진행될 터였다. 오락 소설을 그대로 믿을 생각은 없지만 가맹을 희망한 레피르는 아무 일 없이 안쪽 방으로 안내받았다.

그녀와 자신 사이에 무슨 차이라도 있는 것일까.

스이메이는 불쾌한 기색이 역력한 접수원을 앞에 두고, 자신에게 과오나 간과했던 사실이 있었는지 되짚어보았다. 그때, 등 뒤에서 누군가가 다가오는 기척이 느껴졌다.

"어이, 꼬맹이."

"……?"

노여움이 밴 굵직한 목소리에 스이메이가 뒤돌아보자 그곳에는 자신보다 10에서 20센티미터는 커 보이는 거구의 사내가 서 있었다. 코앞에서 본 감상을 말하자면 전사 그 자체의 풍채였다. 그런 사내가 전신에 노기와 위압을 띠고 서 있었다.

"지금 가맹 희망이라고 했나?"

"네, 그런데요……."

"지금이라면 농담으로 생각하고 넘어가주지. 그러니 썩 돌아가라."

충고일까. 아니면 최후의 경고일까. 거구의 사내는 이마에 핏줄을 세우고 그렇게 말했다. 일이 왜 이렇게 되었는지는 알 수 없지만, 스이메이도 이대로 물러설 수는 없다. 길드 가맹은 이 세계에 발을 디디는 첫걸음이다. 이곳에 섞이기 위해서 반드시 거쳐야 하는 관문인 것이다.

그러니 지금은 되도록 사내를 자극하지 않고 온화한 태도로 대응하기로 한다.

"아니, 그러니까, 저는 정말로 조금 전의 여성처럼 가맹을 하고 싶을 뿐입니다."

"이 자식, 지금 그 말이 진심이라고? 그 비실비실한 몸으로 우리와 대등하게 겨룰 수 있다고?"

"네."

그렇습니다만, 무슨 문제라도. 그럴 자신이 없었다면 이곳에 오지도 않았다. 사내의 말대로 농담이라면 모를까 자신은 농담을 하러 온 것이 아니다. 게다가 여기서 말하는 마법사라면 겉으로 보이는 신체 조건은 이차적인 것이리라. 호리호리한 체격이라도 상관없다. 이 남자의 말은 아무래도 핀트가 엇나간 듯하다.

하지만 남자는 스이메이가 태연하게 네, 라고 대답하자 그 태도가 거슬렸는지 버럭 역정을 내기 시작했다.

"어디서 말 같지도 않은 말을 지껄여! 여기는 전사와 마법사가 오는 곳이다! 전투가 뭔지 쥐뿔도 모르는 너 따위 애송이가 올 곳이 아니란 말이다!"

"에? 전투라면 나도 웬만큼······."

겪었는데요. 그렇게 말하려는 순간, 스이메이는 깨닫는

다. 방금 사내가 뭐라고 말했던가. 전사, 마법사. 그렇다. 분명히 이곳은 그런 사람들이 오는 곳이다. 문제는 없다. 거기까지는 문제가 없지만, 곰곰이 생각해보면 그들이 무엇으로 신분을 판단하는지가 중요했다.

'전사나 마법사라면 나도…… 으앗?!'

같은 말을 되새김질하다가 스이메이는 문득 깨닫는다. 자신은 조금 전 옷 가게에서 새 옷을 맞추었고 그 옷은 메테르의 일반 시민들이 입는 스타일이다. 물론 그것은 평화로운 삶을 영위하는 사람들의 옷이며, 전장과는 전혀 연이 없는 사람들의 복장인 것이다.

과연 그런 옷을 입은 사람이 모험자 길드에 가맹을 하러 왔다고 한다면 보통은 어떻게 생각할까. 일반적으로 그들과 같은 반응을 보이는 것이 지극히 당연하지 않을까. 이곳은 이세계다. 자신이 본래 있던 세계와는 달라서 대개 겉모습을 판단의 기준으로 삼는다.

그렇다. 스이메이는 자신의 옷차림에 대해서 완전히 간과하고 있었다.

'──이런. 옷 때문이었어. 옷을 샀다고 완전히 들떠버려서…….'

자신의 실수를 한탄해보지만 이미 늦었다. 뒤늦은 후회는 축제가 끝난 뒤의 장식 수레처럼 아무런 의미도 없다. 적의와 분노에 찬 시선이 무참히 날아들 뿐이다.

　현재, 야카기 스이메이가 처한 상황을 한마디로 표현하자
면 '그다지 바람직하지 않다'고 말할 수 있겠다.

　조금 전까지 밝게 응대했던 접수원은 싸늘한 표정으로 스
이메이를 노려보고 있고, 정면에 선 거한은 분노에 휩싸여
어깨를 부들거리고 있다.

　그리고 길드원으로 보이는 사람들이 하나둘 모여들더니
하룻강아지 범 무서운 줄 모르는 듯한 소년을 에워싸기 시
작했다.

　'우왓, 완전 망했잖아…….'

　스이메이는 완전히 낭패한 기분이 되어 속으로 탄식했다.
솔직히 옷차림에 대해서는 까맣게 잊고 있었다. 분명히 누
군가 지적한다면 납득할 만한 부분이다. 평범함을 추구한
탓에 어디로 보나 전투와는 연이 없는 차림이 되었다. 게다
가 일본인이라는 인종의 차까지 더해지면 싸움을 못할 것처
럼 보여도 이상할 게 없다.

　원래 세계의 기준을 당연하게 생각했던 것이 화근이었
을까.

　전술과 무기가 넘쳐나는 저쪽 세계에서는 덩치가 좋은 것
은 이점이랄 것도 없다. 그래서 그런 함정을 눈치채지 못했
다. 이것은 틀림없는 그의 판단 미스다.

　하지만 그들의 말대로 가맹을 포기하고 순순히 물러날 수

도 없다.

여기서 길드 카드를 발급받고 신분을 확립해 제대로 된 숙소에도 머물고 싶다.

하지만 이제 와서 무기를 사러 나가는 것도 무리일까. 이미 그들에게 얼굴을 팔렸으니 다시 와도 쫓겨날 게 분명하다.

스이메이가 이 상황을 어떻게 헤쳐 나갈 것인지 생각하고 있는데 남자가 노기를 띤 눈을 번뜩이면서 묻는다.

"······이 자식, 실력에 자신이 있나 보지?"

"조금 전에도 비슷한 말을 했습니다만, 자신이 없었다면 이런 곳에 오지 않았습니다."

"그래. 그럼 그 실력, 내가 직접 테스트해주지."

남자는 분노를 참는 듯한 목소리로 그렇게 말한 뒤, 등 뒤에 멘 대검에 손을 댔다.

그 모습을 본 접수원이 황급히 끼어들어 막는다.

"자, 잠시만요! 아무리 그래도 그건······."

"상관없잖아. 저 녀석도 진짜 가맹을 하러 온 거라잖아."

"하, 하지만 길드원이 경솔하게 일반인에게 폭력을 휘두르는 건, 길드 규정에 어긋난다고요!"

"아니지, 이건 단순한 폭력이 아니야. 게다가 길드 규정은 **일반인일 때**의 경우다. 이 녀석은 가맹 희망자니까 일반인의 범주에 들지 않아. 그럼 지금 여기서 테스트해도 문제없겠지?"

"그건······ 분명 그렇지만, 하지만······."

"너도 진심이잖아? 그럼 문제없는 거지?"

"그래요."

스이메이는 남자의 말에 가볍게 동조했지만 한숨이 나오는 것은 어쩔 수 없었다. 결국 이렇게 되고 마는 건가. 일촉즉발의 상황이다. 실력 행사는 충분히 예상했다.

나머지는 자신이 어떻게 대처하느냐의 문제인데——

'어쨌든 이곳은 저쪽 세계처럼 검사 성성 같은 무리가 있는 것도 아니고, 마법이 공공연히 사용되는 세계다. 그렇다면······.'

솔직히 스이메이도 이 세계에서 어떻게 처신해야 할지에 대해 요 며칠 상당히 고민했다. 처음에는 저쪽 세계에서 그랬던 것처럼 마술을 철저히 은닉해야 한다고 생각했지만—— 이쪽 세계에서 마술이 공공연히 사용되는 이상 그것만이 정답은 아닐 것이다. 상대가 마술을 사용한다면 결국 마술로 대응할 수밖에 없으며, 언제까지고 능력을 손쉽게 은폐할 수 있으리라는 보장도 없다.

그렇게 생각하면 비닉(祕匿)이라는 것도 꽤 어려운 것이다.

게다가 이쪽 세계는 저쪽 세계처럼 검사 성성—— 어느 특정 신의 기적만을 신비로 정의하는 자들의 모임이며, 이단을 색출하여 철저히 처단하는 이단 마술사들의 적인 그들이 없다면, 굳이 능력을 숨겨야 할 이유도 사라진다. 나머지는 마술을 행사해서 술식을 해독당할 위험만 남는데, 이쪽 세계 마술의 발달로 보아 그것을 간파할 정도의 지식은 없는 듯하다.

따라서 어느 정도라면 능력을 사용해도 문제가 없다는 결론이 나왔다.

……솔직히 원만하게 해결하고 싶은 마음도 있다. 하지만 곰곰이 생각하면 지금 이 상황이야말로 길드원으로서의 자질을 드러낼 수 있는 기회이기도 한 것이다. 여기서 인정받는다면 불리한 상황을 타개할 수 있다.

그때, 남자가 언짢다는 듯한 시선을 던진다.

"어이, 멍하게 서 있는 건 뭐야? 위기감이 없는 거냐?"

"그야 위험한 상황이 아니니까요."

"나를 앞에 두고도 말이냐?"

"네."

스이메이는 남자의 물음에 시원스레 대답한다. 솔직히 이정도 위세는 아무것도 아니었다. 앞서 말했듯, 전투는 웬만큼 경험해 어지간한 위압이나 압박감에는 익숙하다.

그렇다. 지금 상대하는 남자의 위세는 저쪽 세계의 검객과는 비교조차 안 되고, 외계의 신을 신봉하는 마술사의 광기가 주는 혐오감을 생각하면, 이 정도 적의는 편하게 느껴질 정도다. 총화기 같은 근대 병기로 중무장한 집단에 둘러싸였을 때의 위기감이나, 괴이라고 불리는 이형의 공포에 비하면 애교나 다름없다.

그러니 이 덩치 큰 사내의 허접한 위압이 무슨 소용이 있으랴. 괴상한 것들을 숱하게 봐와서 내성이 생겼다고 해도,

이 사내의 위압은 간지러운 산들바람처럼 느껴질 뿐이다.

그렇다면 사내는 태연한 자신을 보고 무슨 생각을 할까. 사리분별도 못 하는 애송이의 도발이나 궁지에 몰린 자의 허세로도 보일 것이다. 마술사는 마술을 숨기려고 평소에 외계로 새어 나가는 마력을 억제하기 때문에 마력에 박차가 가해졌을 것이다.

"흠. ⋯⋯ 간다. 마음껏 해보시지──"

남자는 테스트의 시작을 알리듯 그렇게 말했다. 일단 시험해보겠다는 말은 진심인 것이다. 의외로 철저한 성격인 듯하다.

잡념은 그쯤에서 접어두고 스이메이는 눈앞에 닥친 상황에 집중한다.

──남자는 등 뒤에서 검을 뽑아 공격하려는 듯했다. 그렇다면 타이밍과 궤도도 파악하기 쉽다. 남자의 칼자루를 겨냥하여 마력을 최적화한다. 이 정도는 날벌레를 쫓는 정도의 일이라고 생각하면서 가볍게 손가락을 튕겼다.

"으악?!"

그 소리에 뒤이어 팡, 하고 울려 퍼지는 경쾌한 파열음과 ⋯⋯ 바보 같은 비명 소리. 순식간에 일어난 소규모 공기 폭발에 가볍게 튕겨져 나간 남자는 바닥에 엉덩방아를 찧고, 칼자루에 가해진 충격으로 검은 뒤쪽으로 휙 날아가 버렸다.

머지않아 그 무게로 인해 아래로 떨어지는 검의 낙하음과 남자의 신음 소리.

"으윽! 이럴…… 수가, 젠장! 뭐, 뭐지……?"

순식간에 충격을 받은 탓에 잠시 혼이 나간 건가. 남자는 주변을 두리번거리면서 지금 일어난 상황을 파악하려고 애쓴다.

"흐흐아……?"

그리고 그 모습을 바로 뒤에서 지켜보던 접수원은 얼이 빠져 바보 같은 소리를 냈다. 그것은 단순한 훼방이나 장난이라고 생각했던 데서 온 격차 때문일까, 아니면 애초에 무슨 일이 일어났는지조차 모르기 때문일까. 그것은 알 수 없다.

주위 사람들도 이런 결말에 적잖이 놀란 듯 눈을 동그랗게 뜨고 지켜보았다.

……이윽고 접수원이 쭈뼛쭈뼛 물어 온다.

"저기, 지금 무슨?"

"마술 행사."

스이메이가 그렇게 간단명료하게 대답하자, 바닥에 널브러져 있던 남자가 겨우 정신이 들었는지 손으로 머리를 짚으면서 스이메이를 올려다보았다.

"마술……? 영창도 건언도 없이…….'

"네."

"진, 진짜냐……?"

"그것 말고는 아무것도 안 했으니까요."

남자가 묻자, 스이메이는 잘난 체하지도, 겸손을 떨지도 않고 말한다.

이런 반응을 보니 역시 페르메니아가 보였던 반응은 이 세계에서도 일반적이었던 것일까. 주문인 영창도, 마술을 발동시키기 위한 키워드인 건언도 사용하지 않고 마술을 행사하는 것은 이곳에서도 경악에 가까운 일인 듯하다.

——전례 마술. 때에 따라 의례 마술이나 제의적 마술로도 불리는 마술 형식의 하나다. 마술이라고는 하나 수비술, 점성술 따위의 **마술 계통**과는 다른 의미로 사용된다. 일정한 동작이나 주문인 영창을 올바르게 행사하여 발동하는 타입의 마술을 가리키는 용어다. 현대식으로 말하자면 매뉴얼 마술이라고도 부를 수 있겠다.

정해진 법칙에 따라 동작이나 주문을 행하면 되기에 대부분의 마술이 이에 해당한다. 그중에서도 소환술은 가장 두드러진 전례 마술이며, 수피즘의 선회 무용, 구자(九字) 긋기, 구자 빨리 긋기, 음양술의 우보, 밀교의 결인, 간드 마술의 지탄 따위도 이에 해당한다. 아마 이쪽 세계의 마법도 정해진 말을 사용하는 것으로 보아 이에 해당하리라.

지금 스이메이가 사용한 마술은 전례 마술과 완전히 구분된다. 핑거 스냅만으로 지탄 마술을 미리 전례화하고 정착시켜, 언제든 행사할 수 있도록 한 것이다. 간단하고 체계적이기 때문에 사용하기 쉽다.

그렇다. 주문이나 키워드 없이 마술을 행사하는 것은 결코 이상한 이야기가 아니다.

"그럼, 당신은……."

"아―, 소개가 늦었군요. 일단 저는 마법사 같은 사람……입니다."

스이메이가 그렇게 때늦은 소개를 하자, 여기저기서 수군거리는 소리가 날아들었다.

"저런 차림인데 마법사라니……!"

"영창도 건언도 없는 마법이라니, 들어본 적도 없다고……."

"설마 저 녀석 엄청난 마법사 아니야……?"

'아―…….'

……너무 오버했나. 아니다. 늘 그랬듯이 손가락을 튕겼을 뿐이다. 마술적으로 생각해도 동작을 써서 행사하는 마술은 일반적이니 딱히 대단할 것도 없고, 무엇보다 지금 상황에서 지탄 이하의 마술로 무마하는 것은 무리였다.

주변의 수군거림을 무시하기로 마음먹은 스이메이는 잔뜩 놀란 표정으로 자신을 바라보는 접수원에게 어깨를 움츠리며 묻는다.

"못 미더우신가요?"

"아, 아뇨. 마법을 쓰는 걸 봤으니 못 믿는 건 아니지만, 어째서 당신은 마법사라면서 로브도 걸치지 않고, 마법 지팡이도 없는 거죠? 마법사에게 필수품이잖아요?"

"……?"

"네? 그런 걸 꼭 입고, 들고 다녀야 하나요?"

"……아뇨, 꼭 그런 건 아니지만, 일반적인 마법사들의 경향을 말씀드리는 거예요."

"그럼 괜찮은 거죠? 저는 딱히 마법사 같은 차림이나 고풍스런 물건에는 취미가 없거든요."

"…………."

스이메이가 한 말의 어느 부분이 그리 놀라웠는지, 접수원은 벌어진 입을 다물지 못한다.

그리고 겨우 정신을 차린 듯 힘주어 말한다.

"취, 취미가 아니라, 미세한 마력을 제어하거나 마법에 저항할 때 필요하잖아요?!"

"로브라면 대체품이 있지만, 마법 지팡이는 가지고 다닐 필요가 없잖아요. 복잡한 술식을 보조하는 마술품이라면 사용하는 게 당연하지만, 마력을 치밀하게 제어하는 기술이라면 맨몸으로도 할 수 있잖아요. 못 하는 녀석은 삼류예요."

"히이이……."

스이메이가 딱 잘라 말하자 접수원은 영문 모를 소리를 냈다.

그만큼 이 세계의 마법사들에게 마법 지팡이나 로브는 필수품이라는 인식이 강한 것이다. 페르메니아가 마법 지팡이를 가지고 있지 않아서 그 정도는 아닐 거라고 생각했는데 잘못 생각했던 것일까.

확실히 예로부터 지팡이는 마술사와 떼려야 뗄 수 없는 도구로 알려져 있다. 역사서의 기술에 따르면, 고대 이집트

때부터 신들의 독특한 지팡이를 본떠 그것을 권위의 상징으로 내세웠으며, 켈트 문화에 등장하는 마술사 드루이드의 지팡이는 무척 유명하다. 근대에서는 로터스 완드를 들 수 있으리라.

그 밖에도 마술 계통에 따라 유래는 다르지만 마술사의 힘을 보충해주는 마술품의 하나로서, 불의 마술을 즐겨 쓰는 마술사가 널리 애용하는 도구다.

스이메이도 딱히 그것을 구닥다리라고 꺼리거나 옛것을 무시하는 것은 아니다. 하지만 현대 마술사에게 그것은 어울리지 않는 것이다.

애당초 마술사는 시대의 흐름을 거슬러 신비를 좇는 자로 인식되지만, 과학이 발달한 현대사회에 사는 이상, 새로운 것을 받아들이는 것은 필연적이다. 마법 지팡이는 마법 총으로, 로브는 슈트나 재킷으로 대체되었다. 물론 옛것도 소중하지만 새로운 이미지를 모색해나가는 것 또한 시대의 흐름인 것이다.

하지만 접수원을 비롯하여 여기 있는 사람들에게 오해를 제공한 것은 사실이다.

"죄, 죄송합니다. 겉모습이 그렇게 중요한 줄은 몰랐어요."

스이메이가 주눅이 든 목소리로 사과한 뒤 머리를 숙이자 남자도 서둘러 대답한다.

"아, 아니다, 괜찮다. 나야말로 짐작만으로 오해를 했어. 미안하다."

"그렇게 말씀해주시니 감사합니다. ……그럼 가맹은 문제없을까요?"

"응. 마법사라면 나는 불만 없다. 나머지는 저쪽에서 결정해라."

스이메이는 남자에게 다가가 손을 내밀었다. 스이메이의 손을 잡고 일어선 남자가 손가락으로 접수원을 가리킨다. 스이메이는 손가락이 가리키는 방향을 바라보며 접수원에게 물었다.

"이제 뭘 하면 되죠?"

"예! 가맹이라면 문제없습니다. 조금 전에는 정말 죄송했어요."

"아―, 너무 신경 쓰지 마세요…… 제가 잘못한 걸요."

미처 알아보지 못한 것을 실례라고 생각했는지, 접수원은 몸 둘 바를 모르겠다는 듯이 머리를 조아린다. 그녀의 태도에 스이메이는 살짝 당황하며 그렇게 말했지만 접수원은 재차, "아뇨, 정말 죄송합니다"라고 사과했다.

머지않아 주위에 몰려들었던 구경꾼과 스이메이를 쫓아내려 했던 길드원도 원래 자리로 돌아갔다. 조금 전의 그 남자도 "미안했다" 하고 다시 한 번 사과한 뒤 돌아갔다.

"……아― 그럼, 여기 용지에 필요 사항을 기입해주세요."

접수원이 그렇게 말하며 건넨 종이에는 최소한의 개인 정보 기입란이 있었다.

딱히 적는다고 문제 될 만한 사항도 아니었다. 스이메이는 함께 제공된 깃펜에 잉크를 찍어 신속히 써넣은 뒤 접수원에게 건넸다.

접수원은 잠시 종이를 눈으로 훑은 뒤 말한다.

"네, 스이메이 야카기 씨. ……실례지만 특이한 이름이군요."

"네, 종종 들어요."

접수원의 말에 스이메이는 쓴웃음을 짓는다.

이쪽 세계에서도 일본에 있었을 때와 똑같은 말을 들으니 웃음이 나올 수밖에 없다. 일본에서도 스이메이(水明. 맑은 물이 햇빛에 비친 모습이라는 뜻)라는 이름은 특이한 편이라서 반지르르한 이름이라며 놀림을 당하기도 했다. 어디를 가더라도 이름이 특이하다는 소리를 듣는 것은 이상한 기분이다―― 어쨌거나.

"그럼 스이메이 씨. 확인차 묻겠습니다. 직업은 마법사로 등록해드리면 되겠지요?"

"네."

"……그리고, 취급하는 속성은 무엇이지요?"

"……으음, 그건 꼭 알려드려야 하나요?"

"규정이기 때문에 확인만 시켜주시면 됩니다. 물론 개인 정보이기 때문에 비공개랍니다."

"으, 으음……."

"무슨 문제라도 있나요?"

스이메이가 곤란해하자 접수원은 의아하다는 듯 고개를

갸웃한다. 그 질문은 이곳에서 당연한 일일 것이다. 그러고 보니 성에 머물렀을 때, 갓 마법을 익혀 흥분한 레이지와 미즈키가 마법사는 사용할 수 있는 마법의 속성이 날 때부터 정해져 있다는 둥 영문 모를 이야기를 한 적이 있다. 그것들을 전부 사용할 수 있는 두 사람이 한 말이라서 몹시 이상하다고 생각했는데—— 어쨌든. 이것은 길드에서 구성원의 보유 마법을 파악해두기 위한 자연스러운 질문인 건가.

스이메이는 고민하는 듯한 얼굴로 대답한다.

"특기라면, 불 속성이겠네요……."

"불 속성이요? 하지만 조금 전에 쓴 마법은……."

"아, 네. 바람 속성의 마법도 쓸 수 있어요."

"역시. 스이메이 씨는 두 가지 속성을 다루시는군요."

"네……."

웃으며 응대하는 접수원에게 스이메이는 모호하게 대꾸할 수밖에 없었다.

방금 말한 대로 스이메이는 불 속성 마술이 특기다. 하지만 불 속성 마술이 특기로 분류된 것일 뿐, 레이지와 미즈키의 말과 달리 다른 마술도 행사할 수 있다.

그것은 카발라 수비술—— 모든 사상과 현상은 숫자의 나열과 수식에 의해 파악되며, 모든 것은 수의 조합으로 세계에 재현할 수 있다는 사상의 마술을 익혔기에, 불이든 물이든 천둥이든 응고된 액체든 올바른 술식과 거기에 필요한 마력만 있다면 가능한 한의 현상과 사상을 마술로 재현할 수 있다.

확실히 저쪽 세계의 마술사도 어떤 마술 계통을 익혔느냐에 따라 다룰 수 없는 속성도 나오기 때문에, 사용할 수 있느냐 없느냐의 이야기는 극단적으로 말하자면 틀리다고도 할 수 없지만——

'속성이라……'

이곳에 온 이후로 더욱 속성이 중요시되는 듯하다. 확실히 마술에서 사대 혹은 오대, 오행 따위의 원소론은 중요한 요소다. 이는 은비학에서 세계를 구성하는 기본적 개념이기에 당연하다고 할 수 있지만, 애초에 속성이라는 것은 사용한 마술이 어떤 원소로 분류되는가를 대략적으로 나타내는 지침에 지나지 않는다. 거기에서 물은 불에 강하다 따위의 속성의 상관이라는 사고가 생겨났는데, 자신이 불의 속성만 가졌다고 해서 물의 속성을 사용할 수 없는 것은 결코 아니다.

분명 타고난 궁합은 존재하지만 통념적으로 인간은 모든 속성을 다룰 수 있다고 여겨지며, 그중에서 본인이 어려워하는 마술이 있으며, 그러다 보면 사용할 수 없는 속성이 나오기도 하는 것이다.

——성냥으로는 불을 피울 수 있지만 부싯돌로는 피울 수 없는 사람이 있는 것과 같다. 쉽게 말해 그 사람은 성냥을 사용할 수 있지만 부싯돌을 사용할 수 없는 것이다.

즉 여기서는 그 성냥이나 부싯돌이 각각의 마술 계통에

45

적용되어, 악마나 신 따위의 초상적 존재의 힘을 빌려 불을 피우거나, 스이메이처럼 숫자의 나열로 사상이나 현상을 읽어내 불을 재현하거나, 별이나 타로 따위의 점괘로 불을 구상화하거나, 룬이나 음양술을 써서 불을 일으키는 등, 단순히 사용하는 기술의 특기 유무에 따라 못 하는 것이 나온다는 이야기일 뿐이다.

그러니 만약 다른 마술에서 적성을 찾는다면 사용할 수 있는 속성도 나온다. 절대 다룰 수 없는 속성이란 없으며, 현대 마술사로서 수많은 마술 계통을 접해본 스이메이로서는 다루기 까다로운 속성이 몇 개 있다는 것 정도에 지나지 않는다.

그 때문에 단일 마술 계통만 습득한 마술사에게 다룰 수 없는 속성이 나오는 것은 왕왕 있는 이야기며, 그런 생각에 의거한다면 마법을 사용할 수 있느냐 없느냐 하는 이야기도 설명이 된다. 아마도 이 세계의 마법은 레이지와 페르메니아가 사용한 마술 계통이 마술의 대부분을 차지하는 주계통이기에 그런 식으로 되어 있는 것이리라.

"그리고 스이메이 씨. 회복 마법을 쓸 줄 아세요?"

"회, 회복 마법이요?"

갑작스러운 질문에 스이메이는 얼빠진 목소리로 되묻는다.

그러자 접수원은 다시 의아하다는 표정으로 묻는다.

"어머, 모르세요?"

"아뇨, 알긴 알지만……."

알지만, 회복 마술이라. 새삼 듣고 보니 그 어감이 모호하기 그지없다. 저쪽 세계에서는 치유 마술, 심령 치료라고 하기에 위화감이 드는 것이다.

이를 묻는 이유도 치유 마술이 중요한 능력이기 때문일 거다. 전장에서는 자신과 타인을 치유하는 능력은 필수적이다. 말할 것도 없지만, 저쪽 세계에서도 역사를 통틀어 치유 마술에 뛰어난 기량을 보인 마술사는 만성적으로 부족하다.

"……네, 쓸 줄 압니다. 남에게 뒤지지 않을 정도라면요."

"네, 알겠습니다."

스이메이가 대답하자, 접수원은 용지에 그것들을 기입하고 나서 헛기침을 한 뒤, 사무적인 투로 말하기 시작한다.

"──음, 그럼 이제부터 스이메이 씨가 F부터 S까지의 랭크 중 어디에 해당하시는지 계측하겠습니다. 랭크 계측에 관해서는 나중에 담당자가 따로 설명해드릴 겁니다. 저쪽 문 끝에 있는 의자에 앉아서 잠시만 기다려주세요."

접수원은 그렇게 말한 뒤 손바닥을 가지런히 펴서 문이 있는 방향을 가리켰다.

스이메이는 그녀가 지시하는 대로 안쪽으로 걸어갔다.

접수원에게 계측에 관한 설명을 들은 스이메이는 안쪽 통로에 설치된 의자로 가서 앉았다. 랜턴처럼 생긴 조명등이 희미한 빛을 발산하는 통로는 어쩐지 쓸쓸함을 자아내고, 어디선가 본 적이 있는 듯한 착각을 불러일으킨다.

——병원 대합실의 밤 풍경 같네.

이세계임에도 불구하고 쓸데없는 감흥에 젖어 있자니, 머지않아 통로 끝에서 담당자인 듯한 사람이 나타났다. 여성이다. 풍성하게 웨이브가 들어간 갈색 머리카락의 소녀다. 접수원과 마찬가지로 직원 유니폼을 입고 있었다.

그녀는 곧장 스이메이 앞으로 다가와 고개를 갸우뚱하면서 묻는다.

"——음, 스이메이 야카기 씨…… 되시죠?"

"네, 그렇습니다."

그렇다고 대답하자, 표정이 풍부한 듯한 소녀는 활짝 웃으면서 자신을 소개한다.

"안녕하세요. 저는 신인 길드원님들의 안내를 맡고 있는 드로테아입니다. 잘 부탁해요!"

"아, 네. 잘 부탁합니다."

소녀가 경례라도 붙일 듯한 기세로 씩씩하게 말하자, 스이메이는 접수원에게 했듯 예의 바르게 인사한다.

접수처의 응대와는 또 다른 데가 있구나 하고 생각하는데, 드로테아라고 자신을 소개한 소녀가 이번에는 자연스럽게 미소 짓는다.

"아, 편하게 하세요. 비슷한 나이인 것 같은데, 편하게 하기로 해요, 편하게."

"……그래도 될까요?"

"그럼요, 그럼요. 그러는 게 얘기하기도 편하고요. 계측을 앞둔 신인 길드원 분들의 긴장을 풀어주는 것도 제 임무랍니다. 뭐, 스이메이 씨는 그럴 필요도 없어 보이네요."

"아, 응. ……그럼, 잘 부탁해."

"잘 부탁해요!"

스이메이가 다시 인사하자 드로테아도 밝게 대답한다. 그리고 "그럼, 가볼까요"라고 한 뒤, 앞장서서 통로를 걷기 시작했다. 스이메이도 그 뒤를 따라 걷는다.

그때 드로테아가 문득 생각났다는 듯이 뒤돌아보면서 묻는다.

"아, 조금 전의 종이—— 기재 사항이 적힌 종이는 확인했어요. 스이메이 씨는 마법사이고, 불과 바람의 속성을 가지셨네요?"

"응, 일단은 그래."

"후후, 겸손하시네요. 영창도 건언도 없이 마법을 써서 로하 씨를 날려버렸다면서요. 실은 엄청난 실력자인거 아니에요~?"

"얼떨결에 성공한 것뿐이야."

드로테아가 미소 짓자, 스이메이도 적당히 웃는 얼굴로 대응한다. 그러자.

"……이미 겪었듯이, 로하 씨가 다혈질이거든요. 요즘에는 무슨 일이 생기면 바로 출동하다시피 해요. 도움을 받고 있지만 스이메이 씨에게는 실례를 했습니다. 죄송합니다."

"……장난삼아 오는 사람들이 많아?"

"네. 창구를 찾는 사람들 중에는 모험자를 동경할 뿐, 실력은 바닥인 사람들이나, 길드의 도움만 받으려고 가맹하려는 악질도 있어요. 용사님이 나타나신 영향 때문인지, 최근 2~3일은 꽤 늘어서……."

길드원에게는 목하의 고민인 것일까. 드로테아는 한숨 섞인 투로 말한다. 확실히 마족이 노시어스를 습격한 뒤로 위축되어 있던 사람들에게 용사 소환은 일종의 청량제나 기폭제로 작용했을 것이다. 이 세계 사람들이 용사에게 공통적으로 가진 인식이 무엇인지는 모르지만, 만약 성에서 느낀 것처럼 맹목적 신뢰를 갖기에 손색이 없는 존재라면, 그 존재를 맥락도 없이 인류의 승리로 연결 짓고 들뜨는 자도 있을 것이다.

성가시게도, 접수처에서 있었던 일은 이것이 하나의 요인으로 작용한 것 같다.

"그럼 지금 가는 곳에도 모험자 지망생이 많아?"

"아뇨, 오전 계측은 스이메이 씨가 마지막이에요. 남아 있는 사람은 거의 없을 거예요."

"……그렇구나."

스이메이가 끄덕이자, 드로테아는 화제를 바꿔 물었다.

"──그런데 스이메이 씨는 퍼레이드에 참석하신 용사님

을 보셨나요?"

"응, 대강은⋯⋯."

이라고 하지 않고, 매일같이 봤다고는── 말해서도 안
되며, 말할 필요도 없다.

그러자 드로테아는 감격에 젖은 듯한 표정을 짓는다.

"레이지 님이라지요. 정말 신비로운 분위기셨어요. 과연
용사님으로 불릴 분이세요. 역대의 용사님들도 그렇게 강
직함과 정의로움을 구현한 듯한 모습이었다고 들었어요."

드로테아는 갑자기 멈추어 서더니 눈을 감고 말한다. 아
마도 퍼레이드를 떠올리고 있으리라. 눈 안에 새겨진 용사
레이지의 모습에서 그녀도 희망을 발견한 것일까. 그와 함
께 일상을 보냈던 자신은 모르지만, 그녀에게는 그렇게 보
였을지도 모른다.

아마도 일반적인 견해를 가졌을 그녀에게 스이메이는 넌
지시 묻는다.

"드로테아는 용사가 마왕이나 마족군을 토벌할 수 있을
거라고 생각해?"

"용사님의 힘이 범상치 않다는 이야기가 사실이라면, 가
능하다고 생각해요."

"이야기?"

"모르세요?"

"조금 부끄러운 이야기지만, 잘 몰라."

부끄러울 것도 없지만 일단 겉으로는 그런 척한다. 역시

용사의 이야기라는 것은 흔한 것일까. 뜻밖이라는 듯한 드로테아의 표정으로 보아, 이쪽 세계의 용사 이야기는 저쪽 세계의 옛날이야기나 동화처럼 친숙한 주제일지도 모른다.

드로테아는 예상대로 "······뜻밖이군요" 하고 중얼거린 뒤 이야기하기 시작한다.

"용사님의 힘에 관해서는 역사서나 구전으로 남아 있어요. 지금까지 수차례에 걸쳐 세계에 위기가 닥쳤을 때, 용사님이 소환되어 오셨는데, 그때마다 용사님의 전투가 굉장했대요. 하늘을 찌를 듯한 거인을 두 동강 낸 전설의 검술부터, 미친 폭군을 추격한 비행 마법사의 검은 짐승에 마왕을 베어버린 성스러운 검까지. 전해지는 이야기일 뿐이지만 여러 가지가 있어요."

"헤에."

그런 이야기라면 꽤 흥미롭다. 이야기의 내용도 그렇고, 레이지 일행과도 관련 깊은 사항이다. 흥미롭지 않을 이유가 없다. 앞으로 자세히 알아볼까.

"스이메이 씨는 어때요?"

"응?"

"용사님의 마왕 토벌 말이에요. 가능하다고 생각해요?"

"······글쎄, 드로테아가 말한 대로 이번 용사에게 그런 힘이 있다면 가능할지도 모르지. 하지만 실제로는 어떨는지."

"어머, 부정적인 거예요?"

"아니. 하지만 용사가 왔으니 이길 수 있다든가, 용사니까 이길 거라는 건 아무래도 무른 생각인 것 같아서. 물론 처음부터 부정적으로 생각하는 것도 안 되겠지만……."

아무래도 사정을 알고 있는 입장인지라 무척 불안하다. 강력한 힘을 손에 넣었다고 해서 이길 수 있을 만큼 전투는 호락호락하지 않다.

스이메이가 눈을 가늘게 뜨고 생각에 잠겨 있자, 드로테아는 부루퉁한 표정으로 말한다.

"다른 데서는 그렇게 말하면 안 돼요. 용사님을 아르주나 여신님의 사자와 동일시하는 구세교회 분들 귀에 들어갔다 간 엄청난 설교를 들어야 할 테니까요."

"하하…… 조심할게."

또 그 소리인가. 레피르도 말했듯 이 세계의 사람들에게 구세교회의 설교는 겁을 주는 데 쓰일 만큼 무서운 것인 듯하다. 혹시 모르니 머리 한구석에라도 새겨두는 편이 좋으리라. 그러자 드로테아는 꾸짖는 듯한 표정을 일변시킨다.

"확실히 스이메이 씨의 말씀대로 길드 사람이 낙관할 수 있는 이야기는 아니지요. ……그래서 아까도 말했지만, 그런 용사님의 영향 때문인지 기사단이나 일반병 응모뿐만 아니라 우리 땅거미 정에도 요 며칠간 가맹 희망자가 몇 배로 늘어나서……."

"접수원도 날카로워지고, 일반인처럼 보이는 나는 쫓겨날 뻔한 거고."

"네, 스이메이 씨. 적어도 지팡이 정도는 가지고 와야 했어요. 길드 카드를 소지했다면 모를까 가맹 희망자가 무기도 없이 창구에 온 건 난생처음 듣는 이야기라고요."

"지당한 말이야. 깊이 반성하고 있어."

생각이 거기까지 미치지 못한 것은 정말 부끄러운 일이다. 그야말로 시야가 꽉 막힌 시골뜨기였다.

스이메이가 속으로 탄식하면서 주눅이 든 듯 고개를 떨구자, 드로테아는 가슴을 펴고, "알아주셨으면 됐죠. 괜찮아요"라고 말하며 만족스러운 듯한 표정을 짓는다. 의외로 사람을 긴장하게 만드는 소녀다.

"달리 하실 질문이 있나요?"

"그럼 한 가지만 더. 계측이라면 구체적으로 뭘 하는 거야?"

내심 궁금했던 것을 질문한다. 미즈키가 빌려준 소설에서는 이방인들이 길드에 등록할 때 요상한 수정 구슬에 손을 얹는 다소 미스터리한 방식으로 마력의 양을 계측했다. 여기서도 그런 것일까.

그러자 드로테아는 그 질문을 기다렸다는 듯한 표정으로 자신 있게 대답했다.

"물론 시합이죠!"

뭐가, 물론이라는 걸까.

★

드로테아에게 계측 방법을 들은 뒤, 곧바로 그녀의 안내를 받아 문을 빠져나오자, 대형 실내 운동장이 나타났다.

"역시 부지가 넓은 건 이런 시설이 있었기 때문이구나."

"네. 이래 봬도 국내 최대 규모의 길드니까요. 훈련장 정도는 갖추고 있답니다."

"훈련장이라. 훈련장치고는 너무 썰렁한데?"

그렇다. 스이메이의 말대로 넓기만 한 훈련장에는 아무도 없었다. 가맹 희망자가 늘었다고 해서 많을 거라고 생각했더니, 인기척이 느껴지는 데라고는 끄트머리에 위치한 방뿐이다.

"제2훈련장은 오전 중에는 계측 장소로 쓰기 때문에 훈련하는 분이 없어요. 스이메이 씨 앞에 계측하러 오신 분도 안쪽 방에서 기입 절차를 밟고 있을 거예요."

"아아."

스이메이는 무심코 반응한 뒤, 문득 발밑── 이라기보다는 이 공간 전체에 위화감을 느끼고 시선을 떨군다.

"여기 재질 말이야. 좀 특이한 것 같은데?"

"네, 예리하시네요. 이 훈련장에는 마법에 내성이 강한 신소재를 사용했어요. 웬만한 마법에는 끄떡도 없답니다."

"마법에 강한 소재?"

"네. 나온 지 얼마 안 된 따끈따끈한 신소재라 메테르에서도 사용된 곳은 여기뿐이에요."

"헤에, 그런 것도 있구나……."

자랑스럽게 말하는 드로테아를 지나치면서 스이메이는 감탄한 듯이 말했다.

마음에 없는 반응과는 반대로, 흥미롭다는 듯이 바닥을 살폈다. 바닥과 벽의 재질. 아무리 봐도 목재와 석재를 조합한 것인데 마법에 강한 신소재라니 이것 참.

마술적인 처리가 된 소재라면 저쪽 세계에도 있기에 그리 뜻밖일 것도 없지만, 술식이 부여되지 않은 상태로 마법에 저항할 수 있는 물질이라니 흥미롭다.

스이메이가 주변을 둘러보고 있자, 드로테아는 정식으로 훈련장을 소개하려는 듯이 손을 펼친다.

"순서가 바뀌었지만, 여기가 시합장이에요. 스이메이 씨는 여기서 저희 쪽에서 선별한 길드원과 시합을 치르게 됩니다. 시합을 지켜본 뒤 랭크를 판단할 거예요."

"저기…… 혹시나 해서 말인데, 시합 말고 판단할 수 있는 방법은 없어?"

"어려운 질문이군요. 반대로 물을게요. 시합 말고 더 간단한 방법이 있나요?"

"아니, 그건 그렇지…….."

"그럼, 납득하신 걸로 알고——"

라며, 드로테아가 무언가를 서두르려는 순간, 문 안쪽에서 이쪽을 향해 누군가가 다가오는 기척이 느껴졌다. 문이 열리는 것과 동시에 그림자 하나가 나타난다.

그리고 자신들의 존재를 알아챘는지 상대방이 말을 걸어

온다. 마치 방울 소리가 부드러운 바람을 타고 전해지는 듯
한 기분 좋은 목소리다. 그 목소리의 주인공은.

"혹시, 스이메이?"

"아아, 그라키스 씨. 조금 전만이네요."

그곳에는 조금 전 기묘한 이유로 알게 된 지인, 레피르 그
라키스가 서 있었다.

선명하게 빛나는 붉고 긴 머리카락을 찰랑거리며 그녀가
다가오자 스이메이는 그렇게 말도 안 되게 대꾸했다. 그러
자 그녀는 의아하다는 듯한 표정으로 물었다.

"여긴 어쩐 일이야?"

"랭크 계측을 한다고 해서요."

"응? …… 길드에 의뢰를 하러 온 거 아니었어?"

"아……."

눈을 동그랗게 뜨고 묻는 레피르를 보고 스이메이는 그제
야 이해했다. 접수처에서 헤어질 때, "네 의뢰도"라고 한 것
으로 보아, **그녀도** 오해를 했던 것이다.

"실은 저도 가맹을 하러 왔어요. 이래 봬도 일단은 마법사
거든요."

"그랬구나. 나는 무기가 없길래 당연히 의뢰를 하러 온 줄
알았어……."

"……정말 죄송합니다. 앞으로는 주의하겠습니다."

"왜 그렇게까지 사과하는 거야?"

"……아뇨, 신경 쓰지 마세요."

그렇다. 결국은 이 이야기다. 자업자득. 조금 전에 어디선 가 들었던 이 말이, 훅 와 닿는다.

두 사람이 서로 구면인 듯 대화를 주고받자, 드로테아가 묻는다.

"두 분은 서로 아는 사이세요?"

"응. 조금 전에 접수처 앞에서 만났어."

레피르가 대답하자, "아, 그랬군요" 하고 납득하는 드로 테아.

드로테아의 질문에 대답한 레피르에게 스이메이가 물 었다.

"그라키스 씨, 계측은요?"

"아아, 막 끝났어."

"어땠어요?"

"음. 그럭저럭, 이라고 할까."

그라키스는 눈을 감고 자신만만한 미소를 짓는다. 그렇다 면 그럭저럭 괜찮았다는 것이 아니라 **그럭저럭 여유로웠다** 는 건가. 지친 기색도 없고 어깻숨을 몰아쉬지도 않는 것으 로 보아 그런 듯하다.

그러자 드로테아는 놀라움과 난처함이 반쯤 섞인 듯한 표 정을 짓는다.

"그 두 사람을 상대로 그럭저럭이라니, 그 두 사람은 길드 안에서도 꽤 실력자거든요."

"그런가. 나는 평소대로 했을 뿐인데?"

"평소대로요? 레피르 씨 같은 분이 메테르에 머물 수 없다니 너무 아쉬워요."

드로테아의 말을 들은 스이메이는 자연스럽게 레피르를 향해 묻는다.

"……? 그라키스 씨는 다른 곳으로 떠나나요?"

"응, 그건——"

"아차차, 말씀 중에 죄송하지만~ 슬슬 계측을 시작해도 될까요?"

시간이 늦어지는 것을 염려하는 드로테아의 목소리가 레피르의 목소리와 겹쳐진다. 그리고 보니 통로에서부터 지금까지 대화를 하느라 꽤 시간을 허비했다.

"아. 나는 언제든지 좋아."

"알겠습니다. ——그럼, 라이카스 씨와 에느마르프 씨! 부탁합니다!"

드로테아가 갑자기 운동장 안쪽을 향해서 크게 외쳤다. 그러자 문 안쪽에서 두 사람이 모습을 드러냈다. 한 명은 양손검을 들고 가죽 갑옷을 입은 전사 분위기의 남자고, 다른 한 명은 한 손에 지팡이를 들고 로브를 걸친 남자다. 마법사일까.

드로테아가 말했듯이 계측을 위해 겨룰 상대인 듯하다. 그런데——

"두 명이야?"

"네, 지금부터 스이메이 씨는 저분들 중 한 분과 시합을 할 겁니다. 라이카스 씨는 전사, 에느마르프 씨는 마법사입니다. 어느 쪽이든 서로 다른 타입이긴 하지만, 두 분 모두 상응하는 힘을 갖추고 있으니 역량도 체크할 수 있을 거예요."

"흐음……."

드로테아의 설명을 들으면서 스이메이는 멀리서 걸어오는 두 사람을 뜯어본다. 마력, 낌새, 무위. 어디에서도 방심해서는 안 될 낌새는 느껴지지 않는다. 그런 생각을 하는 사이에 두 사람이 도착했다.

그리고 곧바로 전사로 보이는 남자가 어딘지 짜증스러운 말투로 스이메이에게 물었다.

"너도 새로 온 길드원이냐?"

"그런데요."

"이름과 직업은?"

"스이메이 야카기. 일단은 마법사입니다."

상대방이 고압적으로 나오기에 스이메이는 저도 모르게 퉁명스럽게 대답했다. 그러자 전사로 보이는 남자—— 아마도 라이카스는 못마땅하다는 듯이 눈을 부라렸다.

"뭐라고? 마법사면 마법사지, 일단은은 또 뭐야?"

"그건 이쪽의 기분 문제라고 해두죠. 신경 쓸 거 없어요."

"흥, 그러신가."

왜일까. 라이카스라는 자의 태도는 너무 무례하다. 아마도 전투를 앞둔 초조함 때문이겠지만, 그렇다 하더라도 지나치게 노골적이다. 에느마르프라는 남자 마법사 역시 말은 없지만 비슷한 분위기를 띠고 있다.

그리고 무엇 때문인지 라이카스가 레피르 쪽을 바라본다.

"……너는 왜 아직까지 여기 있지?"

"응. 이 사람들하고 잠깐 얘기를 하느라."

레피르가 그렇게 대답하자 라이카스가 눈썹을 씰룩거린다. 갑자기 날뛸 듯하더니 위협적인 얼굴을 다섯 배는 더 위협적으로 만들어서 마치 인왕처럼 변했다. 그리고 다시 스이메이에게 눈길을 돌린다.

"너, 그 여자와 아는 사이냐."

"에? 그냥 조금……."

아는 사이라기보다 오며 가며 몇 번 마주친 사인데요, 하고 말하려는 순간, 라이카스가 험악한 표정으로 중얼거린다.

"……그래. 아는 사이라고. 그렇단 말이지……."

"에……."

"아는 사이라는 거네? 엉?"

이쪽을 향해 던지는 불온한 미소와 분위기. 어느새 에느마르프도 비슷한 위압감을 발산하고 있다.

거기서 문득 앞서 나누었던 대화를 떠올리다가 그 이유를 눈치챈 스이메이가 옆에 있던 레피르에게 묻는다.

"……혹시, 그라키스 씨가 쓰러뜨렸다는 상대가……."

"응, 저 두 사람이야. ……내가 사과하는 것도 이상하지

61

만, 미안해."

"역시 그랬군요……."

예상한 그대로인데, 한숨이 나오는 건 왜일까.

★

과연 접수처에서의 상황과 뭐가 다르단 말인가. 사람 수와 이유라는 큰 차이가 있지만, 이런 상황이 반복되면 질리는 것도 당연하다.

길드원 두 명이 분풀이성 적의를 드러내자 스이메이는 저도 모르게 한숨이 나왔다. 재상, 접수처, 그리고 지금. 오늘은 따가운 시선만 쏟아지는 운수 사나운 날이다.

예상대로 레피르의 계측 상대는 이 두 명의 길드원이었다. 원래는 한 명과 겨루어도 되지만 이왕 하는 김에 땅거미 정의 모험자 선배들에게 한 수 배우고 싶다고 부탁해서 마음대로 두 사람을 차례로 상대한 모양이다.

물론 결과는 보시다시피. 스이메이는 그렇게 생각하면서 흘끗 곁눈질한다. 가늘고 긴 검과 고급스러운 경갑옷을 제외한다면, 금지옥엽으로 자라는 것이 가장 어울릴 듯한 어린 소녀를 상대로, 두 사람이 이를 갈고 있다. 그럭저럭 여유롭게 진 것이 틀림없다.

한편 정보교환도 대충 마무리되었겠다. 스이메이는 드로테아와 막 내부적인 이야기를 마친 두 사람을 본다.

"──자, 이번에는 내가 하면 되는 거지?"

부당한 적의와 분풀이라면, 아첨도 겸손도 떨 필요가 없다. 경어도 붙이지 않고 그렇게 묻자 라이카스가 대답한다.

"그래."

"시합의 형식은?"

"길드 시합이다. 특별한 격식은 없다. 겨룬 뒤, 우리가 평가한다. 그뿐이다."

"겨룬다는 건, 평범한 시합을 말하는 거겠지?"

"그래. 하지만 길드의 계측 시험은 모조 검으로 한다. 너는 마법사니까…… 아아, 지팡이를 쓰지 않는다고 했지. 흠── 만약 쓰고 싶은 무기가 있으면 손에 쥐는 무기를 사용해도 좋다. 단, 마법이 됐건 뭐가 됐건 상대를 크게 다치게 하거나 죽게 해서는 안 된다. 뭐, 우리를 상대로 있을 수 없는 일이겠지만. 안 그래? 에느마르프?"

"……당연하지."

라이카스가 그렇게 묻자 에느마르프가 처음으로 입을 연다. 과묵한 타입인가. 하지만 표정은 라이카스의 그것과 진배없으며, 말투에서는 흔들림 없는 자신감이 느껴진다.

"하지만 조금 전에는 졌잖아요~? 두 분 다~."

"시끄럽다, 드로테아! 쓸데없이 나서지 마라!"

"히잉!"

라이카스의 일갈과 에느마르프의 조용한 압박에 드로테아는 비명을 지른다. 그리고 이쪽을 향해, 저 혼났어요, 하

63

고 혀를 삐죽 내미는 그녀를 보며, 스이메이는 너무 기름 붓지 마, 라고 생각한다. 그때——

"자, 누구와 할래? 고르게 해주지."

"누구와라……."

……그래. 곰곰이 생각하면 그런 생각은 의미가 없을지도 모른다.

이 세계에 와서 자신은 마법을 사용하지 않는 자와는 아직 겨뤄본 적이 없다. 성에 있을 때, 레이지와 기사들이 싸우는 것을 보긴 했지만, 보는 것과 직접 싸우는 것은 다르다. 이 쯤에서 한번 그것을 경험해보는 것도 좋으리라. 레피르는 이 제 이곳을 떠날 것이고, 그 후에 자신들만 남게 된다면 원만 하게 **마무리할 수도 있다**. 게다가 일이 잘만 진행된다면, 접 수처에서 있었던 일도 흐지부지 넘어갈 수 있다.

'지금이 기회야.'

결국은 드로테아의 발언에 관계없이 기름을 한계치로 들 이붓게 되었지만—— 결심은 굳어졌다. 대답을 재촉하듯 날카롭게 쏘아보는 라이카스에게 스이메이가 말한다.

"그럼 외람되지만—— 나는 두 사람과 동시에 겨루겠어."

"——호오?"

"에엣?!"

그 말을 듣고 레피르는 흥미롭다는 듯이, 드로테아는 놀 랍다는 듯이 탄성을 지른다.

한편 그 말을 들은 당사자들은 당연히 동요했다.

"……뭐라고? 우리를 한꺼번에 상대하겠다고? 이 자식이, 진심으로 하는 말이냐?"

"그래. 시시한 농담은 취미가 아니거든."

스이메이가 능청스럽게 대답하자 예상대로 라이카스의 표정이 더욱 험악해진다.

"그 여자 정도의 실력이라면 몰라도 일개 마법사 따위에게 우리가 뒤질 것 같으냐? 접수처에서 그깟 한 명을 날려 버린 걸로 거만 떨지 마라."

라이카스가 노기를 띠며 호통치자, 에느마르프도 날카로운 눈빛으로 노려보았다. 역시 자존심이 상한 것일까. 그럴 만도 하다. 아직 어린티도 벗지 못한 자신에게 그런 소리를 들었으니 그 마음이 평온하지는 않으리라.

하지만 이쪽 역시 무시당하고 있기에 상대의 마음까지 헤아려줄 생각은 없다.

순식간에 가라앉은 분위기를 의식했는지 드로테아가 조심스럽게 묻는다.

"……저기, 스이메이 씨. 두 분과 동시에 싸우겠다니, 진짜 진심이세요?"

"응, 나는 그러고 싶은데. 이 뒤에 숙소도 잡으러 가야 해서. 되도록 빨리 끝내면 좋지."

"저기, 그런 뜻이 아니라——"

그때, 드로테아의 말을 자르고 라이카스가 날카로운 목소리로 묻는다.

"금방 끝낼 자신이 있다는 거냐?"

"그래."

"쳇. 허세 떨긴."

"이 정도쯤이야. 당신들에게도 길드원으로서의 긍지가 있듯, 나에게도 지금까지 쌓아온 경력이 있다고. 지나친 겸손은 내 정신 건강에도 바람직하지 않아."

"……어이, 꼬맹이. 상대의 역량도 못 알아봤다간 그냥 점수가 날아간다고. 농담 그만하고 누구와 붙을 건지나 선택해. 지금이라면 용서해주지."

"그럴 생각 없어. 용서받아야 할 행동도 하지 않았고."

"……후회하지 마라?"

"충고, 고마워."

스이메이가 어깨를 움츠리자 라이카스는 분노로 이를 갈면서 에느마르프에게 말했다.

"크윽…… 에느마르프. 더 이상 애송이들에게 놀아날 수 없다. 얼른 끝내버리자고."

"……동감이다."

라이카스는 에느마르프의 뜻을 확인한 뒤, 다시 이쪽을 날카롭게 쏘아본다. 그리고 두 사람은 위험한 공기를 내뿜으며 나란히 훈련장 중앙으로 향했다.

"……스이메이. 저 두 사람, 꽤 실력자들이야. 정말 괜찮겠어?"

"네."

"저들에게 이길 자신이 있다고?"

"안타깝게도 배짱에 걸맞은 분위기를 지니진 못했지만요."

스이메이가 자조적으로 그렇게 말하자 레피르는 후후, 하고 조용히 웃음 짓는다.

"그건 그래."

"──즉답이라니, 너무하네요."

역시 그렇게 보이는 것일까. 당연하다는 듯한 레피르의 반응에 투덜대긴 했지만, 두 사람의 얼굴에는 동시에 웃음이 번졌다.

"후후후……."

"하하하."

그녀는 생각보다 죽이 잘 맞는 상대일지도 모른다. 한편, 아르주나의 신탁이니 뭐니 하는 것도 문득 기구하다고 생각하면서.

"……또, 저들을 동시에 상대하는 건, 제 목적에도 맞으니까요. 저는 만족해요."

"……그래. 그럼, 내가 더 이상 할 말은 없겠다."

레피르는 조용히 끄덕이더니 무슨 이유에서인지 드로테아를 바라보았다. 그리고 무슨 말을 하려나 했더니.

"괜찮다면 시합을 견학해도 될까?"

"엣?"

저도 모르게 걸걸한 목소리가 목구멍 안쪽에서 튀어나왔다. 견학. 잠깐만, 지금 뭐라는 거야. 이것은 그야말로 예상치 못한 전개였다.

"네, 상관없지만…… 스이메이 씨는 불편하시려나요?"

"에…… 아니, 별로 상관없어."

"그런데 표정이 왜 그래요? 방금 얼굴이 꾸깃하게 일그러진걸요? 꾸깃하게."

"아니야, 뜻밖이라 조금 놀란 것뿐이야."

"그런 거예요? 그런 것치고는 뭔가 이상했는데……."

드로테아가 이쪽의 반응에 고개를 갸웃하자, 허락을 받은 레피르는 만족스럽게 고개를 끄덕였다.

"그럼, 된 거다. 시합, 잘 볼게."

레피르는 아예 자리를 깔고 앉을 기세다. 스이메이가 두 명을 동시에 상대한다고 했으니, 검객으로서 흥미가 일었을 거다. 졸지에 공개 시합이 되었지만 어떻게든 하면 된다. 마음속으로 그렇게 낙관하면서 스이메이는 훈련장 중앙으로 향했다.

"그럼, 준비는 다 되셨나요?"

드로테아가 묻자 라이카스는 말없이 검을 뽑았고, 에느마르프는 마법 지팡이 끝에 박힌 보석을 정면을 향하게 하여 태세를 갖추었다.

그런 그들과 마찬가지로 언제든 상관없다는 듯 꺼낸 흑장갑── 낯선 글러브를 손에 끼고 호주머니에서 수은이 든 시약병을 꺼냈다.

그것이 뭔지 모르는 라이카스가 수상쩍다는 듯이 묻는다.

"그게 뭐지?"

"내 무기."

"무기?"

스이메이는 호기심 어린 시선에 둘러싸여 시약병의 뚜껑을 열어 내용물을 바닥에 뿌린다. 연금술에는 빠질 수 없는 물질, 수은이다.

한편, 이 세계에서는 수은이 신기한 물질인 것일까. 반짝이는 수은을 본 레피르가 눈썹을 찡그린다.

"은색…… 물?"

"수은이에요. 본 적 없어요?"

"응, 처음 봐."

레피르가 눈을 가느스름하게 뜨고 말했다. 그리고.

"그래서, 그건 무슨 약 같은 거야?"

"아뇨——"

스이메이가 레피르의 물음에 대답하는 사이, 시약병에 담긴 수은이 남김없이 바닥에 쏟아졌다. 그리고 수은이 바닥에 퍼지는 것과 동시에 마력을 모아 주문을 걸었다.

"——Permutatio coagulatio vis lamina(변질, 응고, 이루는 힘)."

수은이 퍼진 곳을 중심으로 작은 원이 퍼지면서 마법진이 형성된다. 점멸하며 붉은 마력광을 내뿜는 마법진. 스이메이가 한창 마술을 행사하고 있는데 네 사람의 놀란 표정이 보인다. 어디에 그리지도 않고 마법진을 구축한 것이 그들에게는 충격인 듯하다.

"연금……."

마법사 에느마르프의 목소리였다. 지금 하는 것이 뭔지 정도는 아는 듯하다.

이윽고 마법광과 마법진에 의해 수은은 점토처럼 늘어났다가 넓어졌다가 꿈틀거린 뒤, 자신의 손 안에서 검의 형상을 갖추었다.

"——이게, 내 무기예요."

그래. 레피르의 물음에 대답한 지금이다. 이번만큼은 싸움에 집중한다. 코트도, 슈트도 입지 않았지만 싸움은 싸움이다. 물러설 수 없다는 생각으로 장갑을 낀 손으로 수은도를 꽉 쥐자, 수상하게 쳐다보는 라이카스가 보였다.

"……어이, 너, 마법사라고 하지 않았나?"

"그래서 마법을 썼는데, 무슨 문제라도?"

"마법사가 검을 왜 써. ……그보다, 쓸 수 있다는 거야?"

그 말을 듣자 문득 떠오른다. 페르메니아도 그랬지만 역시 이쪽 세계에서는 마법사 겸 전사라는 사고가 일반적이지 않은 듯하다. 마법사는 후위, 전사는 전위라는 고정관념이라도 있는 것일까. 마법사와 전사는 익히는 것이 다르기에 당연하다면 당연하지만——

"뭐, 대충은."

"그런 거냐——"

씨익 웃어주자, 더 이상 물을 말은 없는 것일까. 라이카스는 귀찮다는 듯 그렇게 내뱉었다. 그것을 신호라고 생각했는지 드로테아는 팔을 올렸다.

"그럼, 시작!"

드로테아가 그렇게 외치자마자, ──라이카스가 덤벼들었다. 그의 첫수는 눈에 훤히 읽혔다. 거칠게 내디디면서 시작되는 호쾌한 엇베기였다.

그 참격에 이쪽도 엇베기로 대응한다.

"하압──"

라이카스가 콧방귀를 뀌었듯 이쪽의 한 수는 누가 봐도 악수(惡手)였다. 피아의 완력 차이는 한눈에 보인다. 팔의 굵기에서 이미 결론은 났다. 한쪽은 힘에 밀려 나가떨어질 것이다. 라이카스는 승리를 예감하며 표정 뒤에 냉소를 머금었겠지만, 결과는 그를 배신했다. 라이카스의 검과 자신의 검이 부딪치기 무섭게 재빨리 왼쪽으로 파고들어, 옆구리를 죈 상태에서 검을 뒤쪽으로 치켜들어 상대의 공격을 받아넘긴다.

"아닛?!"

공격점을 잃은 라이카스에게 태세를 갖출 여유는 없다. 자신의 오른쪽 뒤로 검과 함께 있는 힘껏 체중을 흘려보낸다. 그리고 고꾸라진다.

몸을 뒤로 젖혀 엇베기의 충돌을 무너뜨리고 상대의 검격을 받아넘기는 묘기. 그 기술을 끝내자마자 반전한다. 바보처럼 그 자리에 서 있을 생각은 없다.

뒤돌아서면, 그곳에는 무방비 상태의 라이카스의 등이 있다. 베어라, 이것이 방심한 대가다, 라는 듯, 이쪽의 공격을 재촉하지만, 이것을 호기라고 부를 생각은 없다.

그렇다. 아직 자신의 등 뒤에는 자신을 노리는 호랑이의 턱이 있기 때문에.

"──바람이여. 그대의 유구한 힘은 파괴의 뜻이 되어 나의 적에게 분노하라! 윈드 피스트!"

"Secandum excipio(제2성벽, 국소전개)!"

눈앞의 일격에는 조금도 미련이 없다는 듯, 주변의 공기가 응집되어 생긴 거인의 주먹과 같은 폭위를 방어 마술로 막는다. 행사한 마술은 현란한 금빛 요새, 제2성벽. 마술에 대한 술식 방어.

"아닛?!"

놀란 목소리는 누구의 것일까. 자세한 것은 모르지만, 라이카스에게는 검만 향하게 하고, 몸을 옆으로 틀어 장갑을 낀 왼손을 뒤로 뻗었다. 손바닥을 기점으로 순식간에 전개되는 금빛 방어진. 정면에서 부딪친 압축 공기 덩어리는 주위에 회오리바람을 일으키고, 방어진에 아무런 영향도 주지 않고 몇 초 만에 분해되었다.

방심해서 얼굴을 일그러뜨린 라이카스가 그 틈에 몸을 획 피해, 태세를 갖추고 말했다.

"큭, 별 희한한 검술을 다 보겠군."

"가까운 도장에서 배웠지."

스이메이가 여유롭게 대답한 그때였다──

"뭐냐! 지금 그 마법은?!"

그래. 에느마르프가 새파랗게 질려서 그렇게 소리친 것은.

에느마르프가 크게 동요하자, 스이메이는 가늘게 뜬 눈으로 의아하다는 듯이 말한다.

"……방어 마법인데?"

"그런 걸 묻는 게 아니야! 지금, 넌, 분명히…….."

"뭐지? 뭐가 이상하다는 거지?"

종잡을 수 없는 에느마르프의 반응. 너무 놀라 할 말이 정리되지 않는 듯하다.

현란한 금빛 요새는 방어 마술이다. 모든 형태의 공격으로부터 몸을 보호하기 위해 자신이 고안한 걸작이라고도 할 수 있는 견고한 진이다. 보인 그대로 방어 마술일 뿐── 그 밖에 놀랄 만한 점이라고 한다면 마법진 정도일까. 하지만 마법진 구축은 조금 전에 수은을 다루는 기술에서 선보였다.

새삼스럽게 놀랄 이유는 없다.

"이상하다고, 전부 다──"

그때, 흥분해서 제정신이 아닌 에느마르프 대신 드로테아가 말한다.

"스이메이 씨! 지금 그 마법, 속성의 개재도 없이 발동한 거라고욧?!"

"……그건, 속성 같은 건 안 붙였으니까. 방어 마술에 속성을 붙이는 건 무의미하잖아?"

그렇다. 방어 마술에 속성 따위는 필요 없다. 상대의 마술을 방어하려면, 술식에 대한 방어를 깔든, 그 마술의 내력에 대항할 수 있는 방어를 사용하는 것이 일반적이다. 확실히 속성을 부여하고 그 상극을 이용해서 방어력을 높이는 방법도 있지만, 자칫 약점을 잡히면 방어가 뚫리고 만다. 그런 단점 때문에 방어 마술에 속성을 부여하는 것은 적절치 않다고 알려져 있다.

하지만 에느마르프는 그것이 납득이 되지 않는 모양으로——

"멍청아! 쓸데가 없다니! 마법은 속성의 개재가 있어야 비로소 성립한다! 속성의 개재 없이 발동할 수 있는 마법 따위는 애초에……."

"으, 응? 속성의, 개재?"

애초에 뭐란 말인가. 이해할 수 없는 것은 피차일반이다. 속성의 개재가 없으면 마술을 발동시킬 수 없다니, 그것은 무슨 뜻인가. 속성은 그 마술이 어느 타입에 맞는지 분류하기 위한 지침일 뿐, 결코 마술을 발동시키기 위해 불가결한 힘—— 요소는 아니다. 아닌데, 설마——

"……스이메이. 이 세계의 마법은 전부 엘리멘트의 힘을 빌려 발현시킨 거야. 엘리멘트의 힘을 빌리지 않으면 절대 마법을 쓸 수 없어. 그런데 너는 어떻게 그런 이치를 무시하고 마법을 다룰 수 있는 거지?"

그래. 레피르의 의구심 어린 눈빛과 날카로운 물음이 이 모든 불가해함의 초점이었다. 그러자 비로소 납득이 갔다.

'——아아. 아아, 아아, 아아! 허, 그거였어. 이제 알겠네…… 이곳의 마법은 원소를 부여하는 것이 아니라, 원소 자체를 발동의 매개로 삼지 않으면 행사도 뭣도 할 수 없다는 말이네.'

비로소 이 세계에 와서 줄곧 품어온 의문이 풀렸다. 왜 이 세계의 마법사들이 굳이 마법에 속성을 붙이는지, 이제야 깨달았다.

처음에 스이메이는 이 세계의 마법이 어디에나 존재하는 자연 마술이라고 생각했다.

자연 마술은 자연의 힘을 빌려 마술을 발생시키거나, 마술로 자연 현상을 발생시키는 것인데—— 어쨌거나. 이세계의 마법은 자연 마술처럼 보였기 때문에 오해한 것이다.

하지만 뚜껑을 열어보니 비슷하지만 전혀 다른 것. 왕궁에서 처음으로 본 문을 여는 마술을 예로 들어보자. 자연 마술로 연다면 단순히 밀고 당기는 힘도 자연에 존재하는 힘이기에 그것을 이용하면 된다. 질량이 가벼운 바람의 힘을 개폐에 쏟아붓는 것은 쓸데없는 짓이다. 그래. 이 세계의 마술이 보통의 자연 마술이라면.

결국, 그것이 불가능하다는 것은, 이곳의 마술은 자연 마술과 비슷하지만 다른 것이라는 뜻이다. 그들이 말하는 원소—— 한정된 여덟 가지의 엘리멘트를 빌리지 않으면 마술을 구현할 수 없기에, 발동된 마술에는 일련의 뚜렷한 속성이 반드시 생기는 것이다.

"일일이 엘리멘트의 힘을 빌려야 한다니, 나 참. 무의미한 마술 행정이 늘어나고, 그만큼 번거로워질 뿐이잖아. 귀찮고 바보 같아."

"뭐, 뭐라는 거야……."

"아니. 방어 마술이 방어하기 위해서 속성을 조종하는 마술이 되어버리면 번거로울 것 같다고."

그렇다면 이 세계의 마법은 마력, 술식, 방어의 흐름으로 행사되는 게 아니라, 마력, 술식, 엘리멘트, 방어라는 과정을 거쳐야 한다. 그래서 이 세계의 마법은 영창이 길고, 영창을 하지 않으면 놀라는 것이다.

'나 참, 이런 거였어…….'

……페르메니아 때도 그랬지만 스이메이는 아직 이쪽 세계의 마술을 연구하지 않았다. 스이메이가 살던 세계에서 마도서는 소위 비법서를 가리키는 것이며, 결코 마술 초심자용의 지도서나, 읽으면 누구나 마술을 쓸 수 있는 지침서가 아니기 때문이다. 해독하려면 자료 수집은 필수이며 시간도 오래 걸린다.

그래서 스이메이는 마법 해명에 매달리지 않았다. 그것을 해독하는 데 긴 시간을 쓸 바에야 이 세계의 성립이나 자연, 전승같이 마법의 근본이 될 법한 사항부터 파악하는 편이 훨씬 유익하다고 생각했기 때문이다. 그래서 서고에 틀어박혔을 때 그런 것들만 읽었다.

그리고 스이메이. 단순히 미지의 마술전에 흥미가 있기도 했다. 자신이 모르는 신비를 중요하게 여기는 그이기에, 새로운 감동이 존재하지 않을까 하고 기대했던 것이다.

……그날, 그렇게까지 했던 결과가 어땠는지는 군이 말할 필요도 없지만.

"……뭐, 됐다. 해보자고. 놀란 건 마찬가지 같은데. 이븐이라면 상관없는 거지?"

스이메이가 그렇게 말하자, 되돌아온 것은 분노의 영창.

"──바람이여! 그대는 유구한 힘으로 진을 이루어라. 그것은 포악한 진. 공중에 숱한 파괴를 생성하고, 정의로 나의 적에게 쇄도하라. 노이즈드 타이런트!"

울려 퍼지는 건창은── 시끄러운 폭군. 에느마르프를 중심으로 회오리바람이 이는가 싶더니, 공기가 뭉쳐진 듯 곳곳에서 진동이 발생한다. 이것은 조금 전의 단일한 것과는 다른 공기의 탄막진이다. 물량으로 이쪽의 오만한 태도를 눌러버릴 생각일까. 하지만.

"Secandum perfectus(제2성벽, 강화전개)!"

방어 마술. 한층 빛나는 금빛 마법진을 향해 포악한 폭풍이 소음을 일으키며 쇄도한다. 이쪽의 지탄을 훨씬 뛰어넘는 위력을 감추고서. 열 배일까, 스무 배일까, 아니, 그 이상이다.

──러시(연사). 말 그대로 포격이 빗발친다. 하지만 그것은 성벽에 부딪치자마자 사라지길 반복할 뿐이다. 이쪽에

는 눈곱만큼도 타격을 주지 못한다.

이윽고 끝을 맞이한 바람의 마법. 바닥에서 먼지가 피어오른다. 그 광경을 한심하다는 듯 냉소적으로 쳐다보자, 에느마르프가 마법 지팡이를 쥔 채 멍하게 서 있다.

그때, 뒤쪽에서 땅을 박차는 소리가 들려온다. 라이카스다.

"잘난 척……."

하지 마, 라고 하고 싶은 건가. 양손검을 쥔 라이카스가 이쪽을 향해 튀어 오르듯 돌진한다. 마법이 끝난 후를 노린 습격이지만 이미 수는 읽혔다.

에느마르프에게서 돌아서서 팔을 내린 채 라이카스를 바라보며, 제1성벽. 국소전개.

"Primum excipio!!"

"──하지 맛!!"

하는 소리와 함께 검과 벽이 충돌한다. 톱니바퀴가 어긋났을 때 나는 과격한 마찰음이 귀청을 찢을 듯 울려 퍼진다. 부딪치는 실체의 검과, 그 움직임을 간파하고 전개된 비실체의 벽. 그러나 검으로 성벽을 친다고 벽이 무너지지는 않는다. 여기서도 그것은 마찬가지다. 깎여나가는 것은 마법진이 아니라 검이다.

"그 정도로는 어림없지."

"으, 크윽……."

가만히 서 있는 상대도 꺾을 수 없는 상황이라니, 얼마나 우스운가. 라이카스가 당황한 것을 기회로 보고, 방어를 뚫

79

지 못하는 라이카스의 검에 힘이 느슨해진 틈에, 왼쪽으로 빠진다. 여유롭게 활보하는 자신의 옆에서, 마구 검을 휘두르는 라이카스. 곧바로 그를 쓰러뜨리기 위해 더욱 강하게 손가락을 튕겼다.

—팡.

"으아아아아아아아아아악!"

바로 옆에서 발생한 지탄 공격의 위력에 라이카스는 튕겨져 날아갔다.

그리고 그 모습은 안중에 없다는 듯, 태세를 재정비한 에느마르프 쪽을 향한다. 마법 지팡이를 쥐고 주문을 외는 것이 고작인 마법사에게 던지는 것은──

"하려고? 네 마법은 안 통한다고."

"큭! 하, 하지만──"

하겠다는 건가. 마술 합전. 그 의지는 좋다. 그 열정에 편승해 자신도 영창을 개시한다.

"Buddhi brahma buddhi vidya(눈을 떠라, 힘이여. 위대한 지식과 함께)."

"──바람이여. 그대의 유구한 힘으로 휘몰아쳐라."

동시에 시작된 마술과 마법. 예비 동작도 없이 시작되었으니 결국 승부를 좌우하는 것은 영창의 속도. 하지만 카발라의 비법인 노탈리콘(압축영창기법)을 사용한 마술 앞에서 속성이 필요한 마법 따위는 우둔의 극치일 뿐이다. 속도전이라면 상대가 지는 것이 도리. ──단, 그것은 술이 동등할 때의 이야기.

"게일!"

먼저 주문과 건언을 마친 것은 스이메이가 아닌 에느마르프였다. 뜻밖에도 두세 소절밖에 안 되는 짧은 영창이다. 술식에도 공격성이 없어 위협을 주지 못한다. 그렇다면 왜 지금 이 타이밍에 사용한 것일까.

그 의문은 바로 풀렸다.

그렇다. 마력을 동반한 강풍이 **자신이 등 뒤에서** 불어왔기 때문에.

'제법인데——'

등 뒤에 서늘한 기운을 느끼면서 입가를 미소로 일그러뜨린다. 마술전이 아니라 속임수인가. 에느마르프. 그 목숨을 건 원호에 아낌없는 박수를 보내고 싶다.

그에 대한 마술 행사. 외치는 영창문은, 부디 브라흐마. 부디 비드야.

"Buddhi karanda trishna(그리고 달콤한 목소리의 갈증에 그 몸을 맡겨라)!"

부디 카란다—— 트리슈나. 그래. 트리슈나. 갈증을 뜻하는 단어. 다섯 개 이상의 종교의 의례어로서 마술적 관점에서도 강력한 힘을 발휘하는 산스크리트. 그 범어를 마술에 이용한 밀교 계통의 신비. 그리고 그 갈증이라는 말에 따라 에느마르프의 발치에 서양의 마법진과는 전혀 다른 구조의 만다라(고갈의 마법진)가 생겨났다.

"아직 이르다!!"

그런 기합 소리와 함께 에느마르프의 몸에서 외부로 빠져나가는 마력이 증대한다.

마력을 방출해서 힘으로 술식에 저항할 생각인가. 그것은 대개 방어가 힘들 때 마술에 대항하기 위한 최종 수단. 누군가를 위해 술을 사용한 뒤의 대책으로는 나쁘지 않은 선택이다.

하지만 안타깝게도, 이쪽은 고갈의 마술이다── 갈라빈카의 달콤한 목소리. 직접 공격하지 않고 상대의 마력을 방출시키는 것이 이 마술의 본질이다. 결국은.

"끄아아아아아아아아아악!!"

절규와 함께 마력의 방출이 에느마르프의 제어력을 넘어서서 가속한다. 이윽고 모든 힘이 고갈된 마법사는 무릎을 꿇었다.

"으아아아아아아아아악!!"

곧바로 등 뒤에서 라이카스의 고함 소리가 들려온다. 더 멀리 날아가지 않고 이 정도 거리에 그친 것은 물론 에느마르프의 원호가 있었기 때문이다. 하지만 당황할 까닭은 없다. 수은도를 고쳐 잡고 재빠르게 돌아선다. 그리고 양손검에 반사된 빛이 검신(劍身)을 훑고 떨어지는 것보다 먼저──

"크, 윽──"

검을 내리치기 직전인 라이카스의 목에 칼끝을 겨누었다.

"──이걸로 내 승리인 것 같은데? 그쪽 생각은?"

그 물음에 트집을 잡을 여지는 조금도, 없다.

★

스이메이가 라이카스의 목덜미에 겨누었던 수은도를 조용히 물리자, 그는 그 자리에 주저앉아 거친 숨을 몰아쉬었다. 뒤에서는 에느마르프 역시 마력의 과잉 방출로 주저앉아 있다.

그 모습을 본 스이메이는 수은도에 불어넣은 마력과 술식을 해제한 뒤 바닥에 방출한다. 방출된 수은은 되감기 버튼을 누른 듯 시약병 안으로 빨려 들어갔다.

한편, 길드원으로서 시합을 지켜보던 드로테아는 그런 두 사람의 모습을 경탄한 표정으로 번갈아 바라보았다.

"와아……. 정말 두 사람을 동시에 쓰러뜨렸네요……."

뜻밖의 결말에 드로테아는 살짝 얼이 빠진 것일까. 그 옆에서 함께 시합을 지켜본 레피르로 말하자면, 과연 예리한 눈빛으로 스이메이를 바라보고 있다.

그리고 곧바로 날카로운 시선을 부드러운 미소로 감추었다.

"──훌륭해."

칭찬 한마디. 다소나마 이미지 반전에 성공한 듯하다.

그리고 드로테아가 다가온다.

"스이메이 씨. 훌륭한 시합이었어요. 라이카스 씨와 에느마르프 씨를 동시에 상대해서 쓰러뜨릴 사람은 메테르의 길드원 중에서도 찾기 힘들어요."

"고마워. 운 좋게 작전이 맞아떨어진 것뿐이야."

그렇게 겸손하게 이야기하자, 드로테아는 얄밉다는 듯한 미소를 지으면서 호들갑을 떤다.

"또, 또 겸손하시긴. 역시 유능한 마법사가 맞잖아요. 마법사 길드에서도 숙련 클래스에 필적한다고요. 그렇죠, 레피르 씨?"

"응. 여기 마법사 길드의 실력자들이 어느 정도 수준인지는 모르지만, 기술력은 상당한 것 같네."

"······그럼, 아는 한도 내에서 그 실력자들과 비교한다면, 어때요?"

그래. 질문한 것은 이 세계의 마법사다. 바보 같다고 무시했지만 그것은 어디까지나 기술에 관해서이고, 실제로 이 세계 마법사의 최고 클래스가 어느 정도 수준인지는 아직 명백히 드러나지 않았다.

기술도 중요한 부분이지만 마력의 총량이나 한 번의 마법으로 사용할 수 있는 마력의 양이 많다면 그것은 실제로 위협적이며, 규모가 큰 마법은 그것만으로도 위험하다. 게다가 엘리멘트가 마법에 얼마나 개재하느냐에 따라서도 마법사의 능력은 크게 변한다. 그것은 다분히 전투에 한정된 이야기지만——

그러자, 드로테아는 쾌활하게 미소 지으면서.

"역시 그런 데 신경 쓰는 걸 보니 스이메이 씨도 평범한 남자아이군요~."

"으응, 그런가. ······그래서?"

"후후후. 제가 보기에는 상당한 실력이라고 생각해요. 물론 땅거미 정에 소속된 S랭크의 마법사 분들께는 못 미치겠지만요······."

조금씩 흐려지는 말꼬리. 그 말은 지금의 시합으로 그 S랭크 마법사와 비교하는 것은 주제 넘는다는 것일까. 그렇다면.

"역시 그렇구나. ······그럼 혹시 성에서 유명한 백염 씨는 그 S랭크의 마법사와 비교하면 어때?"

"스팅레이 경이요? 그분은 연구자 기질이 강한 걸로 유명하니, 아무래도 전투가 생업인 분들과 비교하면 뒤지지 않을까요?"

"헤에······."

땅거미 정 길드원의 실력을 자랑하듯이 말하는 드로테아. 스이메이는 그녀의 말을 듣고 흥미진진하다는 듯 감탄한다. 페르메니아는 뛰어나다고는 할 수 없지만 마법사로서의 재능은 충분했다. 그녀를 최고 클래스라고는 생각하지 않았지만, 꾸준히 전투 경력을 쌓아온 마법사에 비해 뒤떨어져 보인다는 것은 흥미로운 이야기다.

"그럼 그라키스 씨는 어때요?"

"······네가 이런 주제에 집착할 줄은 몰랐는걸."

"아뇨. 그냥 참고 차원에서요. 자신에 대한 평가가 궁금해질 때도 있잖아요?"

"흠, 그래……. 다분히 내 주관…… 지금까지 지켜본 것에만 의존하자면, 네 마력 양은 강한 마법사를 뛰어넘을 수준은 아니야. 마법의 위력은…… 방금 쓴 마법에는 놀랄 만한 데가 있긴 했지만, 별로 참고가 되지 않았어."

"위력이라면."

역시 자연 마술과 비슷해서 위력이 중시되는 건가. 저쪽 세계에서 두려움의 대상인 마법사 볼프강이 만든 그 고도의 마술도 이쪽 세계에서는 대접을 받지 못한다.

그렇다면, 최고 랭크 마법사가 구사하는 마법의 위력은 대체 어느 정도인 것일까.

"최고봉으로 불리는 실력자라면 숲이나 마을을 단일 마법으로 한 방에 날려버릴 수도 있어. 실례를 무릅쓰고 냉정하게 말하자면, 거기에 비해 네 실력은 그렇게 대단하다고는 할 수 없어."

"네페리아의 지오 마리피엑스 님이라는 분은 아예 전장을 통째로 날려버릴 정도라고 하니, 대단하신 분들의 실력으로 말하자면 그야말로 상상을 초월할 정도예요……."

"흠……."

과연. 마력로에 불을 지피지 않은 현재 상황에서는 차이는 크게 벌어져 있는 듯하다. 산이나 반도라고 하지 않은 것이 아직 다행이긴 하지만, 그래도 확실히 위협적이다. 저쪽 세계에서도 그런 녀석은 찾아보기 힘들 테지만── 어쨌든.

"고맙습니다. 참고가 되었어요."

"이런 걸로 인사를 듣자니 좀 쑥스럽네."

"아뇨, 아직 부족할 따름입니다."

그렇게 말하며 레피르에게 머리를 숙이자, 드로테아가 문득 이상하다는 듯 고개를 갸웃한다.

"……그런데, 스이메이 씨는 누구세요? 그 정도로 실력자인데도 한 번도 이름을 들어본 적이 없어요. 음── 어디서 오셨어요?"

"아── 나는 멀리서 왔어…… 동쪽이라고 하면 알려나?"

그렇게 말하면서 스이메이는 성에서 본 지도를 떠올린다. 이런 상황이 올 때를 대비해서 지도를 대강 봐두었다. 이 대륙의 동쪽은 아스텔과는 그다지 교류가 활발하지 않고, 알려진 정보도 많이 없는 곳이라서 이런 질문에 대한 대답으로 딱 좋다.

"역시 그렇군요. 동방에 대해서는 잘 모르거든요. 그럼 그 마법도 동방 독자의 마법인 거죠?"

"그런 거지."

시치미를 떼면서 그렇게 대답하자, 레피르는 흥미가 생겼는지 혼자 중얼거린다.

"독자 마법……."

"예?"

"아니, 아까부터 돋보이는 기술이라고 생각했거든. 위력

은 그렇다 처도 마법을 행사하는 속도나 방어 마법은 훌륭
했어. 아직 내가 모르는 세계가 있는 거네."

"아, 네."

확실히 그렇다. 다른 세계에서 온 기술이니 핵심을 찌른
표현이라고 해야 하나.

그때, 드로테아가 생각났다는 듯이 레피르를 향해서.

"그러고 보니, 레피르 씨는 네페리아 제국으로 간다고 하
셨죠?"

"응? 응, 그래."

드로테아가 확인하듯 묻는 말에 끄덕이는 레피르. 그것은
또 기묘한 우연이다.

"에. 그라키스 씨는 제국에서 활동하려고요?"

"응. 앞으로 제국의 마도원에 다니면서 땅거미 정에서 활
동할까 생각 중이야."

"마도원…… 이라면 그."

마도원. 자료에 따르면 분명 제국에 있는 거대 마법 학술
부문이었던 것 같다. 아스텔, 네페리아, 사디어스에서 학생
을 모집해 마도를 연구, 발전시키고 3개국의 동맹을 균형
있게 유지하기 위해 설립된 기관이었는데.

"나는 마법 쪽으로는 정통하지 않아서 그곳에서 기초부터
배워볼까 해."

"마법을 배우려고요?"

"응. 지금까지 마법에 관해서는 진지하게 파고든 적이 없

거든."

스이메이가 흠, 하고 끄덕이자, 문득 드로테아가 한숨을
쉴 듯이 입을 뗀다.

"레피르 씨 정도의 실력이면 메테르에서도 대활약을 하실
텐데, 다른 지부에 가버리다니 너무 아쉬워요. 하지만 그래
도 희대의 마법사이신 스이메이 씨가!!"

"──저기, 미안한데 나는 준비가 되는 대로 크란트 시로
떠날 거야."

스이메이가 그렇게 말하자 잠깐의 정적 뒤, 무서운 기세
로 얼굴을 들이미는 드로테아.

"……에에에에에에?! 메테르에 혜성처럼 등장한 신인 마
법사로 저희 지부에서 대활약을 펼치실 거 아니었어요오
오─?! 마법사 길드의 마법사들을 탁탁 제치고 박명(薄明) 님
처럼 그 별명을 만방에 떨치실 거 아니었어요오오─?!"

뭐냐, 그 위험한 망상은.

"……그게, 아쉽게도."

"이럴 수가……. 모처럼 훌륭한 분들이 들어오셨다고 생
각했는데……."

"미안. 나도 해야 할 일이 있어."

"……그렇군요. 두 분 다 확고한 목적이 있으시다면 어쩔
수 없지요."

"뭐, 최종적으로는 나도 네페리아에 가게 될 거야."

"너도?"

"네. 정보를 얻으려면 역시 제국으로 가는 게 좋을 것 같아서요."

"그래. 언제가 될지는 모르지만 또 만나게 된다면 그때도 잘 부탁할게."

"네. 잘 부탁합니다."

"──그럼, 나는 슬슬 가봐야겠다. 스이메이. 시합, 잘 봤어."

레피르는 그렇게 작별 인사를 건넨 뒤, 우아하게 뒤돌아선다. 흔들리는 붉은 포니테일. 그런 그녀를 문득 눈을 가늘게 뜨고 바라보는 스이메이. 그 시선을 느꼈는지 레피르가 뒤돌아본다.

"왜 그래?"

"아뇨, 아무것도. 조심히 가세요."

"응. 고마워. 그럼, 또 보자."

레피르는 이번에야말로 출입구 쪽을 향해 걸어간다.

스이메이는 그 가냘픈 뒷모습을 바라보면서 눈을 가느스름히 떴다.

──그녀라면, 그냥 내버려둬도 괜찮을 것이다. 수다스러운 성격도 아닌 듯하고 겨우 한 명일 뿐이다. 작은 구멍조차 되지 않는다. 게다가 그녀도 네페리아에 간다고 하니, 결국 이곳에서의 일도 주변으로 퍼지진 않을 거다.

……레피르가 문을 열고 나간 것을 확인한 뒤, 스이메이는 시선을 돌리지 않고 드로테아에게 묻는다.

"——그럼, 좀 묻고 싶은데, 지금 내 랭크는 어느 정도지?"

스이메이가 얼굴을 보이지 않고 묻자, 드로테아는 경계하지 않고 천장을 바라보면서.

"음…… 네. 스이메이 씨는 라이카스 씨와 에느마르프 씨를 동시에 상대해서 이기셨으니까……."

한쪽은 콧방귀를 끼고 한쪽은 무언의 시선을 보낸다. 분하다는 듯이 고개를 돌리는 라이카스와 이를 가는 에느마르프. 연속으로 졌으니 더욱 분할 것이다. 그런 그들을 곁눈질하면서 드로테아는 직원의 태도로 돌아가 사무적인 말투로 말한다.

"보통은 C랭크부터가 타당하지만, B랭크로 활동해도 손색이 없는 실력이기 때문에, 그쯤으로 생각하시면 되겠어요."

드로테아의 뜻밖의 평가에 "헤에……." 하는 소리가 무심코 흘러나온다. B랭크라니. 나름대로 예상은 했지만 꽤 높은 평가였다. 그렇게 평가한 드로테아는 경사스럽다는 듯이 웃는 얼굴로 이쪽을 바라본다.

"대단해요, 스이메이 씨. 유명해지는 건 시간문제네요."

"그럴까."

"그럼요. 제가 보증해요."

맡겨달라는 듯 가슴을 활짝 펴고 자신 있게 말하는 드로테아.

역시 그런가. 높은 평가를 받은 신인이 혜성처럼 등장한다면 소문이 나는 것도 당연하다. 하지만.

"그런데── 그건, 여기 있는 세 사람이 내 실력을 다른 사람들한테 말했을 때의 이야기겠지?"

"……? 아뇨, 굳이 말하지 않아도 갑자기 B랭크의 회원이 나타나면, 저절로 유명해──"

──드로테아가 아리송한 표정으로 그렇게 말할 때였다.

세 사람이 깨달았을 때에는, 뒤돌아서 있던 스이메이는 어느새 소매가 길고 바느질이 잘된 흑의를 입고 있었다.

그리고, 갑자기 발산된 것은 등줄기가 서늘해질 만큼 서늘한 기운.

그 변화를 재빨리 눈치챈 라이카스가 적의를 드러내며 노려본다.

"……이 자식."

"괜찮아. 나는 별로 유명해지고 싶지 않거든. 나는 방금 시합에서 거기 두 사람에게 완벽하게 진 거야. 그래서 랭크는 D 정도. 너희는 다른 길드원들에게 그렇게 전해. 나는 평범한 이류 마법사 길드원이 될 거야──"

"──에."

이해하지 못하는 드로테아와 주변에 감도는 위험한 분위기에 딱딱하게 굳은 라이카스와 에느마르프. 무슨 일이 벌어질지는 분위기에서 느껴지는 대로다. 확실한 것은 지금 한 말이 그들의 현실이 되리라는 것. 그러니──

"너희에게는 미안하지만, 이번 일은 그렇게 부탁한다."

"그게 네 맘대로 될 것── 으, 크윽……."

"아——"

뒤돌아서 손을 뻗는다. 그대로 뜸 들이지 않고 마술을 발동. 뛰어들어 이쪽의 폭거를 막으려는 라이카스와 아직 상황을 파악하지 못한 드로테아는 저항조차 하지 못하고 이쪽의 바람을 이루어줄 마술 앞에 무너졌다.

두 사람은 마술에 강한 내성이 없는 것이다. 이 결과는 당연했다.

아무런 저항도 하지 못하고 마술에 걸린 그들은 초점 잃은 눈동자로 마치 유령처럼 그 자리에 붙박였다.

단 한 명, 마술의 영향을 받지 않은 에느마르프만이 공포로 떨리는 목소리로 묻는다.

"……왜지?"

"응? 왜라니? 그야 아까도 말했듯이 내 랭크를 적당한 것으로 해두고 싶으니까."

"어리석군. 랭크는 길드원의 일을 좌우할 만큼 중요한 거라고. 그걸 스스로 하수구에 던져서 어쩌겠다는 거야?"

그 말을 들은 스이메이는 태연하게.

"딱히 어쩔 생각은 없어."

"뭐라고——?"

"그냥 그렇게 해두면 귀찮은 일이 늘어날 것 같지 않아서."

스이메이가 그렇게 말하자, "그건, 그렇지…….." 하고 수긍하는 에느마르프. 랭크가 높을수록 귀찮은 일이 늘어나는 것은 길드의 선배로서 다소 이해되는 부분이 있는 것이다. 아닌 게 아니라 지금 자신에게 있어서 성가신 일에 불과한, 이 방법.

"그리고 굳이 두 사람을 다 상대한 건, 이 세계의 사람들과 조금이라도 더 겨뤄보고 싶었기 때문이고."

"이 세계, 라고……?"

"그건 그쪽이 알 거 없어."

방금 스이메이가 한 말은 이 세계의 사람에게 흘려들을 수 없는 이야기다. 하지만 상대방의 의문은 가볍게 무시한다. 자신의 사정을 타인이 알아야 할 필요는 없다.

그러자, 에느마르프가 초조한 기색으로.

"하지만 우리의 기억만 조종한다고 해서 뭐가 달라지지? 접수처에 있던 녀석들은 이미 너에 대해서 알고 있을 텐데? 여기서 우리를 어떻게 한다고——"

"그렇지. 하지만 그쪽에서 확실히 알아낸 건 없어. 그렇다면 여기서 나온 결과가 내 실력의 기준이 될 거고, 접수처에서 있었던 일은 우연으로 마무리되겠지. 안 그래? 기본적으로 인간은 타인을 무시하려고 하거든. 이야기의 실체가 없다면, 상대를 강하다고 생각하기보다 약하다고 생각하는 편이 간단하거든."

에느마르프는 침묵한다. 아니, 말문이 막힌 걸까. 목소리를 전부 빼앗기기라도 한 사람처럼 말이 없다.

그리고 그 두 눈동자는 정체를 알 수 없는 존재라도 보는 듯 크게 떠지고, 정확히 이쪽을 향하고 있다. 그렇다면, 지금 한 이야기에는 공감할 수 있는 부분이 있는 것이리라.

"뭐, 결국 나는 접수처에서 세상 물정 모르고 까분 마법사라는 게, 일반적으로 받아들이기 쉬운 이야기잖아? 스스로에 대한 프라이드가 높은 자일수록 더욱 그렇게 생각할 거야."

"……랭크가 낮은 길드원에게는 의뢰도 안 들어온다고. 아무리 땅거미 정에 밀려드는 의뢰가 많아도 자신에게 걸맞은 괜찮은 의뢰가 들어오리라는 보장은——"

"없겠지. 하지만 미리 씨를 뿌려뒀어. 회복 마법을 쓸 수 있으면 일감 걱정은 할 필요 없겠지? 사람을 치유하는 능력은 어딜 가나 부족하니까. 만약 그게 처음 듣는 이야기라면—— 그게 다는 아닐 거야."

스이메이는 그렇게 중얼거리면서 앞으로 한 발 내딛는다.

과연 그 걸음은 에느마르프에게 있어서 악마의 한 걸음일까.

"큭, 마법사인 내가 그렇게 간단히—— 익?!"

자세를 잡는 것을 보니 이미 눈치챈 것일까. 그렇다. 지금 이 순간만큼은 누구도 간단히, 라는 말을 부정할 수 없다.

왜냐하면.

"걸려. 너도 꽤 에너지를 소모했을 테니. 그렇지? 갈라빈카의 달콤한 목소리는 그런 마술이다."

'아————'

……마술사는 기본적으로 마술에 대한 내성을 가지고 있다. 신비를 다루다 보면 저항력이 생기게 되고, 그 외에도

타인의 마술에 노출되는 것에 대비하여 마술에 걸려들지 않도록 미리 주적 방어를 연구하고 그것을 자신에게 시행하기 때문이다.

하지만 그 효과는 늘 일정하지 않고, 당사자의 정신이나 육체의 상태에 따라 달라진다.

그렇다면 고갈의 마술로 인해 에너지를 소모한 에느마르프는 어떨까.

"강암시(強暗示)다. 후유증은 없으니 안심해라. 자고 일어나면 내가 말한 대로 될 거야. 너희들의 명예는 지켜질 거고, 손해 보는 일도 없을 거다."

……스이메이는 마술사다. 이쪽의 마법사와 싸우면 필연적으로 마술 경합이 될 것이 명백하다. 더군다나 싸움과 보통의 평가를 양립시키는 것은 아무래도 어려운 일이다. 그렇다고 마법사와는 싸우지 않고 전사와만 싸운다면 마법사에 대한 정보를 얻을 수 없다. 그래서 싸우긴 하되, 최후의 입막음을 위해 마법에 내성을 가진 마법사만큼은 충분히 소모시켜야 한다는 조건도 있었다.

"그런 거였냐…… 그래서, 넌——"

"그래. 그래서 나는 두 명을 동시에 상대한 거야."

——얼음보다 차갑고 날카로운 눈빛으로 스이메이가 마법사를 향해 손을 뻗는다.

제2장   파란의 여로에

스이메이가 레피르와 만나고, 랭크 계측을 거쳐 무사히 길드에 가맹한 날로부터 며칠 뒤. 아침 일찍 일어난 스이메이는 혼자 숙소 마당에서 수은도로 수련을 하고 있다.

"합, 합."

위에서 아래로 규칙적으로, 일정한 호흡을 유지한 칼 베기의 정석. 익숙한 동작이지만 물론 그것은 마술사인 아버지에게 배운 것이 아니라 집 근처에 위치한 검술 도장에서 배운 것이다. 아버지도 근접 전투를 중요하게 여겨 수련을 했지만, 이왕 배운다면 그 분야의 전문가에게 배우는 것이 좋겠다고 생각하여 어릴 적부터 도장에 다녔다.

지금 스이메이가 칼 베기 동작을 하는 것도 그곳에서 배운 훈련의 일환이다.

검은 휘두르지 않으면 무뎌지는 법. 그래서 자투리 시간을 활용하여 동작을 연습한다.

"후, 이만하면 되려나……."

대강 동작을 마무리한 뒤, 스이메이는 한숨을 쉰다. 평소 때와 비교하면 다소 적은 연습량이지만 오늘은 아침부터 힘을 빼면 곤란하다. 그렇다. 오늘부터 네페리아 제국으로 향하는 상대를 호위해야 하는 것이다.

지금 스이메이의 목적은 원래 있던 세계로 돌아갈 방법을 찾고, 귀환하는 술식을 짜는 것. 그러기 위해 아스텔 왕국을 떠나 정보와 물자가 풍부한 네페리아 제국으로 향하는 것이지만, 우선 그 시작점으로 제국의 입구이자 아스텔 왕국의 서단에 위치한 크란트 시로 향하기로 했다.

그래서 지리에 밝고 여행 지식도 풍부한 상대와 동행하기로 한 것이다.

……길드에 가맹한 뒤로 그런 종류의 의뢰를 찾았고, 바로 어제 이 의뢰를 정식으로 맡게 되었다.

경쟁이 치열했지만 생각보다 쉽게 뽑힌 것은 역시 회복 마법의 영향이 컸다. D랭크가 된 스이메이가 의뢰를 받으려고 창구에 갔을 때 이미 호위단 모집은 마감된 상태였지만, 회복 마법을 다루는 자는 많으면 많을수록 좋다는 상대 리더의 의견으로 추가로 뽑히게 되었다.

이것으로 앞날은 정해졌다. 이제 왕도 메테르를 떠나는 일만 남았다.

'슬슬, 돌아갈까.'

그렇게 생각하면서 수련용으로 만든 수은도를 원래 상태로 되돌리고 일어선다.

그리고 떠나기 전에 마지막으로 짐 정리를 하기 위해 방으로 돌아가려고 숙소의 모퉁이를 돌아서는 순간── 누군가와 세게 부딪쳤다.

"아얏……, 죄송합──?!"

순간, 눈꺼풀 안에 별이 흩어진다. 현기증이 났지만 자신의 부주의함을 사과하려고 머리를 숙이려는 그때, 사과는 중단될 수밖에 없었다.

부딪친 상대. 그 상대는 마침 같은 숙소에 머물고 있는 소녀 검객, 레피르 그라키스였기 때문이다. 하지만 그것이 사과를 중단할 만한 일일까. 같은 숙소에 묵고 있으니 딱히 있을 수 없는 일도 아니다. 하지만 스이메이가 사과의 말을 끝맺지 못한 이유는 그녀의 행색이 요상했기 때문이다.

필시—— 부지 밖에서부터 한눈도 팔지 않고 달려온 듯한 레피르는 달랑 속옷만 입은 데다, 무슨 이유에서인지 붉게 충혈된 두 눈에서는 닭똥 같은 눈물이 떨어지고 있다.

"아——"

레피르는 자신의 모습을 눈에 담고 깨달은 것일까. 하지만 그녀는 여전히 멍한 표정으로 괴로워할 뿐. 부딪친 것보다 멈춰 세워진 충격이 더 큰 듯, 눈동자에 괴로운 빛이 어려 있다.

"에, 아, 에——?"

한편, 일시정지 상태에서 겨우 깨어난 스이메이는 갑작스러운 상황 앞에 머리가 제대로 돌아가지 않는다.

아슬아슬한 속옷 차림으로 우는 모습이라니, 상상조차 못한 일이다.

"으—— 미안……."

그제야 레피르는 정신을 차린 것일까. 그녀는 눈물을 훔친 뒤 신음하듯 그렇게 자기 말만 하고는 숙소 안으로 들어

가 버렸다.

……한동안, 그 자리에 홀로 남겨진 스이메이는 여전히 충격에 휩싸여 중얼거린다.

"대체, 뭐야……?"

아직은 이른 아침. 아직 사람들이 일어나기 전. 대답이 돌아올 리도 없었다.

★

아침의 소동으로부터 몇 시간 뒤. 현재 스이메이는 이전에 옷 가게에서 산 옷을 입고, 한쪽 손에는 저쪽 세계의 시술된 가방을 들고, 메테르 외곽을 둘러싼 높은 벽 밖에 서 있다. 성벽 문으로 난 이 큰길이 상대와 만나기로 한 장소다.

문득 뒤돌아서서 그곳에 솟아오른 성벽을 올려다본다.

왕도 메테르를 늘 지켜온 수비의 축인 성벽. 일반적으로 저쪽 세계에서도 중세 시대에는 마을 외곽에 요새를 짓거나, 이곳과 비슷한 형태의 성벽을 쌓아 영토를 방어했다. 이쪽 세계도 이 성벽으로 외부에서 밀려오는 적── 군대나 각종 무장 세력, 이쪽 세계 특유의 것이라고 한다면 마물로부터 도시를 지키고 있는 것이다.

하지만──

'드로테아가 신소재라고 말한 대로 마력에 대한 방비는 없는 것 같네.'

스이메이는 성벽을 바라보면서 그녀가 했던 말을 떠올린다. 그녀의 말대로, 메테르의 성벽에 사용된 소재는 길드 훈련장에 사용된 마력에 강한 소재와는 다른 것이다.

판테온에 사용되었을 법한 고대의 콘크리트를 벽돌로 덮었을 뿐인 방벽. 아마도 마법에 강하다는 소재는 최근에 발견된 것이기에 사용되지 않은 것 같다.

'센 거 한 방이면 금방 날아가겠네.'

술식 방어도 강도도 없는 물질은 공격적인 마법 앞에 바로 무너진다. 평범한 기술로 지어진 석벽이라면 더욱 그럴 것이다. 그 위용과는 반대로 이 세계에 존재하는 것치고는 어쩐지 불안한 느낌마저 든다. 아무리 규모가 크다고 해도 무너지는 것은 무너지는 법이니까.

……그런 걱정이 무슨 소용이겠느냐마는, 하고 스이메이는 고개를 가로젓는다. 도시의 방어력 따위는 자신과 아무 관계도 없다. 계속 본다고 달라질 것도 없다.

그렇게 성벽에 대한 생각을 떨쳐버리고 주변을 둘러보자 그곳에는 군중이 모여 있었다.

평범하지만 말쑥한 옷차림의 집단과 스무 명 전후의 무장 집단. 도합 수십이 넘는 규모. 짐마차도 여러 대 있다. 이미 마을의 이동이라고 해도 손색이 없을 그 무리는 지금 스이메이가 기다리고 있는 상대였다.

──상대(商隊). 저쪽 세계에서는 카라반(대상)으로 불리며, 긴 수송로 구획에 도사린 약탈이나 폭력의 위험으로부터 상

인과 물건을 지키기 위해 상인이나 수송을 생업으로 하는 자들이 함께 조직한 집단이다.

'딱 봐도 맞는 거 같네.'

그렇게 중얼거리는 스이메이. 겉보기는 저쪽 세계에서 얻은 지식으로 상상했던 모습과 일치한다. 적어도 눈앞에 있는 저 집단은 저쪽 세계의 그것과 다르지 않은 것 같다.

다만 상당수의 무장 집단이 주변을 에워싼 것이 차이점이라면 차이점일까. 필시 마물이라는 이쪽 세계 특유의 위험 요인이 있기 때문이리라.

이곳은 문명의 수준도 낮고 저쪽 세계와는 달리 다양한 위협이 도사리고 있는 곳이다. 어느 정도의 위력을 갖추지 않으면 도시 간, 국가 간의 이동도 여의치 않은 세계. 정비된 길은 다음 마을까지 이어지는 큰길 하나. 외등 따위가 있을 리도 없고, 물이나 숙소를 확보하는 데에도 애를 먹을 것 같다.

그런 생각을 하자 새삼 저쪽 세계가 얼마나 살기 편한 곳이었는지 알 것 같다.

두 세계의 격차를 실감하면서 스이메이는 군중 가운데 상인처럼 보이는 풍채 좋은 남자에게 다가간다. 접수처에서 들은 대로라면 땅거미 정에 의뢰를 한 사람은 이 남성이 틀림없는 듯하다.

"무슨 일이시오?"

"모험자 길드 땅거미 정에 소속된 스이메이 야카기라고

합니다. 이 상대의 호의를 맡으러 왔습니다."

그렇게 사무적인 투로 인사하자, 남자는 의심하는 표정을 지우고 반갑게 맞이한다.

"어이쿠, 내가 실례를 했군요. 나는 이 상대의 책임자 갈레오라고 합니다. 당신이 회복 마법을 다루는 야카기 씨군요. 이렇게 함께해주셔서 고맙습니다. 크란트 시까지 가는 길에 부상자가 생기면 모쪼록 잘 부탁합니다."

"아닙니다, 저야말로 잘 부탁합니다."

갈레오가 내민 손을 맞잡으며 화기애애하게 인사를 마무리한다. 그 뒤, 갈레오는 급하게 상인들이 있는 곳으로 떠났다. 여러모로 준비할 사항이 많은 것이리라. 출발 직전이니 책임자가 바쁜 것은 당연하다.

그때, 뒤에서 익숙한 목소리가 들려왔다.

"……혹시, 스이메이?"

"에? 그라키스 씨?"

뒤돌아본 곳에는 어찌 된 일인지 이곳에 있을 리 없는 레피르 그라키스가 서 있었다.

어리둥절해진 스이메이가 레피르에게 묻는다.

"그라키스 씨가 여긴 어쩐 일이에요?"

"나도 이 상대에 동행하게 됐거든."

"이 상대에요? 하지만 그라키스 씨의 출발일은 더 뒤 아니었나요?"

그렇다. 스이메이의 머릿속에 떠오른 것은 그런 의문이

었다.

숙소에 머물렀을 때의 일이다. 이미 나왔다시피 우연히 그녀와 같은 숙소에 머물게 되면서 그녀와 몇 차례 대화를 나눌 기회가 있었다. 그때 들은 이야기로는 그녀의 출발일은 여러 가지 이유로 미루어진 상태였다. 그런데 어째서 그녀는 이곳에 길을 떠나는 듯한 행색으로 나타난 것일까. 몹시 의문이다.

그러자 레피르는 끄덕이면서.

"응. 그럴 예정이었는데 이틀 전에 맡은 의뢰가 뜻밖에 수입이 좋아서 말이야. 돈이 예상보다 빨리 모여서 예정을 조금 앞당겼어."

"그럼 필요하다던 경비를 벌써 다 모은 거예요?"

"응. 떠나는 데 문제없을 만큼."

스이메이의 물음에, 레피르는 미소 지으면서 그렇게 대답했다.

숙소에서 이야기했을 때, 그녀는 여비와 마도원에 드는 초기 비용이 필요하기 때문에 제국으로 향하는 것은 메테르에서 돈을 모은 뒤가 될 거라고 말했었다.

여비는 어떻게든 되겠지만 마도원에 드는 비용이 만만치가 않은 듯 당장은 떠날 수 없다고 했던 것이다. 하지만 그것을 해결할 정도의 의뢰라면 꽤 난이도가 있는, 하지만 수입이 좋은 일이었을 것이다.

"……실례지만 어떤 의뢰였는데요?"

"마물 토벌이었어. 여기서 그리 멀지 않은 곳에 갑자기 강력한 마물이 나타나서 그걸 토벌하러 갔어. 의뢰자 쪽에서 급하게 맡긴 일이라 보수도 꽤 짭짤했고."

"강력한 마물이요?"

"응. 준 거인종에 해당하는 오그르였어."

"……오그르, 였군요."

"응. 그걸 토벌하러 갔었어."

그 명칭에 대해서라면 들은 적이 있는 스이메이는 조금 더 자세히 묻기 시작한다.

"준 거인종이라고 했는데, 그건 오거와는 다른 건가요?"

"오거? 오그르는 식인귀와는 전혀 다른데?"

"아……."

스이메이는 탄식한다. 저쪽 세계에서 오그르는 민화 『장화 신은 고양이』에 나오는 거대 식인귀로, 오거의 어원이 된 유럽 거인의 총칭이다. 그런 오그르가 거인이나 오거와는 다른 종이라니 어떻게 된 일일까.

"그럼 오그르는 어떤 마물인데요?"

"……모르는 거야? 그거 의외네."

"에에, 아직 본 적이 없어서요."

"그렇구나. 뭐, 그럴 수도 있겠다. 오그르는 엄밀히 따지면 거인의 아종에 포함돼. 크기는 실제 거인보다 작지만 일반적으로 강력한 종으로 분류되는 마물이지. 완력으로 승부를 보는 녀석들이라, 작은 요새 정도는 혼자서 함락한다고 알려져 있어."

요새를 함락한다는 것은 그곳에 있는 전력까지 괴멸한다
는 뜻이다. 고양이에게 속아 콩이나 쥐로 변해 잡아먹힌 우
둔한 거인이 이세계에서는 상당히 출세를 했다.

"아……. 그라키스 씨는 그런 걸 토벌한 거네요."

스이메이가 내뱉은 감탄사 속에는 기막힘의 뜻도 섞여 있
었다.

들은 대로라면 여기서 말하는 오그르라는 거인은 제법 위
험한 부류에 속한다. 그런 것을 쓰러뜨리고도 자랑도, 흥분
도 하지 않고 담담히 말하는 것으로 보아, 이 소녀 역시 보
통은 아닌 것일까.

"나 혼자 한 건 아니야. 토벌을 함께 떠난 멤버가 있었거
든. 혼자만의 활약은 미미한 정도야."

겸손하지만 태연한 모습. 액면 그대로 받아들일 수는
없다.

"그런데, 그 오그르라는 게 자주 나타나요?"

"아니, 조무래기라면 모를까 오그르 정도의 마물은 그렇
게 자주 나타나진 않아. 애초에 이 근처는 그런 것들이 태
어날 환경이 아니니까."

그 말은 우연이 겹쳐서 나타났다는 건가. 그런 생각을 하
고 있는데 레피르가.

"하지만 우연이라고 말하긴 어려워. 나타난 종류가 종류
이니만큼 말이야."

"흐음……."

……레피르의 말을 들은 스이메이는 기억을 더듬는다. 분명 성에서 읽은 마물의 생태 고찰에 관한 자료에 따르면, 강력한 마물이 발생하는 데에는 두세 가지의 설이 있다. 자연에 정체 현상이 발생함에 따라 갑자기 강력한 마물이 출현한다는 자연 발생설 혹은 돌연변이설과, 마족에게서 태어난 지능이 낮은 마족이 강력한 마물로 정의되는 설이 그것이다.

개인적으로는 마지막 설이 가장 신빙성이 높다고 생각했다. 자연 발생설과 돌연변이설은 우연성이 높지만, 마지막 설만큼은 제법 그럴듯해서였는데, 그렇다면——

"마족이 있다."

레피르가 오그르와 어디서 싸웠는지는 모르지만, 후자에 근거하자면 그런 이야기일 것이다. 하지만 중얼거려서 들리지 않았는지, 레피르는 반응이 없다.

"그라키스 씨?"

"……응, 그럴지도 몰라."

——레피르는 조금 늦게 그렇게 대답했다. 그녀는 멍하니 한 곳을 바라보고 있었다. 눈동자에는 밝은 빛이 사라지고, 어느덧 어두운 그림자가 어른거리고 있었다.

지금 한 말 중에 걸리는 데라도 있는 것일까. 재에 묻힌 숯불이 타오르는 것이 어렴풋이 보였다.

……눈썹을 찌푸린 이쪽을 의식해서인지, 레피르는 서둘

러 음울한 그림자를 지웠다.

"아무것도 아니야. 신경 쓰지 마."

"예…….."

그녀 나름대로 생각할 것이 있는 것이리라. 그렇게 생각하면서 어정쩡하게 대답하자, 그녀는 갑자기 말하기 어렵다는 듯이 몸을 배배 꼬면서.

"저기…….."

"……?"

그 목소리는 조금 전까지의 씩씩한 목소리가 아니었다. 그래. 어딘가 부끄러움이 섞인, 그 나이 또래의 소녀가 낼 법한 아주 작은 목소리였다.

"왜 그래요?"

"아니, 그…… 게."

레피르는 망설이고 있다. 자세히 보니 얼굴은 희미하게 홍조를 띠고 있다. 무슨 일일까. 고개를 갸웃하면서 쳐다보자, 레피르는 결심했는지 이쪽을 바라보면서 말한다.

"그, 그, 아침에는 미안했어. 부딪친 것도 그렇고, 꼴사나운 모습을 보여서…….."

"에, 아…… 아아! 아니, 저야말로 조심성 없이. 모퉁이를 도는 쪽이 더 조심했어야 하는데."

"아니야. 주변을 못 살핀 내 잘못이야. 네가 미안해할 거 없어. 내가 미안해."

레피르는 고개를 저으면서 거듭 사과했다.

그런 그녀에게 스이메이는 묻는다.

"……근데, 무슨 일이에요?"

"그건…… 미안해."

"……아뇨, 저야말로 실례되는 질문이었네요. 지금 한 말은 잊어주세요."

"그, 그럼, 나도 상대의 인솔자에게 인사하고 올게."

이 자리의 분위기가 불편했던 것일까. 그렇게 말한 레피르는 대답도 듣지 않고 황급히 갈레오가 있는 쪽으로 가버렸다.

스이메이와 레피르가 다시 만난 뒤, 얼마 후. 상대는 아무 문제없이 메테르를 출발했다. 여정의 시작으로서는 순조롭다고 하겠다. 이대로 순탄한 여정이 이어진다면 좋겠지만 과연 어떨지.

이대로 호위를 따라 크란트 시로 가는 여정이지만, 목적지까지의 거리가 제법 된다는 것은 사전 조사를 통해 알아두었다.

메테르에서 크란트 시까지는 저쪽 세계의 그레고리력, 7요제(七曜制)로 비추어 볼 때, 거의 일주일 남짓이 걸린다. 메테르가 국토의 중심에서 서쪽으로 치우쳐 있어, 도시 간의 왕래치고는 소요 시간이 짧은 편인 듯하나, 해가 지기 전까지는 쉬지 않고 걸어야 하는 일정이니, 현대인인 스이메이로서는 질릴 법도 하다.

스이메이가 배정된 위치는 상대 행렬의 후방이었다.

전방은 사람들이 몰리기 때문에 베테랑 길드원이나 따로 고용된 용병처럼 신뢰도가 높은 자들이 담당하고, 신입인 스이메이는 뒤쪽에서 짐을 담당하게 되었다.

한편, 함께 걷는 레피르와의 사이로 말하자면—— 어색했던 것도 잠시, 딱히 불편하지 않다. 짐마차와 주위의 상황을 살피면서 시시콜콜한 이야기를 주고받다 보니, 어느새 편하게 이야기하게 되었다.

평원에 부는 산들바람을 맞으면서 스이메이는 레피르에게 묻는다.

"——그럼 아르주나 여신은요?"

"응, 우리가 사는 하늘과 땅을 올바르게 재창조한 존재라고 구세교회에서는 말하고 있어. 지상에서는 여신을 뛰어넘을 품계는 없고, 신비적인 존재들 중에서는 최상위 존재야."

"역시 그렇군요……."

스이메이는 레피르의 설명을 들으면서 생각을 정리한다.

현재, 스이메이는 레피르에게 아르주나 여신에 대한 강의를 듣는 중이었다. 그녀가 구세교회의 신자라는 것을 알고 있었기에 이번 기회에 기본적인 것들을 배워두기로 한 것인데——

'그 말인즉슨, 이 세계의 사람들 대부분은 아르주나 여신

을 지상으로 한 일신교의 교도라는 거네.'

아닌 게 아니라 이 세계에서는 아르주나 여신 이외에 신적인 존재로 알려진 것은 없는 듯하다.

아르주나 여신은 혼란한 원초 세계를 지금의 형태로 재창조하여 신으로서 추앙받게 되었다고 한다. 그 밖에 비슷한 존재를 들자면 마족이 신봉하는 사신이라는 존재가 있는데, 구세교회에서는 사신을 신으로 인정하지 않는 듯하다.

"또, 종족은 다르지만 엘프나 드워프, 수인이나 드래고뉴트 같은 종족도 모두 아르주나 여신의 존재를 인정하고 있어."

"아! 역시 그런 아인 같은 생명체도 있는 거군요?"

"응…… 네가 살던 곳에는 없었어?"

"네, 어떤 걸까 하고 이야기만 하는 정도였어요."

그렇게 둘러댔지만 아예 거짓말도 아닌가. 판타지에서 그 존재는 당연한 것이고, 이세계라고 하면 아, 그거, 라고 할 정도로 일반인에게도 침투되어 있는 것이니까.

무엇보다 메테르에서는 볼 수 없었고──

"그럼 네페리아에 도착해서 처음으로 보겠네. 그곳에는 다양한 인종이 유입되어서, 엘프나 드래고뉴트는 아니더라도 수인은 꽤 많대. ──이야기가 옆길로 새버렸네. 아르주나 여신에 대해서 또 궁금한 점은 없어?"

"지금으로선 충분해요. 고맙습니다. 많이 배웠어요."

"나는 딱히 중요하게 생각하지 않지만, 아무리 그래도 동쪽에는 여신의 존재조차 없다는 거네."

"하하하, 뭐⋯⋯."

그 물음에 대해서는 대충 얼버무리기로 한 스이메이. **존재하다**, 라는 것은 구체성이 있는 표현이다. 엘리멘트라는 구체적인 개념이 있기도 하고, 이 세계의 인간에게 있어서 신은 애매한 상징이 아니라 확고히 존재하는 것이기 때문일 거다.

신은 개념적 존재로 정의되며 세계의 외부로부터 간섭해 오는 존재라는 저쪽 세계의 마술적 견지와는 상당한 차이가 있다.

그런 식으로 정리한 뒤, 이 이야기는 마무리한다.

스이메이는 함께 걷고 있는 레피르에게 문득 눈길을 준다. 지금은 지난번과 달리 그녀도 짐을 들고 있다. 옷은 그때처럼 경갑옷을 입었고, 등에는 그다지 부피가 크지 않은 배낭을 멨다. 그리고 그녀의 등에는 눈길을 끄는 짐이 하나 더 있었다.

"⋯⋯왜 그래?"

"아니, 그 등에 멘 짐, 꽤 큰 것 같아서요."

"아아, 이거."

레피르는 그렇게 말하면서 고개를 돌려 뒤를 본다. 그것은 자신과 키가 비슷한 레피르의 키를 훌쩍 뛰어넘는 크기이고, 천으로 동여매져 있다.

그 형상으로 보아, 필시――

113

"조금 전부터 궁금했는데, 그거, 혹시 검이에요?"

"응, 맞아."

역시 등에 짊어진 물체는 거대한 검이었다. 그리즐리를 두 동강 낼 목적으로 만들어졌다고 해도 믿을 만큼 그 크기는 가히 압도적이다.

하지만 진짜 놀랄 만한 점은 그것을 가볍게 짊어지고 여태 걸으면서도 땀을 흘리기는커녕 힘든 기색조차 없는 그녀의 힘이다.

가는 검도 다루지만 이 소녀는 상당한 힘을 지닌 것이 틀림없다. 상대적으로 팔의 굵기와 검의 중량이 전혀 조화를 이루지 못하는 것이 의아했지만, 그것을 다룰 수 있는 비결이 반드시 어딘가에 존재하리라. 마술사의 눈으로도 알아낼 수 없다는 것이 의문이지만.

"그런데 어떻게 그런 검을 주무기로 삼은 거예요?"

"이건 우리 집안에서 대대로 내려온 검이야. 전 주인이었던 아버지한테 물려받은 거야."

"그럼 그 전에는 다른 것을 썼나요?"

"아니——"

아버지에게 물려받은 것이라면 공백 기간이 존재할 터다. 하지만 레피르는 그렇게 말한 뒤, 검을 잡은 것처럼 휘두르는 시늉을 했다.

"어렸을 때부터 줄곧 이걸로 연습했어. 나는 처음부터 큰 검을 다루는 것에만 집중했거든."

"──그럼 그 검을 다루는 데 꽤 자신이 있는 거군요."

"후후── 그 덕에 지금은 검밖에 내세울 게 없지만 말이야."

"아뇨, 대단해요. 저도 검을 배웠지만, 힘이 아무리 좋아도 큰 검을 다룰 자신은 없어요."

레피르가 자조적으로 웃자, 스이메이는 존경을 담아 그렇게 말한다.

검은 힘만 있다고 다룰 수 있는 것이 아니다. 베고 치는 것에 한해서라면 완력이 승부를 좌우하겠지만, 전투 기술이라면 이야기는 다르다. 완력은 물론이고 검을 다룰 때의 신체 제어도 요구된다. 그것은 마술에 전념한 자신에게는 완전히 불가능한 이야기다.

그녀는 그 검의 무게와 크기를 이용할 수 있기에 주무기로 삼았겠지만.

그렇기에 이런 말도 할 수 있는 거다.

"──천만에. 연습하면 누구나 오그르 정도는 두 동강 낼수 있어."

……방금 들은 말은 환청. 환청이다. 태연한 그 목소리는 못들은 것으로 한다. 애초에 요새도 때려 부순다는 거인을 연습만으로 두 동강 낸다는 것이 가능한 일일까. 이쯤 되면 거의 있을 수 없는 이야기다. 동료와 함께였기에 무찌를 수 있었다는 겸손은 이 발언으로 말미암아 깨끗이 날아가 버렸다.

그렇다면 혹시 이 소녀는 길드 계측에서 전력을 다하지

않은 건 아닐까. 말투가 이미 저쪽 세계의 검호 격이다. 솔직히 말해 너무 위험하다.

스이메이가 속으로 그런 생각을 하며 고개를 절레절레 흔들자, 이번에는 레피르가 묻는다.

"스이메이는 특별히 집중하는 것이 있어?"

'안 들려, 안 들려, 응——?'

"스이메이, 왜 그래?"

"응? 아, 아아, 아아. 저는 그러니까, 아, 그거요."

자신이 대답할 차례임을 깨닫고 스이메이도 몸짓으로 말한다. 알기 쉽도록 농밀한 마력을 손바닥 위에 모으자, 레피르는 무표정에서 이해했다는 표정이 되었다.

"마법이네. 마법사니까 당연하다면 당연한 거네."

"하지만 처음에는 잘 몰랐어요."

"잘 모르다니?"

스이메이는 그 물음에 대해 잠시 생각한 뒤, 어색한 미소를 띠우면서 되묻는다.

"그라키스 씨는 가문의 검을 배울 때, 무슨 말을 들었어요?"

"——흠, 유서 있는 검이니 배워야 한다고. 내가 검을 다뤄야 하는 이유에 대해서 늘 장황한 설명을 들어야 했어. 귀가 아플 정도였다니까."

레피르는 다소 장난스러운 투로 그렇게 말한다. 그것은 그만큼 그 가문의 검의 역사가 깊다는 것일까. 그런 광경을 잠시 떠올린 뒤, 자신이 마술의 길에 들어섰을 때를 떠올린다. 벌써 수년 전. 어릴 적, 아버지의 손에 이끌려 처음으로 갔던 집에 유일하게 닫혀 있던 방. 거기서──

"……저는 아버지가 과묵해서. 그냥 배워야 한다니까 시작한 게 처음…… 이었어요."

"이유도 없이?"

"아뇨, 일단 이유 비슷한 건 있었어요. 하지만 그땐 아직 어려서 잘 이해할 수 없었고, 아버지 역시 굳이 말해줄 생각이 없었던 것 같아요. 듣게 된 건 꽤 시간이 흐른 뒤였어요."

회상하면서 말하다 보니 역시 그때의 정경이 떠오른다. 그렇다. 그 이유를 알게 된 것은 그 길을 걷던 과정에서였고, 그런 일이 없었다면 어쩌면 그 사람은 진짜 이유조차 무덤까지 가지고 가려 했을 수도 있다.

그렇게 생각하면 아버지가 자신에게 마술을 가르친 것은 단순히 부모로서 해줄 수 있는 일이 그것밖에 없어서였을지도 모른다. 그 서툰 사람이라면 충분히 그럴 수 있다.

"그걸로 넌 납득했니?"

"예. 마술을 배우는 건 재밌었고 딱히 싫었던 적은 없어요. 덕분에 고생문이 훤히 열리긴 했지만요."

"그렇구나."

문득 그녀를 쳐다보자 지금 한 말 중 무엇이 재미있는지 소리 죽여 웃고 있다.

"……왜요?"

"아니, 비슷한 사람이 의외로 많구나 싶어서."

"고달픈 사람이라는 의미라면 동감이에요."

"응, 너나 나나 고달픈 사람들이지."

끄덕이는 레피르. 제대로 짚은 것일까. 그녀도 검객의 길을 걸으며 고난을 겪었을 것이다.

그때, 레피르는 무엇인가 떠올랐는지 묻는다.

"──그러고 보니 스이메이, 네 랭크는 어떻게 됐어?"

"아──, D랭크로 정해졌어요."

"D? ……어째서? 두 명을 차례대로 상대한 나도 조건부 B였는데? 왜 두 명을 동시에 상대한 네가 D랭크가 된 거야?"

"뭐, 그럴 수도……."

있는 거겠죠, 라고 하자, 레피르는 어느새 짐작이 간다는 듯이 눈을 가늘게 뜬다. 그리고 언제나 미소를 짓던 입술에서 차가운 목소리가 흘러나온다.

"역시. 대길드에도 태만이 존재한다는 거군. 자신들의 체면을 지키려고 중대한 정보조차 조작하다니……."

"예……?"

"그렇잖아? 그 이유 말고 또 뭐가 있겠어?"

"아니, 그렇게 생각할 수도 있겠지만…… 딱히…….."

"받아들일 수 없어. 일단 크란트 시에 도착하면 지부에 가서 항의하자. 나도 같이 가줄게. 접수원이 거절하면 내가 입회인이 되어서 다시 랭크 계측을 하면 돼."

그렇게 말한 뒤 레피르는 다시, 그래. 그게 좋겠어, 라며 혼자 중얼거린다. 남의 일인데 어째서 이렇게까지 하는 걸까. 불의를 참지 못하는 성격인가.

어쨌든 도착하면 두 팔을 걷어붙이고 뒤치다꺼리를 해줄 작정인 듯한데, 그럴 일은 없을 것이다. 그 전에——

"······아— 그게, 실은 제가 낮은 랭크로 변경해달라고 부탁했거든요."

"변경했다고? 왜 그런 부탁을 해?"

"드로테아가 유명해질 거라고 하니까 부담스럽더라고요."

"괜찮······ 겠어? 크란트 시나 네페리아에서도 랭크는 중요해. 낮은 랭크로 변경한다고 득이 될 건 없어."

"딱히 땅거미 정의 의뢰가 없어도 지내는 데 큰 문제는 없을 것 같아서요. 괜찮아요."

"······그럼 너는 이제부터 크란트 시와 네페리아에 가서 뭘 할 생각인데?"

"여러 가지로 견문을 넓혀보려고요."

"견문?"

"동쪽에서만 살다 보니 모르는 게 많아요. 더 넓은 곳에서 많은 걸 배우고 싶어요."

"············."

"그것만으로는 이유가 안 될까요?"

대충 무난한 이유를 대자, 레피르는 아무 말도 하지 않고 이쪽을 바라본다.

그런 그녀의 눈동자는 무언가를 꿰뚫어 보려는 듯 예리하게 빛나고, 이쪽의 말과 표정의 간극을 음미하는 듯도 했다. 스이메이는 다시 한 번 시치미를 떼면서.

　"왜요?"

　"아니, 지금 그 말은 거짓말 같아서. ──아니다, 거짓말은 아니지만, 진실을 말하는 것 같지도 않아서."

　"……왜 그렇게 생각하는데요?"

　"여자의 감이야."

　"또 이상한 말을 하는군요."

　"후후, 그래 그건 농담이야. 하지만 이래 봬도 옛날부터 사람 보는 눈을 길러왔어. 어지간한 건 다 보인다구."

　레피르는 확신에 차서 그렇게 말한 뒤, 정답이라도 들이밀듯 이렇게 말했다.

　"──너는 거짓말쟁이는 아니지만, 비밀을 감추고 사는 부류의 사람이야. 꼭, 그런 기분이 들어."

　"……그럴지도 모르지요."

　레피르의 날카로운 지적에, 어깨를 움츠리면서 얼버무리는 스이메이. 딱히 고집을 부리면서 숨길 이야기도 아니다. 그때, 레피르가 쓸데없는 말을 사과하듯이 말한다.

　"……뭐, 그렇다고 내가 이러쿵저러쿵 말할 입장은 아니지. 랭크에 관해서는 내 멋대로 말해서 미안해."

　"아뇨, 신경 쓰지 마세요. 걱정하게 해서 미안해요."

　스이메이가 그렇게 사과하자, 레피르는 무슨 생각을 했는지 갑자기 험한 표정을 짓는다.

"……그거였네."

"……?"

뭘까. 뭐가 그거란 걸까. 방금 한 말 중에 기분이 상할 부분이라도 있었나. 스이메이가 어리둥절한 표정을 짓자, 레피르는 불만을 토로하기라도 하듯이.

"아까부터 생각했는데, 네 말투는 너무 거리를 두는 것처럼 느껴진단 말이야."

"이게, 요?"

"그래. 나이도 한두 살 차이밖에 안 나고, 같은 임무를 맡은 동료라고. 좀 더 편하게 말해도 되잖아? 그러는 게 무슨 일이 생겼을 때 정보 교환도 훨씬 쉽고. 부를 때도 그냥 레피르면 돼."

확실히 그런가. 또래라서 저도 모르게 학교 선배를 대하듯이 했다. 곰곰이 생각하면 조금 더 편하게 하는 게 좋을지도 모른다.

"예…… 아, 그럼, 이렇게? 레피르."

"그래. 스이메이는 악동 같은 이미지라서 그런 무뚝뚝한 말투가 훨씬 잘 어울려."

"편하게 하니까 갑자기 말이 심해지네."

"아니야. 칭찬하는 거야."

"방금 그 말, 은근슬쩍 얼버무릴 때 쓰는 표현인데. 악동이 칭찬이라는 말은 처음 듣는데?"

"후후후……."

잡담이 즐거운지 레피르는 웃었다. 말투가 편해져서인지 가까워진 느낌이 든다. 그녀도 처음부터 이렇게 편하게 대화하고 싶었을지도 모른다.

그때, 행렬의 앞쪽에서 목소리가 들려왔다. 그 목소리에 귀를 기울이자.

"──아, 휴식인가."

"응. 저쪽, 물가에서 쉴 건가 봐."

그렇게 말하면서 레피르는 그곳을 흘끗 쳐다본다. 큰길 옆에 펼쳐진 평원 한 귀퉁이에 동그마니 정비된 곳이 있었다. 길가에 날림으로 지어놓은 휴게소 같은 곳으로, 완전히 임시변통처럼 보였지만 이 세계에서는 일반적인 것이리라.

그렇게 생각하면서 상대의 행렬을 따라 그곳으로 향했다.

길가를 따라 샘물이 흐르는 곳에서 쉬고 있을 때였다.

'……응?'

갑자기 누군가가 부르는 소리를 듣고 레피르와 함께 소리가 난 방향을 바라보는 스이메이.

물가 너머의 그리 멀지 않은 곳에서, 로브를 입은 소녀가 손을 흔들고 있었다. 그녀의 곁에는 일행으로 보이는 사람들이 몇 명 더 있었다. 차림새로 봐서는, 소녀가 마법사 같다면, 나머지는 전사와 검객과 궁수로 보였다.

그야말로 퍼펙트한 구성이었다. 게임에 비유하자면, 조화로운 파티라는 느낌이다. 하지만 생전 처음 보는 사람들이기에 스이메이는 고개를 갸웃한다.

"오그르를 토벌하러 갔을 때 함께했던 동료들이야."

"아, 저 사람들이."

레피르의 말을 듣고 납득한다. 저들이 조금 전의 대화에 나왔던 땅거미 정의 모험자들인가.

"꽤 친해졌거든. 가끔이지만 교류도 해."

그녀가 그렇게 말하자, 건너편에 있는 소녀는 두 손을 펼쳐서 입 앞에 갖다댔다. 확성기를 흉내 내는 것일까. 목소리는 들리지 않지만, 동작의 의미를 눈치챈 스이메이가 레피르에게.

"아무래도 부르는 것 같은데."

"그러게. 같이 갈래?"

"……아니, 나는 됐어."

"그래. 그럼 다녀올게."

그렇게 말한 뒤, 레피르는 소녀 일행이 있는 곳으로 갔다.

그리고 잠시 뒤, 한창 이야기꽃을 피우는 중인지 웃는 모습이 보였다.

"동료라……."

스이메이는 작게 중얼거린다. 솔직히 저런 모습을 보면 부럽기도 하지만, 이쪽은 그것을 뿌리친 몸. 지금은 감상에 빠질 때가 아니라고 생각하면서 머리를 흔든다. 하지만.

"레이지, 미즈키, 잘 있는 거냐……."

끝없이 펼쳐진 푸른 하늘 저편을 향해, 스이메이는 멀리

떨어진 곳에 있을 친구들을 떠올리며 그렇게 중얼거렸다.

★

 ──대체, 이것은 언제부터 시작된 싸움일까.

 예리하게 빛나는 검을 든 샤나 레이지는 적을 향해 돌진했다.

 그리고 그의 맹렬한 돌격을 간파한 적이 이상한 소리를 내지른다. 레이지는 적을 향해 우직한 칼날을 내리쳤다. 위에서 아래로. 영걸 소환의 가호로 얻은 힘에서 나오는 우레와 같은 참격이다.

 그것에 호응하듯 적이 발톱을 드러낸다. 인간의 그것과는 비교가 안 될 정도로 거대하며, 칠흑을 입힌 듯 새까만 그들의 칼날. 그것이 레이지의 칼끝과 부딪친다.

 묵직한 충돌음이 주위에 울려 퍼지고, 검과 발톱이 힘을 겨룬다.

 ──□□□□□□□!!

 기합인지 뭔지 모를 적의 기괴한 절규가 레이지의 귀를 파고든다. 인간의 말을 쓰지만 한 꺼풀만 벗겨내면 이렇게 곧바로 비인으로 되돌아가니, 알기 쉽다면 쉬운 것일까.

 그렇게 귀에 거슬리는 잡음을 뒤집어쓰면서, 레이지는 자신을 노리는 적의 발톱을 자세를 낮추어 피한다. 귀찮은 것을 쫓아내듯 아무렇게나 휘두른 일격은 표적을 맞추지 못한다.

틈이 생긴 것을 기회로 보고 양날검의 날을 세워 중력을 거스르듯이 아래에서 위로 휘두른다. 마치 역풍을 일으키듯 시행된 묘수는, 그러나 적의 타고난 반사 신경으로 인해 아슬아슬하게 빗나갔다.

"──부, 불꽃이여! 스테인 스칼렛!"

그때, 뒤쪽에서 익숙하지 않은 구호가 들려온다. 목소리의 주인공은 미즈키. 이쪽에게 보내는 원호다. 사용된 마법은 불꽃의 하급 마법인 진홍색의 세례. 건언과 함께 두 마디로 발동시킨 그것은, 공중에 정형화되지 않은 연소의 띠를 만들어내고, 배경을 농밀한 적색으로 물들여나간다.

폭발한 공기의 파급력을 가늠할 새도 없이, 레이지는 뒤도 돌아보지 않고 물러났다. 다음 순간, 불꽃은 상대를 교란시키려는 듯이 형태를 바꿔가며 적을 향해 쏟아진다.

적을 덮치고 맹렬한 기세를 더해가는 불꽃. 불은 살아 있는 존재로 자주 비유된다. 연료(먹이)를 얻으면 힘이 세지는 것은 확실히 생물과 일치한다.

"성공이야!"

등 뒤에서 미즈키의 환성이 들려왔지만, 적을 죽음까지는 몰고 가지 못했다. 똑바로 주시하자, 적의 형상이 화염 속에서 희미하게 꿈틀거리는 것이 보인다. 아직 끝나지 않았다며 검을 고쳐 잡는 것과 동시에, 마법의 불꽃이 날아갔다.

팔로 불꽃을 떨쳐낸 것 같다. 한쪽 팔을 옆으로 뻗은 모습이 타고 남은 불 위에 서 있다.

아지랑이 속에 우뚝 선 위용. 그것은 바닥에 흩어진 영락한 몰골들 가운데 살아남은 최후의 적이다. 자신이 용사인 것을 알고서인지 모르고서인지 덤벼 온, 자신에게는 틀림없는 적.

지금 눈앞에 보이는 것은 인간이 아니다. 그렇다. 마주 선 적은 틀림없이 비인이었다. 인간과 닮은 듯하지만 인간과는 전혀 다른 종족인—— 마족.

그 풍채는 마치 이야기 속에 등장하는 데몬을 연상케 한다. 이윽고 마족이 움직였다. 모래 먼지를 일으키며 이쪽을 향해 빠르게 돌진해 온다. 빠르다. 조금 전까지와는 비교도 안 될 만큼. 참혹한 결말이 머릿속을 스친다. 이대로라면 저 위력에 압도당해 검이 튕겨져 날아가리라. 그러니.

"번 부스트……."

온몸에 마력을 돌게 해서 불의 엘리멘트에 호소한다.

힘을 내 손 안에, 라고. 그렇다. 자신의 주특기 마법을 쓸 차례다.

냉정하게 고한 마법의 건언이 순식간에 몸에 힘을 제공한다. 강화(强化)다. 불꽃이 전신을 휘감고 점점 더 강력해지는 힘. 그리고 넘칠 듯한 전능감에 휩싸여 번뜩이는 눈동자로 상대를 노려본다.

——■ ■ ■ ■ ■ ■?!

급변한 것은, 이쪽을 향해 바짝 다가붙으려 하는 마족의 낯빛이다. 의심할 여지없이 이겼다, 라고 생각했으리라. 하지만 틀렸다. 강화 마법을 염두에 두지 않은 것은 치명적인 실수다.

"우오오오오오오!!"

적의 기괴한 신음도 아랑곳하지 않고, 우렁찬 기합과 함께 적의 머리를 한칼에 베어냈다.

……불꽃의 여운으로 미세한 모래알이 붉은 흙먼지로 변해 날아간다. 그리고 더 이상 적의 그림자가 보이지 않는 것을 확인한 뒤, 한숨.

"후…… 오늘도 어떻게든 해치웠네."

——스이메이가 메테르를 떠나는 것보다 먼저 카멜리아 왕궁을 떠난 레이지 일행은 현재, 여정의 최종 목적인 마왕 토벌에 앞서 서방에 위치한 사디어스 연합자치주로 향하는 길이었다.

마왕 토벌과 전혀 관계가 없는 듯한 행선지지만, 거기에는 이유가 있다. 용사의 임무라는 것은 마왕 토벌이 다가 아니다. 마족이 융성해진 영향으로 탄생한 마물도 없애야 하고, 인접국을 돌며 마족 침공으로 위축된 사람들의 사기를 북돋우는 것도 중요한 임무다. 또한 아직 전투에 익숙하지 않은 자신들의 숙련도를 조금이라도 끌어올려, 앞으로 있을 큰 전투에 대비하려는 이유도 있다. 지금은 그런 여정의 한복판이며, 그 와중에 마족의 급습을 받아 현재에 이른 것이다.

……마족의 피가 묻어 기괴하게 빛나는 오리할콘의 검. 아스텔 왕국에서는 가장 뛰어난 무기로 손꼽히는 그 검으로 마지막 한 녀석의 숨통을 일격에 끊어버린 레이지는 마족이 죽은 것을 다시 한 번 확인한 뒤, 미즈키에게 달려갔다.

"미즈키. 괜찮아?"

새파랗게 질려 어깨를 들썩이는 미즈키에게 걱정스럽게 묻는다.

미즈키는 전장의 여운에 허덕이면서도 가까스로 목소리를 짜냈다.

"으, 응. 괜찮아. 근데……."

"응?"

"이게 전투, 라는 거네. 적과의……."

"……응."

미즈키가 창백한 얼굴로 그렇게 말하자, 레이지는 고개를 끄덕인다.

이곳에 오기까지 레이지 일행도 마물과 몇 번인가 싸워왔지만, 지금까지의 전투에 미즈키는 참가하지 않았다. 동행한 기사들과 티타니아의 판단에 따라, 어느 정도 전장에 익숙해질 때까지 근처에서 지켜보기만 했다.

분명 미즈키의 마법은 이미 자신이나 티타니아에 필적할 만큼 농익은 수준이었지만, 적응 기간은 거치는 편이 좋았기에 그녀가 전투에 참가한 것은 이번이 처음이었다.

"미즈키. 역시 무리하지 않는 게……."

"싫어. 지켜보기만 하는 건 못 하겠어. 직접 싸우는 건 처음이고, 상대도 마족이었고, 엄청 무서웠지만, 함께 따라왔으니까 모두에게 도움이 되고 싶어."

"미즈키……."

"……말로는 무슨 말이든 할 수 있는데. ……역시, 굉장하다. 레이지 군은 처음부터 용감했는데."

"아니야. 나도 처음엔 무서웠어. 조금 익숙해진 지금도 미친 듯이 심장이 뛰어."

그녀의 울적한 기분을 달려주려 레이지는 웃으면서 그렇게 말했지만── 사실 그것은 안심시키기 위한 말이 아니라 진심이었다. 미즈키처럼 그도 아직 공포심을 떨쳐내지 못했다.

마왕을 쓰러뜨리러 간다고 하면서도, 그의 군대에 불과한 마족을 상대로도 이 꼴인 것이다. 새삼스럽지만 자신이 얼마나 생각이 짧았는지를 깨닫는 순간이었다.

'……스이메이.'

그때 문득, 친구의 얼굴이 뇌리를 스친다. 성에서 헤어진 친구── 야카기 스이메이는 무리라고, 가능할 리가 없다고, 함께 있는 내내 부정적인 말만 했다. 하지만 그것은 얼마나 옳은 말이었던가. 힘을 얻어 만능이 된 자신보다── 아니, 오히려 힘을 얻지 못한 그였기에 앞날을 정확히 바라볼 수 있었던 것이다.

그때, 자신은 이상에 젖어 있었다. 사뿐히 내려앉은 비일상. 현대 문명과 동떨어진 판타지의 세계. 도와달라는 간절한 바람과 당신이라면 가능하리라는 근거 없는 단언이 더해져 할 수 있다고 착각했다. 얕보았다.

그것을 어리석다고 하지 않으면 뭐라고 해야 할까. 다른 말이 떠오르지 않는다.

확실히 앞으로의 행동에 따라서는 그것을 불식시킬 수도 있다. 계획도 세웠다.

──하지만 그렇다 해도 알량한 이기심으로 소중한 친구를 끌어들인 사실에는 변함이 없다.

'미안해…….'

아직 어깻숨을 쉬는 미즈키를 내려다본다. 벌써 몇 번을 그렇게 사과했을까. 마음속으로 또 용서를 구한다. 사죄함으로써 자책감을 덜어내려는 것뿐이라고 누군가가 말한다면 분명 그런 것이리라. 그것이 자신의 나약함인 것은 알지만 멈출 수는 없었다.

"……장소를 옮길까."

"……응."

끄덕이는 미즈키를 부축해 마족의 사체가 나뒹구는 전장에서 벗어나기로 했다. 그때.

"──미즈키! 괜찮아요?!"

옆에서 소녀의 목소리가 들려온다. 동료인 티타니아의 목소리다. 그녀도 다른 곳에서 마족을 물리치고 온 것일까. 장년의 기사를 거느리고 이쪽을 향해 달려온다.

그 목소리를 듣고, 얼굴을 들어 어색한 미소를 지으면서 대답하는 미즈키.

"응. 나는 괜찮아."

"다행이에요……. 일단 큰일은 없었던 모양이군요."

"레이지 군이 있었으니까."

서로 무사하다는 것을 확인한 뒤, 부둥켜안는 미즈키와 티타니아. 다부진 미소와 안도의 웃음이 교차한 뒤에야 자리의 분위기가 누그러진다.

"티아, 수고했어."

"걱정해주셔서 감사해요. 레이지 님."

"그레고리 씨도 수고하셨어요."

레이지가 티타니아의 곁에 서 있던 장년의 기사, 그레고리에게도 노고를 치하하자, 그는 늘 그랬듯이 진지한 얼굴로 대답한다.

"아닙니다. 저는 공주 전하를 도와드렸을 뿐입니다. 과분한 말씀이십니다."

자신을 낮추는 그레고리에게, "그렇지 않습니다"라고 말하자, 그는, "아닙니다, 저는 감히 공주 전하의 발끝에도 미치지 못합니다……."라고 말한 뒤 깊이 머리를 숙였다.

"그런가요?"

"어?! 그, 그레고리!!"

"에, 아, 아니. 크흠! 아무것도 아닙니다. 공주 전하는 제가 지켜드렸습니다."

티타니아가 엄한 목소리로 그렇게 외치자, 그레고리는 무슨 이유에서인지 그렇게 말을 바꾸었다. 왜 그러는 걸까.

"아무튼 두 사람 다 무사해서 다행이에요—— 티아. 그쪽은 어땠어?"

"네. 정리했어요. 한 녀석도 남김없이요."

"역시 티아. 든든해."

"제가, 감히. 레이지 님의 힘에 비하면 아직 멀었어요. 그런데——"

"응?"

"……마족에게 말을 전부 희생당했어요. 죄송해요."

"……그렇구나. 그 녀석들 덕에 여기까지 편하게 온 걸 생각하면 미안하지만, 티아가 무사해서 다행이야."

"레이지 님……."

레이지가 격려하자 감동한 것일까. 말이 희생되어 앞으로의 이동은 많이 불편해지겠지만, 부상자가 나오지 않은 것은 다행이었다.

그때, 옆에서 의기소침한 목소리가 들려왔다.

"……티아도 아무렇지 않아 보이네."

"네, 저도 많진 않지만 실전 경험이 있으니까요."

"……? 공주님이 어떻게 그런 경험이 있는 거야?"

"네?! 아아, 그게, 그러니까! 그건, 그……."

"……?"

무슨 이유에서인지 티타니아가 갑자기 횡설수설하기 시작한다. 그런 그녀의 모습을 본 미즈키와 레이지는 어리둥절하여 고개를 갸웃한다. 그녀는 왜 그렇게 당황하는 것일까. 이렇게 당황하는 모습은 처음이다. 이윽고 차분해진 티타니아는 헛기침을 한 번 한 뒤.

"레, 레이지 님의 소환이 결정되고 나서 제가 보좌관으로 뽑혔거든요. 그래서 이런 상황에 대비해 미리 훈련을 받았어요."

"그런 거였구나……."

"네! 그런 거예요!"

티타니아가 그렇게 대답하자 레이지는 아아, 하고 탄식한다. 납득이 갔다. 그래서 그녀는 잘 싸우는 것이었다. 지금까지 마물과의 전투에도 적극적으로 참가하고, 마법사 뺨치게 분전을 펼치던 모습을 보며 의문을 품었는데 그런 이유가 있는 거였다.

그리고 레이지는 문득 미즈키를 바라보았다. 그 뒷모습이 어쩐지 쓸쓸하게 느껴졌다. 자신감을 잃었기 때문이리라. 전투 능력 면에서 혼자 뒤떨어진 상태인 것이다. 어쩔 수 없다.

실의에 빠진 미즈키를 눈치챘는지 티타니아는 그 생각은 틀렸다는 듯이 미소 짓는다.

"미즈키. 걱정할 거 없어요. 나도 처음에는 미즈키처럼,

아니, 그보다 훨씬 더했는걸요."

"……정말?"

"네. 저도 실전에 이르기까지 미즈키와 비슷한 흐름이었
어요. 첫 전투가 끝났을 때는 들고 있던 검을 떨어뜨리고 땅
바닥에 그대로 주저앉았으니까요."

"지금은 그렇게 아무렇지도 않게 싸우는데?"

"그런 경험이 있어서 가능한 거예요. 모두를 지키려면 강
해져야 하니까요."

티타니아는 그렇게 솔직하게 고백한 뒤, 미즈키를 향해
말한다.

"미즈키. 자신감을 가져요. 이제 시작이에요. 천천히 앞
으로 나아가요."

"……응. 고마워. 티아."

티타니아가 그렇게 위로하자 미즈키는 고개를 세차게 끄
덕인다. 불안은 떨쳐낸 것일까.

그렇게 서로 의지하는 두 사람을 보면, 역시 생각하게 된
다. 헤쳐 나갈 수 있어, 라고.

조금 전까지만 해도 죄책감에 시달렸으면서 뜬금없이 희
망찬 이야기라고는 생각하지만, 그녀들의 모습에 용기를
얻은 것은 분명하다.

그때였다. 어째선지 미즈키가 다시 눈썹을 찌푸렸다. 이
제 막 근심을 털어냈는데 왜일까.

"스이메이는 괜찮을까……."

"스이메이, 요? 그러고 보니, 곧 성을 떠날 거라고 했는데……."

"응. 도시 밖…… 바로 근처는 괜찮지만, 큰길이나 예측할 수 없는 길은 위험하니까. 만약 도시를 벗어나기라도 한다면, 마족까진 아니더라도 마물을 만날 수도 있는 거잖아."

"그러네요. 토벌을 거부한 스이메이가 혼자서 도시를 벗어나는 일은 없을 거라 생각하지만, 만약 성벽을 넘어 마물과 맞닥뜨린다면, 전투 능력이 없는 스이메이는 잠시도 버텨내지 못할 거예요."

그런 생각을 하는 티타니아의 얼굴이 딱딱하게 굳어졌다. 그는 영걸 소환의 가호를 받지 않았기에 두 사람이 걱정하는 마음도 납득이 간다.

하지만 그것은 두 사람의 생각이며, 자신의 생각은 조금 다르다.

"스이메이라면 괜찮을 거야."

"……? 레이지 님은 어째서 그렇게 생각하세요?"

"스이메이는 검을 다룰 줄 아니까 도시를 떠나더라도 분명 잘 헤쳐 나갈 거라 생각해."

"스이메이는 검술을 배운 거예요?!"

레이지가 응, 하고 대답하자 두 사람이 얼굴을 마주 본다. 뜻밖에도 미즈키는 몰랐던 모양인 듯, 티타니아의 시선에 생전 처음 듣는 다는 듯 고개를 가로저었다.

그때, 미즈키가 눈썹을 찡그리면서 묻는다.

"하지만 레이지 군. 스이메이는 검도부가 아닌데? 해외에 갈 일이 많아서 부활동은 무리라고 말했었잖아?"

"스이메이는 학교에서 하는 부활동 대신 집 근처에 있는 도장에 다녔어."

"엣…… 근처에 검도 도장이 있었나……?"

"거기 말이야. 호신술 배우는 데."

마을 지리를 떠올리던 미즈키가 여전히 모르겠다는 표정을 짓자, 레이지는 그렇게 짧게 덧붙인다.

그때, 납득하고 말고를 떠나 짚이는 데가 생각난 미즈키가 고개를 갸웃한다.

"거기? 여성을 상대로 호신술을 가르치는? 확실히 동네에선 유명한 곳이긴 한데, 거긴 검도 도장은 아닌데?"

"응. 보통은 간판에 적힌 대로 호신술만 가르친대. 근데 원래 고무술(古武術) 도장이고, 희망자에 한해서 여러 가지 기술을 가르쳐준다더라고."

"정말?! 거기가 그런 데였어?!"

"응. 스이메이한테 들었어."

"거짓말…… 나도 같은 반 친구랑 간 적 있는데…… 게다가 고무술이라니……."

자세한 이야기를 들은 미즈키는 뜻밖이었던 것일까. 직접 호신술을 배우러 간 적도 있어서, 생각한 것 이상으로 놀랐다.

그러자 이번에는 티타니아가 묻는다.

"그러니까 스이메이는 무술가라는 거네요."

"응. 우리가 있던 세계에서의 레벨이니 여기의 무술가와는 비교가 안 되겠지만. 일단, 스이메이는 검객이야."

"그랬군요. 그냥 봐서는 전혀 안 그래 보였거든요."

"응. 보기엔 평범해 보여도 꽤 실력자인 모양이야. 전해 들은 이야기지만."

"그렇군요……."

"그렇대도, 아까 말한 대로 어디까지나 우리 세계의 기준이니까……."

"……방심했어요. 제가 잘못 보다니……."

"응?"

"아, 아뇨, 아무것도 아니에요. 호호호호호……."

티타니아는 무언가를 얼버무리려는 듯 어색하게 웃는다. 대체 무슨 뜻일까. 레이지가 이상하다는 듯이 쳐다보자, 티타니아는 다시 진지한 표정으로 말한다.

"하, 하지만 레이지 님. 설사 그렇다 해도 위험을 늘 피해 갈 수는 없을 텐데요."

"그렇겠지, 하지만——"

분명 티타니아의 말대로 검술을 익힌 것과 안위는 별개의 문제다. 실제로 스이메이는 마물과 실전을 벌여본 적은 없으니 말이다.

하지만 그렇다고 해서 일방적으로 위험하다고 단언할 수는 없다.

"그래 봬도 그 녀석, 빈틈이 없는 편이고. ……가끔 상식 이하로 멍청이 짓을 할 때도 있지만, 기본적으로는 신중한 성격이니까."

"마물을 만나도 잘 헤쳐 나갈 거라고요? 마물이 노려보기만 해도 옴짝달싹 못하게 된다는 이야기도 있는걸요."

"그건 그렇지만 의외로 스이메이라면 잘 헤쳐 나갈지도 몰라."

"그럴까요……."

납득은 되지 않는지 심각한 얼굴의 티타니아. 이 세계에 사는 자로서 그 위험성에 대해서 누구보다 잘 알기 때문일 거다. 하지만 스이메이도 스이메이대로 의외로 배짱이 두둑한 성격이다. 이전에 불량배에게 둘러싸였을 때도, **뭐냐, 그 정도로,** 라고 말할 듯한 여유가 있었다. 상황이 끝난 뒤에는 매번 질렸다는 표정이지만——

"그래서 나는 그렇게 걱정 안 해."

"레이지 님이 그렇게 말씀하신다면."

자신도 걱정하지 않는다, 라고 말하려는 건가. 더는 말하지 않는 티타니아.

그때. 미즈키는 무슨 생각을 했는지 대뜸 레이지를 향해서.

"……잠깐, 레이지 군. 그러니까 스이메이는, 머시기 류의 검객 야카기 스이메이, 뭐 이러고 다닌다는 거야? 굉장한 검술 같은 것도 쓰고?"

"응? 그건 좀 오버 같은데…… 미즈키?!"

"뭐야 진짜~ 스이메이 자기가 완전 중2병이잖아! 정체를 숨긴 고무술가? 이건 완전—— 치사해! 치사해, 치사해, 완전 치사하다고오오!"

"아하하……."

이쪽의 이야기는 듣지도 않고 화를 내는 미즈키. 결국 분노의 초점은 그것이었나. 그녀는 자신에게 말하지 않은 것보다, 검술을 배우고 있었다는 것이 더 화가 나는 모양이다. 하지만.

"하지만 스이메이는 딱히 미즈키처럼 중2 발언을 한 건 아니니까. 그걸로 중2병이라고 하긴 어렵지 않을…… 까."

그렇다. 뱉은 말이 금기어라는 것을 깨달은 순간에는 이미 늦었다.

미즈키를 쳐다본다. 그녀는 무서운 미소를 짓고 있다.

"레~이~지이이이이~!"

"미, 미미미안! 나도 모르게!"

"약속했잖아아아! 절대 잊지 말라고오오오! 앱솔루트라고오오오!"

"으, 응!"

그렇다. 그것은 말하지 않는 약속이다. 미즈키가 봉인해 두고 싶은 과거. 그녀가 말하기를, 시크릿 가든이다. 시크릿 가든도, 앱솔루트도 의미 불명이지만.

그러자, 티타니아가 입술 위에 검지를 붙이면서 귀엽게

139

고개를 갸웃한다.

"미즈키. 『중이병』이 뭐예요?"

"엥?! ……아, 그건…….."

"뭐예요, 그건? 설마 무슨 병 같은 거예요?"

"으으으으으으으응!! 그래! 맞아! 중2병이라는 건, 저쪽 세계에서 십대 전후의 아이들 대부분이 걸리는 질환으로서, 낫는다 해도 나중에 무서운 후유증을 남기는 아주, 아주 성가신 병이야!"

티타니아의 질문에 쭈뼛거리는 미즈키. 그러더니 두 팔을 휘적거리면서 열심히 얼버무리기 시작한다. 그 애쓰는 모습에서 더는 이야기가 확대되길 원치 않는 심정이 절절히 전해지지만, 결국 그 후유증은 자업자득이다.

그때, 갑자기 표정이 굳어진 티타니아가.

"그건 그렇고, 조금 전 마족 말인데요."

"으, 응. 그러고 보니. 어째서 이런 곳에 마족이 나타났을까."

"마족……."

"네……."

티타니아가 끄덕인다. 조금 전 미즈키가 어째서, 라고 말한 대로, 습격 당시부터 그 점이 이상했다. 조금 전에 전투를 벌인 마족 떼를 떠올린 미즈키가 다시 불안한 표정을 짓자, 레이지는 나름대로의 생각을 말한다.

"마족이 네페리아 제국에 쳐들어왔다…… 는 게 유력한

가?"

"여, 역시, 그런 거야……?"

"응. 논리적으로 생각하면 그럴 가능성이 가장 큰 것 같아. 마족이 있다는 건 결국 그걸 의미하는 거고."

레이지가 그렇게 추측하자 미즈키의 표정이 굳어진다. 당연한 것이리라. 아직 익숙해지지도 않았는데 어쩌면 또 당장 마족과 전투를 벌이게 될지도 모르는 것이다.

게다가 마족은 강력하다. 마물이라면 조금 전에 미즈키가 쓴 마법으로도 쓰러뜨릴 수 있지만, 강한 마족이라면 화상조차 입지 않는 종류도 있다. 마지막에 상대한 마족이 좋은 예다.

그러자 티타니아가 레이지의 추측을 반박한다.

"——아뇨, 아직 그런 것 같지는 않아요."

"어째서? 티아."

"네. 레이지 님의 말씀대로 이곳은 제국의 영토예요. 그곳에 마족들이 출현한다면 분명 침공한 것이라고 생각할 수도 있지만, 실제로 아직 마족은 노시어스를 함락한 것 외에는 큰 움직임이 없어요. 이곳에 쳐들어오려고 해도, 두 개의 나라와 산맥 하나를 넘든, 우회해서 사디어스 연합 영내를 거치지 않고서야 이곳에 발을 들일 순 없어요. 마족이 그렇게 무모한 강행군을 할 리가 없어요."

"그래. 티아 말대로 무리하게 이런 곳에 진군해봤자 군대가 고립될 뿐이야."

"앞의 두 나라를 함락하지 않고 이런 곳에 진군시키는 건 마족들로서도 메리트…… 아니, 득이 될 건 없다는 건가."

"예."

긍정하는 티타니아. 확실히 그녀 말대로 대거 움직이는 것이라면, 고립은 큰 장애다. 이성적인 자가 대군을 진군시킨다면, 보급선이나 주둔지, 전력을 안전하게 보충하기 위한 루트를 확보한 뒤에 착실히 진군시키는 것이 상식이다.

"하지만 실제로 마족은 이곳에 나타났어. 마족군이 온 게 아니라고 해도 이런 곳까지 와 있는 거야."

"레이지 님이 말씀하신 대로예요. 그게, 문제죠……."

"그레고리 씨는 어떻게 생각해요?"

"……송구하게도, 저로서는 마족의 꿍꿍이가 무엇인지 상상조차 할 수 없습니다."

"무슨 낌새 같은 건요? 아무리 사소한 거라도 좋아요."

"……용사님. 그것보다 저는 당장 이곳을 떠나는 게 좋을 것 같습니다."

그레고리의 갑작스러운 제안에 레이지는 번뜩 떠오르는 것이 있었다.

"──그건, 가까이에 마족이 있다는 거예요?"

"아, 아니오. 저도 그렇다고는 생각하지 않지만……."

그건 아닌 건가. 그럼 어째서 그런 제안을 한 것일까. 빗나간 예상에서 오는 위화감. 무의식적으로 레이지의 양 눈썹이 중앙으로 좁혀진다.

그레고리는 어쩐지 불편해하는 기색이었다. 이번 상황을 통해 위험을 예측하고 한 제안인 줄 알았는데, 과연 그것은 무엇을 근거로 한 제안이었을까. 마족의 위협이 아니고서야 급히 떠날 필요도 없을 텐데.

그때, 티타니아가 그레고리에게.

"그레고리. 안전한 장소로 떠나는 것에는 나도 찬성이지만, 마족의 동향을 정확히 파악한 뒤에 떠나는 게 좋을 것 같아요. 당장 아무 생각 없이 움직이면 더 위험할 수도 있어요."

"……예, 공주 전하, 지당하신 말씀입니다."

그녀의 말에 그레고리가 순순히 머리를 숙인다. 납득한 것일까. 하지만 조금 전에 한 제안은 무엇일까. 분명 쫓기는 듯한 초조함이 느껴졌는데, 그건 그렇고.

레이지는 다시 다른 전망을 모색하려 티타니아에게 묻는다.

"……티아. 북방이 아닌 다른 곳에 마족이 존재할 가능성은?"

"그럴 가능성은 없다고 생각해요. 이 세계의 모든 마족은 이전에 소환된 용사님에 의해 북으로 쫓겨났어요. 다른 지역에 있을 리가 없어요."

틀린 건가. 레이지는 고뇌에 빠져 신음한다. 아무리 이야기해도 답은커녕 실마리조차 나오지 않는다.

그때였다. 멀리서 달려오는 듯한 발소리와 목소리가 들려온다.

"레, 레이지 님—!!"

그 목소리의 주인공은 아직 바깥 세계에 익숙하지 않은 자신들을 보좌하기 위해 그레고리와 함께 따라온 젊은 기사였다. 성의 사람과 순차 연락을 주고받기 위해 때때로 여로를 이탈하기도 하는데, 이번에는 그레고리에 이어 그와 또 다른 한 명의 기사가 길을 떠났었는데…….

머지않아 도착한 젊은 기사는 말에서 내린 뒤, 이쪽을 향해 가볍게 인사한다.

"로프리 씨."

"네! 레이지 님, 다녀왔습니다."

"로프리. 다친 데는 없나요?"

티타니아가 별 뜻 없이 묻자 로프리는 순간 멍해졌다가 곧 어쩔 줄 몰라 하기 시작했다.

"저저저, 저 같은 일개 기사에게 공주님께서 신경을 쓰시다니——"

"로프리."

"예, 예! 그것보다 저쪽에…….."

그레고리가 헛기침을 하자 로프리가 어깨를 움찔하더니 조금 전과는 또 다른 초조감에 휩싸여 원래의 상태로 되돌아왔다. 그런 로프리의 묻는 듯한 시선을 느낀 레이지는 대답한다.

"아아, 그거요. 조금 전에 습격을 당해서 무찔렀어요."

"저걸 전부 다 말입니까?!"

"네."

"역시! 레이지 님! ……아, 아니, 그게 아니라!"

도무지 진정하지 못하는 로프리에게 그레고리가 묻는다.

"무슨 일인가, 로프리. 아까부터 안절부절못하고. 그리고 루카는 어떻게 된 건가? 함께 연락책으로 갔는데 왜 혼자 왔지?"

"예. 그것까지 포함해서 말씀드리겠습니다."

로프리는 잠시 뜸을 들인 뒤, 다시 이야기하기 시작한다.

"갑작스러운 이야기지만, 한시라도 빨리 이곳을 떠나야 합니다."

"왜죠?"

"예. 마족의 대군이 트리아와 샬독의 국토를 지나, 북 아스텔의 국경을 돌파한 것 같습니다."

경직된 표정으로 놀라운 소식을 전하는 로프리. 트리아와 샬독은 네페리아나 아스텔에서 보자면 북쪽에 위치한 나라인데…….

그의 말을 듣고 얼굴이 새빨개져서 소리친 것은 티타니아였다.

"그게 사실이에요? 로프리?!"

"예! 연락책의 이야기로는, 분명히…….'"

티타니아가 다그치듯이 묻자 로프리는 그녀의 기세에 압도당해 위축된 투로 대답했다. 하지만 그것을 듣던 레이지는 그의 말에서 한 가지 걸리는 부분이 있었다.

"로프리 씨. 한 것 같다니, 그게 무슨 뜻이죠?"

"그게, 국경 근처에서 불침번을 서는 병사가 그런 흔적을 우연히 발견했다는 사실을 근거로 추측한 것이라, 저도 정확한 사실은 모릅니다……."

"그럼, 그 흔적이라는 건요?"

"예, 지나간 듯한 장소에 마물이 아닌 발자국과 마력의 흔적이 남아 있었다고 합니다."

"로프리. 실제로 마족을 본 자는 없다는 건가요?"

"예. 드러내놓고 움직이지는 않는 듯, 목격했다거나 습격당했다는 이야기도 없습니다."

"……왜지? 상식적으로 마족이 나타나면, 보통 날뛰지 않아?"

미즈키가 조심스럽게 말하자 모두 수긍한다. 인간과 대적하면서 이미 움직이기 시작한 무리가 국경을 넘어 쳐들어왔다면, 그것은 혼란을 일으킬 목적이라고 봐도 좋다.

다른 목적이 있을 수도 있지만 대군이라는 시점에서 다른 목적이란 제외될 터다. 대규모 전력을 가장 효과적으로 활용할 수 있는 것이 전투니까 말이다. 하지만——

"이번에는 그런 움직임이 없어서 정보가 정확하지 않다고 할까, 신빙성이 떨어졌습니다만."

"우리를 습격한 녀석들이 어쩌면 그런 움직임이 아닐까, 그 말이군요."

로프리는 마족의 습격을 눈치채고 전해 들은 정보와 연관이 있을지 모른다고 생각한 듯하다. 구체적으로는 녀석들이 그 마족들의 일부라는 뜻으로서 말이다. 그렇다면 그가 보인 과장된 반응도 이해가 된다.

그때, 그레고리가.

"그럼 루카는."

"예, 연락책을 안전하게 바래다주려 잠시 크란트 시로 갔습니다. 후일, 제국 영내에서 합류하기로 했습니다."

그레고리가, "그랬군" 하고 짧게 끄덕이자 이번에는 티타니아가 초조한 표정으로 말한다.

"……일이 위험하게 되었네요."

"이건, 우리의 움직임이 마족에게 읽혔단 거지? 보통은 이런 일이 일어날 리 없잖아? ——하지만 그런 것치고는 뭔가……."

그렇다. 조금 전의 습격은 노린 것이라고 하기에는 너무나도 우연히 벌어졌다. 용사가 소환되었다는 사실을 알고 공격한 것이라고 해도, 그런 숫자로 용사를 상대하려 한 것은 너무나도 안일한 전략이다. 그렇다면 어떻게 된 건가. 레이지는 눈을 감는다.

"……어쩌면 마족들은 용사가 소환된 사실은 알았지만, 자세한 것은 파악하지 못한 건가? 그래서 아까처럼 강행 정찰 같은 무리를 보낸 거라면."

"과연. 지금은 용사로 보이는 자를 찾는 중일 거란 말씀이

시죠?"

그렇다. 대군이 있다고 알려지면 놓칠 가능성이 있기에 그렇게 될 것을 꺼려 음밀히 움직이고, 부대를 축소해서 수색하는 것이라면, 지금 미즈키와 티타니아를 깜짝 놀라게 한 것처럼 앞뒤가 맞는 가설이다.

'……하지만.'

만약 그런 것이라면 그것을 전달하는 연락책이 있을 터인데 그래 보이는 자는 없었다.

그것을 기정사실로 하기에는 아직 이른 감이 있다. 하지만 들키진 않았어도 이는 분명 불길한 상황이다. 대신 입을 연 것은 미즈키였다.

"근처에 있는 거라면 위험해. 말은 로프리 씨의 말 말고는 마족에게 희생당했고……."

"응. 최악이네. 벗어날 수 없을지도 몰라. 어떻게든 맞설 수밖에."

"로프리. 마족군 규모에 대한 추측은요?"

"아마, 천은 넘을 거라고……."

"천……."

"……그건."

말문이 막힌 미즈키에 이어 레이지도 그 이상의 말이 나오지 않았다. 그것은 대적할 수 없는 숫자다. 조금 전의 마족을 무너뜨리는 데에도 상당한 시간이 걸렸다. 그런데 천이라니. 한꺼번에 몰려온다면 잠시도 버티지 못할 것이다.

새삼 스이메이가 했던 말이 머릿속을 스친다.

그때, 미즈키가 잔뜩 찌푸린 얼굴로.

"그, 그럼 빨리 이곳을 떠나자. 더 있다간 큰일 나겠어!"

"아뇨, 미즈키 님. 무턱대고 도망치는 것은 좋은 방법이 아닙니다. 말도 제가 타고 온 한 마리뿐이고요. 루트를 정하고 식량이나 물을 보충할 방법도 생각해야……."

허둥지둥하는 미즈키에게 로프리가 한 제안은 지당했다. 모두 그 말에 수긍하자, 어째선지 지금껏 아무 말도 없는 베테랑 기사에게 티타니아가 묻는다.

"그레고리. 당신 생각은 어떤가요?"

하지만 그레고리는 대답하지 않았다. 그런 그에게 모두의 시선이 쏠린다. 그때, 그레고리가, "이미, 때인 것 같군요……." 하고 작게 중얼거리는 소리가 들렸다.

"그레고리?"

"……그것에 대해서라면 걱정하실 필요 없습니다."

……그렇다. 그가 딱딱하게 굳은 표정으로 내뱉은 그 말이, 이번 여정이 시작된 이래 맞이한 최초의 파란이었다.

제3장　마장 라쟈스

　스이메이 일행이 동행하는 상대가 왕도 메테르를 떠난 지 수일이 흘렀다. 화적이나 마물, 직접적으로 발을 묶을 폭우도 만나지 않고, 큰길가에 접한 작은 마을과 역참의 신세를 지면서 이동했다. 그리고 조금 전, 그들은 여정의 난관인 산을 무사히 넘어, 여전히 험한 여로의 한복판을 걷고 있다.

　상대 사람의 말에 따르면, 크란트 시까지는 앞으로 전체 거리의 3분의 1 정도가 남았다. 산기슭과 분지를 지나면 머지않아 크란트 시인 것 같다.

　──하지만 세계가 달라졌어도 그 근본은 같은 모양이다. 이쪽 세계도 저쪽 세계와 마찬가지로 예기치 못한 일이 왕왕 벌어져 그렇게 간단하게만은 살아가게 내버려두지 않는 것 같다.

　산기슭을 내려와 숲 속에 다다랐다. 나무들이 듬성듬성 자라 있어, 평소라면 나뭇잎 사이로 햇빛이 쏟아질 테지만, 지금은 흐린 하늘처럼 무겁게 가라앉은 분위기다. 회색빛 풍경은 그다지 좋은 미래를 예상시키지 못했다.

　그런 상황 속에서 정말 노리고 있었다는 듯이 음산한 분위기가 감돌기 시작했다.

　"……스이메이. 눈치챘어?"

　"응, 대충은."

스이메이에게는 레피르의 날카로운 질문에 그렇게 대답할 수 있을 정도의 눈치는 있었다. 산기슭에서 내려와 이 숲에 들어선 순간, 좋지 않은 예감으로 목덜미가 뜨거워졌다.

주변에서 시시각각 가까워져 오는 미확인 존재에 대한 경계를 늦추지 않은 채로, 스이메이는 인간과는 다른 그 기운을 수상하게 생각하면서 묻는다.

"……이건 마물이야? 아무래도 인간 같은 느낌은 아닌데……."

"이건 마물이 아니야. 마족이야."

"마……마족?"

여기서 그 명칭이 나오는 건가. 출발하기 전에도 그런 말은 나왔지만, 역시 관련이 있었던 걸지도 모른다. 하지만.

"……지금 그 말, 상당히 단정적인데. **마족일지도 모른다**, 라고 해야 하지 않아?"

"아니."

"왜?"

"……녀석들에 관해서라면 잘 아니까. 단언할 수 있어. 마족이 틀림없어."

거듭해서 묻자, 무슨 생각을 하는 것인지 처음보다 딱딱한 투로 답하는 레피르.

아까부터 위험한 분위기를 더해가는 레피르가 그렇게 대답하자마자, 다른 사람들 중에서도 미행당하는 느낌을 눈치챈 자가 있는지, 상대가 갑자기 움직임을 멈추었다.

그리고 머지않아 전방에서 전사로 보이는 풍채의 모험자가 발소리를 죽인 채 달려왔다. 그 얼굴에 좋지 못한 빛이 어려 있는 것은, 상황을 정확히 파악하고 있어서인가.

"이봐──"

남자가 본격적인 이야기를 꺼내기도 전에 레피르가 남자를 향해 끄덕인다.

"응, 알고 있어."

"응? 오오── 그래. 그럼 본론만 말하지. 마법사 말로는 마물이 다가오고 있다는군. 갈레오 씨의 의견으로 여기서 적과 맞서기로 했어."

……레피르의 생각과는 달리 그들은 낌새의 정체를 마물이라고 생각하는 것 같다.

어느 쪽이든, 나타나면 알게 될 테지만.

하지만 그것과는 별개로 모험자의 말을 듣자 의문이 솟는다.

"여기서 격돌한다고요?"

"그래. 왜 그러나? 호위가 싸우는데 무슨 문제라도 있나?"

"아뇨, 그게 아니고, 상인 분들은 어떻게 하고요?"

의아해하는 모험자에게 스이메이는 그렇게 물었다. 여기서 격돌하게 되면 자신들이 지켜야 할 상인들까지 위험해질 수 있다. 그들을 안전한 곳으로 대피시키는 것이 호위의 상식이지만, 이 주변은 어떠한가.

산기슭 바로 아래에 위치한 숲 속은 완만한 편이긴 하지만, 길이 험해 몸을 숨기기에 마땅하지 않다. 그것을 포함하여 이번에는 레피르가 묻는다.

"아니면 상인들을 먼저 보내고 우리끼리 요격을 할 생각인가?"

"아니야."

"그럼, 숲 속에 보낼 건가요?"

"그것도 아니야."

모험자는 어느 말에도 끄덕이지 않았다. 지금 쓸 수 있는 책략으로는 레피르가 말한 대로 상인들만 먼저 보낸 후, 자신들은 요격—— 즉, 적이 올 때까지 매복했다가 공격하는 것이 최적이다. 하지만 그게 아니라니, 그럼 어쩔 셈이란 말인가.

그 의문은 굳은 표정의 모험자가 한 말에 의해 풀렸다.

"……아무래도 마물은 전방에도 있는 모양이야. 만약 옆에도 있는 거면 뒤에도 있을지도 모르고, 최악의 상황으로는 이미 포위됐을 가능성도 있어. 그렇다면 어설프게 상인들을 이동시키기보다는 보이는 범위 내에 모아두고 요격하는 편이 좋겠지…… 그렇게 판단한 것 같아."

과연. 전방에도 적이 깔렸다면 수비에 집중할 수밖에 없다. 납득은 간다.

그때 레피르가.

"공격수는?"

"공격수? 아니, 없는데……?"

"왜지? 포위당했을 가능성이 있다면, 거기에 입각해서 돌파해야 하잖아?"

"응? 우, 우리는 강행 돌파를 할 생각은 없어. 수비만 견고하면 마물 정도는 별것도 아니잖아?"

"……그런가."

모험자가 반론하자, 레피르는 얌전히 물러난다. 쉽게 물러난 것은 불필요한 논쟁을 피하기 위해서였을까. 하지만 그 목소리에는 어딘지 모르게 실망감이 섞여 있는 것 같기도 했다.

"그럼 나는 위치로 돌아간다. 너희들은 짐을 맡아줘."

"하나만 더."

"……뭐지?"

"전방의 존재에 대해서는 모르지만, 옆쪽에서 다가오는 존재는 마물이 아니라 마족이다. 갈레오 씨에게도 그렇다고 전해줘."

"뭐? 네가 그런 걸 어떻게 알지?"

"경험으로. 이건 마물의 기운이 아니야."

레피르가 그렇게 단언하자, 모험자는 작게 신음한다. 그리고 잠시 눈을 가늘게 뜨고 바라보더니.

"……알았어. 일단 그럴 가능성이 있다고 말해두지."

모험자는 그렇게 대답한 뒤, 이번에야말로 빠른 걸음으로 원래 위치로 뛰어갔다.

그렇게 막간의 대화가 오간 뒤, 레피르는 등 뒤에서 무기를 꺼내 익숙한 손놀림으로 천을 풀었다. 이윽고 눈앞에 모습을 드러낸 것은 장대한 검.

——길이는 칼끝부터 칼자루까지 어림짐작으로 1미터 80센티미터 정도. 츠바이헨더의 길이와 클레이모어의 폭을 더해 이등변삼각형으로 만든 듯한 이세계풍의 검은, 화려하지는 않지만 아름다운 적색과 은색으로 빛났다. 다른 자들의 도검과 비교하면 완벽한 오파츠(Oopats) 같은 느낌이다.

레피르가 그 검을 한 손으로 가볍게 휘두르자, 흐린 하늘의 희미한 빛이 칼날 위로 미끄러졌다. 그 힘의 출처는 어디일까. 어찌 된 것인가. 그것은 알 수 없지만 검을 다루는 솜씨는 능숙하다. 그리고 그녀는 무슨 생각에서인지 그대로 옆쪽으로—— 마족인 듯한 존재가 다가오고 있는 쪽을 향해 성큼성큼 나아간다.

"어, 어이, 레피르?"

"——스이메이. 미안하지만, 나는 선수를 치러 갈 거야."

"가다니…… 네 마음대로? 아직 녀석들과는 떨어져 있고, 그럴 거면 적어도 갈레오 씨와 얘기한 뒤에 움직이는 게 좋지 않겠어?"

스이메이가 그렇게 말리자, 레피르는 눈을 감고 고개를 가로저었다.

"아니, 주위를 봐."

레피르의 시선이 향하는 곳을 따라 스이메이는 눈을 돌린다. 위급 상황에 직면한 상인들과 호위들이 다급하게 움직이는 모습이 눈에 들어온다. 그것이 대체 어쨌다는 것일까.

"다른 모험자와 용병들은 완전히 수비에 집중할 생각인 거야. 그건 알겠지?"

"응, 그렇겠지. 조금 전에도 그렇게 말했으니까."

"그래선 안 돼."

"……."

레피르의 말은 상대(商隊)의 책략을 뿌리부터 부정하는 당돌한 발언이었다. 그러자 조금 전 레피르가 했던 말이 떠올랐다.

"……마족을 돌파하겠다는 거야?"

"그래. 마족은 하나의 예외도 없이 빼앗고, 부수고, 죽이는 걸 옳다고 여기는 생물이야. 그래서 대체적으로 공격적 성향이 강해. 이쪽이 방어만 한다면 녀석들은 분명히 더 날뛸 거야. 녀석들을 어떻게든 물리치고 싶다면, 수비만 하는 건 위험해."

"물론 수비의 위험성에 대해서라면 나도 알아. 하지만 공격하는 것이 바람직하냐고 묻는다면 그렇지도 않아. 수비에 위험이 따르듯이 공격에도 위험이 따르잖아? 포위당했다고 상정하고 움직이는 거라면 찬성이지만, 도리가 통한다고 해서 그게 최선인 건 아니야."

섣부르게 움직이지 말라고 그렇게 호소하는 스이메이. 아마추어의 의견일지도 모르지만, 오합지졸 부대인 이상, 무리한 수는 막고 싶다.

"그러니까 네 말은 수비에 집중하라는 거야?"

"아니. 아무리 그래도 레피르 혼자 가는 건 안 된다는 뜻이야."

그녀의 실력을 얕보는 것은 아니다. 하지만 그 실력을 정확히 알지 못하는 것 또한 사실이다. 자신은 마술사이기에 검객의 실력을 한눈에 꿰뚫어 볼 수 있는 눈은 없는 것이다.

실력도 모른다. 적의 규모도 힘도 모른다. 아무것도 모르겠으니 제발 진정해달라고 말하고 싶어진다.

그러자 레피르는 이쪽의 심정을 이해했는지 고개를 끄덕였다—— 하지만.

"네 말이 맞아. 근데 나 역시 말했었지. 녀석들에 대해서는 잘 안다고. 그들의 실력에 대해서도. 또——"

"또?"

그렇게 되물은 그 순간이었다. 느닷없이 거무튀튀한 기운이 느껴지더니, 순간 소름이 돋았다.

"……그래서는 녀석들을 하나도 남김없이 없애는 건 불가능하잖아?"

당차고 예쁘장한 얼굴에 순간 그늘이 어린 것은, 결코 구름 낀 하늘 때문만은 아니리라. 지금 드러난 얼굴은 정의를 가슴에 품은 검객의 어두운 측면인 것일까. 어느새 그늘이

지나가고 드러난 한쪽 눈은 분노와 증오로 붉게 빛나고 있었으며, 이곳에 존재하지 않는 원수를 관통할 칼끝으로 변모해 있었다.

……또다. 무슨 일이 있었던 것일까. 마족이라는 존재는 그녀에게 그 정도의 인연인 것일까.

"스이메이. 마족은 악이야. 태어나서 죽을 때까지 결코 선해지지 않는 생물이야. 그러니까, 녀석들을 베어야만 해. 내 손으로 전부. 하나도 남김없이."

레피르가 내뱉은 어두운 결의의 말이 스이메이의 반론을 완전히 박살 낸다. 그리고 레피르는, "그렇다는 말이야"라고 한 뒤, 다시 뒤돌아섰다.

"야, 야, 레피르!"

스이메이가 허둥지둥 불러 세우자, 레피르는 돌아서서 조금 전에 어두운 분위기를 조성한 것을 사과하듯 밝게 웃으면서.

"고마워, 스이메이. 하지만 내 걱정은 안 해도 돼. 너는 짐을 맡아줘. 그럼."

그녀는 그렇게 말한 후, 숲 속으로 들어가 버렸다. 그 앞에 있을 마족을 무너뜨리러.

'……뭐가 저렇게 빨라.'

나무숲을 붉은 질풍이 가르며 빠르게 지나간다. 저 움직임으로 보는 한, 레피르의 행동은 무모하다고도 할 수 없었다. 험한 산세, 중량물, 속도. 그 모든 악조건 속에서도 흐트러짐 없는 동작. 매끄러운 질주. 저런 실력을 갖춘 자라면 웬만해서는 지지 않을 것이다.

……머지않아, 레피르가 시야에서 사라졌다. 그녀가 떠나는 모습을 본 사람들이 당혹감과 분노로 술렁였지만, 그것도 아주 잠시였다.

"온다!"

나무들의 부자연스러운 움직임과 마력의 기운을 느낀 모험자 한 명이 소리쳤다.

그리고 이쪽을 향해 다가오고 있던 그 존재가 드디어 모습을 드러냈다.

울려 퍼진 소리는 경악이었을까, 공포로 인한 비명이었을까.

──마족이다. 누군가가 그렇게 외친 것과 거의 동시였다. 나무들 사이로 일제히 모습을 드러낸 것은 인간과는 조금도 닮은 데가 없는 이형의 존재들이었다. 박쥐의 날개, 산양의 울음소리, 붉게 녹이 슨 듯한 몸. 그렇게 전혀 관계없는 파트를 위화감 없이 연결해놓은 듯한 흉물스런 실루엣을 가진 생물. 판타지에서는 이미 익숙한 것이리라. 이야기 속에 등장하는 용사의 적, 이형체── 마족.

일반적으로는 마물이나 마수로 불리는 공격적인 생물보다도 훨씬 레벨이 높은 존재로서, 그들과 같이 인간의 적으로 그려지며, 이런 종류의 이야기에 등장하는 어느 종족보다도 성가신 존재다.

이야기의 내용에 따라서는 악마에 가까운 존재이거나, 각지의 신화에 등장하는 상상 속의 괴물을 본뜬 것으로, 그 존재의 정의는 조금씩 다르다. 하지만 인간의 언어를 알아듣고, 팔다리를 가졌다는 것은 어느 이야기에서든 마찬가지리라.

'……저쪽 세계에는 괴이가 있긴 하지만, 이렇게 **본격적인 것**과 만나는 건 처음인걸.'

스이메이는 자신을 향해 덤벼드는 적을 주시하면서 생각한다. 저쪽 세계에서도 비인의 존재와는 몇 번인가 싸워봤지만, 이렇게 만화책에서 튀어나온 듯한 존재와 만난 것은 의외로 처음이었다. 저쪽 세계에서도, 용도 그림에 그려지는 것과는 전혀 다르고, 흡혈귀도 이 녀석들에 비하면 그나마 인간답다. 설마 이 판타지 같은 세계에서 아인이나 마물따위와 만나기도 전에 이런 존재와 맞닥뜨릴 줄이야.

──하지만 문제는, 왜 이들이 이런 곳에 나타났냐는 거다.

'그 바코드 대머리의 말대로라면 마족은 북쪽에 있는 나라를 공격한 뒤로 큰 움직임은 없을 텐데…….'

그 부분이 납득이 가지 않았다. 마족은 북방의 나라인 노시어스를 함락했지만, 영토상으로는 두 개의 국가와 산맥하나 만큼의 거리가 떨어져 있어서 이런 곳에 나타나는 것은 부자연스럽다.

하지만 한편으로 애초에 상대는 인간이 아니기에 인간의

상식으로 생각하는 것은 무의미하다. 다른 생물을 인간의 척도로 가늠하려는 것은 잘못되었다는 생각도 들었다.

하지만 지금은 그런 생각을 해봤자 소용없다. 그렇게 생각을 멈추고 스이메이가 눈을 가느스름하게 뜨자, 살기가 전해져 왔다. 이쪽으로 돌진해 오는 무리 중 하나가 자신을 목표물로 정한 듯하다.

그 마족이 자신을 향해 팔로 내리치려는 듯한 동작을 취한다.

마력일까, 아니면 에테릭일까. 무질서하게 뭉쳐진 힘의 덩어리가 흉물스런 손에서 형태를 갖추더니, 팔을 힘껏 뻗는 것과 동시에 화살 같은 속도로 날아왔다.

'그리 간단히는——'

바람을 가르는 소리와 함께 날아오는 공격을 옆으로 뛰어 피한다. 땅이 움푹 꺼질 정도의 위력이었지만, 자신은 무사하다. 화살 같은 속도쯤은 마술사에게는 가소롭다.

마족은 추가 공격을 퍼부으려는 듯 날갯짓을 하면서 돌진해 온다.

공중에서 땅으로. 비스듬한 선을 그리며 날아오는 마족에 맞서 스이메이도 튕겨져 나가듯 돌진했다. 그러면 당연히 상대방의 예측에도 균열이 생긴다.

착지—— 이럴 때는 공격 지점의 차를 노린다. 뒤나 옆으로 피하면 상대도 스텝이 꼬이긴 하겠지만 수정할 수 있는 여지가 있다. 하지만 앞으로 돌진하면 반드시 제동이 걸릴 수밖에 없다. 그러니——

"샤——"

피아가 교차한다. 바람을 가르는 소리와 함께 마족의 검은 발톱이 바로 아래에 있는 자신에게 돌진한다. 틈은 없었지만 공격점을 급하게 바꾼 탓에 마족의 자세는 희미하게 흐트러졌다.

그것을 간파하고 완만하게 호를 이룬 마족의 발톱을 왼발을 축으로 몸을 돌려 피한다. 그대로 뻗어진 마족의 팔에 손을 걸어 가볍게 비튼다. 그리고——

"흡——"

폐부에서 끌어올린 숨을 내뱉으면서, 던진다. 마족은 그대로 나선을 그리며 땅으로 패대기쳐졌다. 하지만 대미지는 그리 크지 않은 듯 바닥을 살짝 구른 뒤 곧바로 태세를 정비하고 날아올랐다.

그리고 박쥐 날개를 펄럭이면서 어느 정도 거리를 유지한 채 대치한다.

말 그대로 패대기쳐진 것에 대한 화풀이일까. 다친 곳도 없을 텐데, 마족은 살벌한 분위기를 마구 내뿜으면서 새된 목소리로 외친다.

"인간 놈, 이상한 기술을……."

"이상하다니, 너무하네. 제대로 된 기술이라고, 이건."

비스듬히 선 자세로 경계를 늦추지 않고 그렇게 도발하자, 마족이 콧방귀를 뀐다. 그리고 입을 닫은 뒤, 이쪽을 향한 살기를 끌어올린다.

"흥."

중압을 가해 오는 이형에, 따분한 표정과 싸늘한 눈빛으로 대응하는 스이메이. 마치 곤충의 주둥이처럼 기분 나쁘게 발톱을 꿈틀거리는 모습은 혐오감을 불러일으킨다. 마족 아무개도 더는 말하지 않겠다는 건가.

……말은 끊겼지만 바로 공격해 오지는 않았다. 조금 전 보기 좋게 내팽개쳐진 탓인지 이쪽의 움직임을 살피는 듯하다.

'눈치작전인가…… 그럼.'

스이메이는 마족의 움직임을 관찰하면서 주변을 살핀다.

상인들은 몸을 숨겼는지 보이지 않고, 다른 이들은 이미 교전 중인 듯 상대의 전방에서 파쇄음이 들려왔다. 아무래도 다른 마족들은 사람들이 많이 몰려 있는 전방으로 가버린 듯하다. 나머지는 숲 속인데 그쪽에도 마력장이 많다. 그렇다면 레피르의 선행이 성공을 거둔 것일까. 아마도 그녀의 행동은 계획대로 된 듯하다.

……한 손을 호주머니에 찔러 넣고 그런 생각을 하면서 노려보자, 마족이 날개를 퍼덕이기 시작했다. 슬슬 움직이나.

"죽어라……."

"귀찮구만."

──팡, 하고 손가락을 튕기는 소리가 나는 것과 동시

에, 이쪽을 향해 돌진해 오는 마족의 바로 앞에서 땅이 폭발했다.

"흐험——?!"

허를 찔린 음성. 눈속임. 지탄의 마술로 기선을 제압당한 마족은 그대로 스텝이 꼬일 수밖에 없다. 스이메이는 잽싸게 뒤쪽으로 도약한 뒤 거리를 확보한다. 그리고 숨을 한 번 내뱉은 뒤, 마술 행사.

"……자, 이세계 인류의 적께서는 얼마나 대단한 힘을 지니고 있을까."

그렇게 작게 중얼거린 뒤, 마력의 양을 모은다. 빠르게 술식을 짜서 마법진을 주위에 현계. 수치에 대응하는 문자가 진에 그려지는 것을 곁눈질하면서, 그것을 발동시키기 위한 성가를 외쳤다.

——그렇다. 카발라 중에서도 실천 기술에 무게를 둔 마술 카발라가 수비술.

"——Fiamma est lego vis wizard(불꽃이여 모여라. 마술사의 분노에 찬 절규와 같이……)."

중천에 걸린 여러 개의 마법진에서 신음하는 듯이 솟구치는 불꽃. 불꽃은 마족을 향해 빨려 들어갈 듯 돌진한다. 마술의 불꽃이다.

하지만 어째선지 마족은 피하지도 않고 온몸으로 불꽃을 받아냈다.

'에…….'

그 모습을 본 스이메이는 위화감을 느낀다. 우둔한 것일까 아니면 어떤 가호가 존재하는 것일까. 그런 생각을 하는 와중에도 불꽃은 마족을 품고 있다. 무너질 낌새가 보이지 않자, 스이메이는 눈썹을 찡그린다.

──마술의 불꽃이다. 닿기만 해도 적을 불태워 없애버릴 터…… 그렇다. 당연히 없애버릴 터인데, 눈앞에 치솟은 불기둥 속에 비친 그림자는 발버둥 치는 모습도 괴로워하는 모습도 아니다.

이윽고 어떤 힘에 의해 불꽃이 날아가 버렸다.

"……이 정도 마법으로 나를 쓰러뜨리려 하다니. 얕본 것 같군."

……태워버리지 못한 것은 위력이 부족해서였을까. 마족은 털끝만큼의 화상도 입지 않았다. 특별히 마력이나 술식을 아끼지도 않았는데 어떻게 된 일일까.

'……고작 저 정도의 마력 양이다. 마술에 대한 저항력은 평범한 수준일 텐데, 그렇다고 피부나 살이 단단해 보이지도 않고…….'

스이메이도 처음부터 일격에 보내버릴 계획이었다. 하지만 너무 얕잡아 본 것일까. 내포된 마력의 양에서 저항력은 간파했는데, 전혀 효과가 없는 것은 뜻밖이었다.

──그렇다. 술이 감쇠해서 소멸하지 않는 이상, 마족 자체가 마술에 대해 높은 저항력을 가진다는 것은 있을 수 없다. 던졌을 때 느낀 감촉으로는 육체의 견고함은 여타의 다

른 생물의 피부와 다르지 않았다.

타고나길 불에 강한 타입일지도 모르지만, 그렇다 하더라도 털끝만큼도 그을지 않는 것은 불가능하다. 마술로 짠 불꽃은 일반적인 연소 현상과는 성질이 다르다.

발화에 속하는 마술은, 가연물이 불에 닿거나, 산소가 충분히 존재한다는, 이른바 **발화 조건이 갖추어져서** 타는 것이 아니다. 재현된 신비에 의해 대상에 거의 강제적으로 연소 현상을 불러일으키는 것이기에, 발화 조건 없이 마술의 불꽃이 엉겨 붙는 것만으로도 술식이 성립되어 타는 것이다.

그렇기에 술식에 대한 가호가 없으면 대상은 반드시 불 앞에서 소멸한다. 불꽃을 발생시키는 것뿐이라면 몰라도, 지금 시행한 마술은 당연히 후자에 속한다.

그런데 어째서 마술의 불꽃에도 타지 않는 것일까. 어째서 마술이 조금도 통하지 않은 것일까. 불꽃 마술을 견뎌낼 법한 요인이 보이지 않았기에 불가사의했다.

"혹시 다른 외적 요인이 있는 건가……."

그렇게 중얼거리고 있을 때, 다시 마족이 손 안에 힘을 모은다. 힘껏 앞으로 뻗은 팔. 이번에는 높이 치켜드는 동작도 없이 뻗었다. 원거리전이라도 해보자는 것일까. 스이메이가 옆으로 뛰어 부드럽게 피하자, 마족은 다시 손 안에 힘을 모은다.

그리고 난사되는 힘의 화살. 마치 궁수가 연발을 쏘는 듯하다.

스이메이는 짐마차에 피해가 가지 않도록 주의하면서 재빠르게 피했다.

뒤이어 덮쳐 오는 거대한 힘의 덩어리. 그것은 자신의 남은 마술까지 빨아들이고, 나무를 나뭇조각으로 만들어버리면서 맹렬히 거리를 좁혀왔다.

하지만 아직 그 정도는 피할 수 있다. 일단 수비에 집중하기로 하고 뒤로 도약.

한순간, 모래 먼지가 날아와 몸을 때렸다. 손으로 얼굴을 가리고 어깨를 움츠리는데, 옆에서 발생한 폭음이 귀를 때린다. 마족을 시야에 확보하는 한편 소리가 난 쪽을 바라보았다. 누군가가 마법을 쓴 것일까. 다른 마족에게 마법이 작렬하고 있다.

게다가 불꽃.

하지만 그것은 자신의 때와는 다르다. 공격당한 마족은 불꽃에 휩싸이자마자 재가 되었다.

"이 녀석은……."

대체 어떻게 된 영문일까. 불꽃이 효과가 있는 것이라면 불꽃에 대한 저항을 가지고 태어났을 거라는 가능성은 사라진다. 그렇다면 대체 왜, 라고 생각하는 순간, 남자의 목소리가 날아들었다.

"어이! 뭐 하는 거야! 물러나!"

"예?"

"너 말이다! 흑발, 너! 물러나라고!"

맞은편의 마족을 물리친 모험자들이 스이메이가 있는 곳으로 달려온다. 자세히 보니 레피르와 담소를 나누었던 파티였다.

전사풍의 남자가 외치자, 그중 한 명인 마법사로 보이는 소녀가 영창과 함께 지팡이 끝에서 불꽃을 내뿜었다.

그와 동시에 마족은 날개를 푸드득거리면서 뒤쪽으로 날아올랐다.

'저건 피하냐⋯⋯.'

철저한 후퇴. 어찌 된 일인지 소녀의 공격에는 쏜살같이 물러났다.

그때, 스이메이에게 달려온 모험자가.

"물러나. 나머지는 우리가 처리한다."

"아뇨, 괜찮습니다. 혼자서 해보겠습니다."

"해보겠다니⋯⋯ 무슨 말을 하는 거야! 지금 고전 중이잖아!"

"고전이요? 딱히 고전은⋯⋯."

"맞구만, 뭘! 저 마족은 팔팔하다고!"

그건 그렇지만 단지 그뿐이다. 시간이 조금 걸리는 것일 뿐, 딱히 위험한 상황도 아니고, 이쪽은 전력을 다하지도 않았다. 지친 것도 아니다.

옆에서 본다면 그렇게 보일 수도 있겠지만.

"⋯⋯그럴지도 모르지만, 그래도 맡겨주면 안 될까요."

"안 돼. 너는 상대 사람들이 있는 곳으로 피해. 나머지는 우리가 처리할 테니까."

"에── 그건 좀 곤란해요!"

고개를 젓는 모험자를 향해 스이메이는 강하게 항의한다.

그렇다. 곤란하다. 지금 이 기회를 빼앗기면 마족에게 자신의 마술이 통하지 않은 이유도 알아낼 수 없고, 무너뜨리는 데 어느 정도의 마력과 위력이 필요한지도 알 수 없다. 그것은 당연히 여유가 있는 지금 알아내야 한다.

"뭐? 뭐가 곤란하다는 거야? 대신 처리해주겠다는데 왜 그래? 잔말 말고 상인들과 뒤쪽에서──?!"

모험자의 나무람은 거기서 중단되었다.

스이메이는 갑자가 덮쳐 오는 그림자를 최소한의 움직임으로 피한다. 마족이 공격한 것이다.

옆에 있던 남자는 그 공격을 완전히 예상하지는 못했는지 크게 뛰어 거리를 벌렸다.

그때였다.

"──□□□□□□!"

마족이 하늘을 향해서 포효했다. 귀에 거슬리는 목소리, 아니, 소리였다. 마치 살의를 그대로 음성으로 변환시킨 듯한 소름끼치는 소리가 귀를 때린다. 그와 함께 더욱 강해지는 마족의 힘. 아직 몸 안에 감추어두었던 힘을 끌어내는 것이리라. 이윽고 마족의 몸에서 안개처럼 뭉쳐진 거무튀튀한 **기운**이 뿜어져 나온다.

'저건 뭐지? 마력? 아니야, 저건──'

마족이 내뿜은 힘을 보고 스이메이가 기시감을 느낀 그 순간, 모험자가 고함을 지른다.

"위, 위험해! 다들 빨리 저 마족을 공격해!"

스이메이가 얼굴을 찌푸리자, 그 옆에서 모험자가 황급히 외친다. 그 외침을 듣고 저마다 호응하는 동료들. 서로 마주 보고 끄덕인 뒤, 합심하여 마족을 향해 돌진했다. 하지만 마족을 포위하려던 모험자들은 주위에 넘쳐흐르는 검은 힘에 의해 튕기듯 나가떨어졌다.

"젠장! 다가갈 수가 없어!"

"마법! 마법을 최대한으로 쏟아내!"

"──불꽃이여! 그대는 적을 꿰뚫는 칼끝이 되어……."

……누군가가 그렇게 외치자, 마법을 쓰는 자들이 일제히 영창을 개시하고, 마법을 시행한다. 쇄도하는 불꽃과 천둥, 바람.

하지만 각각의 마법의 베일이 걷힌 뒤, 그곳에는 당연하다는 듯이 공격하기 전과 다르지 않은 마족의 모습이 있었다.

"저럴 수가, 마법도 통하지 않다니……."

멀쩡한 마족의 모습을 확인한 모험자들. 그들 사이에 동요가 스친다.

그러는 사이에도 마족은 힘을 내뿜는다. 강력함이 느껴지는 그 힘에는 당해낼 수 없을 듯한 무시무시함이 서려 있다. 괴이가 발산하는 힘도 아니며, 마술사가 마력로를 해방시킨 것과도 다른 힘.

하지만 자신은 이런 힘을 처음 경험하는 것일까. 아
니──

'……장난 아니네. 이러다간 저 녀석들이 위험해.'

신경은 쓰인다. 신경은 쓰이지만, 지금은 생각을 멈춰야
한다. 이대로 있다가는 마족이 내뿜은 힘에 의해 모험자들
이 중상을 입는다. 그러니 그 전에 쓰러뜨려야 한다.

"──Fiamma est lego vis wizard(불꽃이여 모여라. 마술
사의 분노에 찬 절규와 같이……)."

스이메이가 스펠을 외자, 마족이 적의를 드러내며 외친다.

"흠! 네 녀석의 마법은 안 통한다고 했을 텐데!"

"──과연 그럴까? 적당히 시행한 마술이라면 그럴지도
모르지. 하지만 제대로 공격하면 그 정도로는 안 끝날걸."

"그 정도 불꽃에 내가 타기라도 한다는 것이냐!"

"말했을 텐데. 악마 같은 것! 마술사의 불꽃을 얕보지 마
라!"

그렇게 외친 뒤, 마술 영창.

"hex agon aestua sursum impedimentum mors(그 단말마
는 형태가 되어 불타오르고, 내 앞을 가로막는 자에게 가공
할 운명을)!"

주위에 난잡하게 형성된 마법진에서 불꽃이 질주한다. 공
중에서 떨어지고 땅을 가르면서. 이윽고 모이는 불꽃. 하지
만 이번에는 마족에게 충돌하지 않고, 그 몸을 빙 에워싼다.
대상을 중심으로 소용돌이치면서. 주위의 모든 것을 불태

워 뜬숯으로 만들면서.

"──윽, 뭐냐?! 조, 조금 전과는······."

불꽃이 내뿜은 빛으로 붉게 물든 땅과 나무 사이로 비치는 붉은빛은, 절경. 어느새 스이메이의 손 안에는 작은 환상 마법진에 감싸인 주황색으로 달구어진 마석이.

──그것을 최후의 건언과 함께 으스러뜨린다.

"──Fiamma o asshurbanipal(빛나라! 아슈르바니팔의 눈부신 돌이여)!"

순간, 주변에서 소용돌이치던 불꽃이 마족을 감싸고── 주위의 소음이 사라졌다.

시계를 가득 채우는 폭발. 지면이 불을 뿜고 불그스름한 빛이 섞인 연기가 하늘을 물들인다. 곧이어 어마어마한 폭음이 덮쳐왔다.

그것은 마술의 폭연(爆燃)이었다. 진분홍색 안개가 물결치며 거미줄처럼 뻗어 나간다.

느닷없이 엄청난 폭격을 당한 마족은 단말마의 비명조차 지르지 못한다. 그 자리에 있던 모든 사람은 방사된 열로부터 자신의 몸을 지키기에 급급했다.

······그리고 남겨진 것은 매캐한 냄새와 희미하게 연기가 피어오르는 타다 남은 나무들.

주위에 미칠 영향을 생각해서 어느 정도 조절은 했지만, 커다란 불꽃의 충격파로 마족이 있던 곳의 지면은 마치 마그마처럼 끈적끈적하게 녹아내렸다.

경악한 표정의 모험자들 중 한 명이 소리친다.

"괴, 굉장한 마법이에요!"

목소리는 소녀 마법사의 것일까. 그 소리에 모두들 정신이 들었는지 저마다 뭐라고 한마디씩 거든다.

보고도 믿을 수 없는 광경에, "굉장해……." "따, 땅이 녹고 있어!" 따위의 말들을 하면서 감탄할 뿐이다. 그때, 조금 전의 모험자 남자가 다가온다.

"야, 너! 거봐, 하면 되잖아! 그런 능력이 있으면 처음부터 좀 쓰라고!"

"아, 예. 마족과 싸우는 건 처음이라서요."

"뭐야, 그럼. 그래서 힘을 아끼기라도 했다는 거야? 다음부터는 후딱후딱 해치워달라고!"

"에, 예……."

빙긋 웃는 모험자에게 스이메이가 애매하게 대답하자, 그는 동료들이 있는 곳으로 돌아갔다. 아무래도 뭔가 오해한 듯하지만, 마음대로 생각하라지. 스이메이는 어정쩡한 표정으로 머리를 박박 긁은 뒤, 다시 마족이 서 있던 자리를 쳐다보았다.

'아무튼, 이게 마족이라는 거네…….'

그렇다. 이것이 바로 자신들이 이곳으로 불려오게 된 원흉, 그 원흉의 졸개들이다. 이 자리에서 어느 정도 겨루어서 역량을 파악하고 싶었지만, 주위를 신경 쓰다가 어쩔 수 없이 마술의 위력으로 끝내버렸다.

무너뜨리는 것은 어렵지 않다. 전혀. 시간이 좀 걸리긴 했지만, 수고라면 그것뿐이고, 결과적으로는 진짜 실력을 써보기도 전에 끝난 거다. 하지만──

'……아슈르바니팔의 불꽃으로도 다 태우는 데 1분 가까이 걸린단 말이지…….'

마족을 무너뜨리는 데 사용한 마술은 불 속성의 마술이다. 5대 원소 중에서는 자신이 가장 자신 있어 하는 힘이다. 적성도 잘 맞고 위력도 훌륭한 편이며, 다른 마술에 비해 영창도 비교적 간단하다.

하지만 그런 마술을 써도 마족을 그을음으로 만들어 제거하는 데까지 1분이 걸렸다.

너무 오래 걸렸다. 웬만한 존재를 쓰러뜨리는 데에는 몇 초면 충분하다. 그런데 고작 졸개를 쓰러뜨리는 데 1분이라니. 마술이 잘 통하지 않은 것도 그렇고 역시 납득이 가지 않는다.

스이메이가 그런 생각을 하면서 잔뜩 인상을 찌푸리고 있을 때였다.

등 뒤에서 가공할 만한 속도로 무언가가 날아왔다.

'응──?!'

충돌음이 들리자 스이메이는 뒤돌아본다. 뒤돌아본 그곳에는 조금 전에 본 듯한 실루엣이 비쳤다. 날아온 것은 마족── 아니다, 마족이 아니다. 저것은 마족이 아니라, 마족의 덩어리다.

둘, 셋, 꺾어진 팔과 찢겨진 다리, 머리 따위가 뒤죽박죽으로 엉켜 무언가에 의해 내동댕이쳐지듯 날아온 것이다.

'뭐야——'

스이메이는 깜짝 놀라 시선을 집중시킨다. 그곳에는 역시 마족과 마족이었던 것, 그리고 그 너머의 직선상에는 대검을 한 손에 든 레피르의 모습이 있었다. 적색과 은색의 칼끝을 든 자태는 나무 그늘에. 그런 그녀에게 처음 만났을 때의 다정한 분위기는 조금도 없다.

살짝 앞으로 숙인 몸과 붉게 빛나는 한쪽 눈. 검을 든 팔을 활시위처럼 긴장시킨 채, 마치 귀신같은 투기를 품은 그림자가 흔들린다.

꿀꺽. 들릴 리 없는 누군가의 침 삼키는 소리가 이상하리만큼 크게 주위에 울려 퍼졌다.

그것이 신호였다는 듯 아무렇게나 내동댕이쳐진 덩어리들 가운데 아직 숨이 붙어 있던 마족이 레피르를 향해 날아간다.

하지만 날아오는 마족을 레피르는 검으로 후려쳐 베었다. 처음부터 끝까지 한 치의 흐트러짐도 없는 동작으로 순식간에 마족의 몸뚱이를 위아래로 갈라놓았다.

뒤이어 어마어마한 속도의 칼날이 마족의 머리를 노린다. 부드럽게 열십자를 그리듯이 휘두른 칼에 의해 마족의 몸뚱이는 좌우로 쪼개졌다.

이제 숨이 붙어 있는 마족은 없다. 하지만 그녀는 멈추지 않았다.

더 이상의 공격은 무의미하다. 이미 숨이 끊어진 상대에게 칼을 휘두를 필요는 없다. 추가 공격은 효율성을 무시한 오버킬인데, 여전히 부족하다는 듯, 레피르는 거대한 칼끝으로 마족의 머리를 박살 냈다.

"죽어라…… 악마."

그렇게 중얼거리듯 한 말이 귓가에 계속 맴도는 이유는 그 원한이 너무 크기 때문일까.

……형용할 수 없는 위압감이 주위를 휩쓸고 지나간 뒤, 검을 등에 멘 레피르가 다가온다.

"……이쪽도 끝난 것 같네."

"아, 응……."

레피르가 묻자, 조금 전의 모험자, 그녀와 친분이 있는 파티의 전사가 대답한다. 지금은 잠잠해졌지만, 조금 전까지 감돌던 살기에 압도당해서인지 목소리가 살짝 굳어 있다.

그런 그를 대신해서 스이메이가 레피르에게 묻는다.

"그쪽은?"

"응, 지금 것까지 하나도 남김없이 해치웠어. 저 안쪽에 더 이상 마족은 없어."

"저쪽이 이쪽보다 더 많았던 거 아니야?"

"그러게. 나는 이쪽 녀석들까지 전부 맡을 작정이었는데."

"헤에……."

"많이 위험하진 않았지?"

레피르의 담담한 발언에 스이메이는 다시금 그녀의 비범함을 깨닫는다.

아무리 그래도 전부 쓰러뜨릴 작정이었다니. 게다가 "옆을 뚫리다니, 나도 아직 멀었나 봐" 하고 분하다는 듯이 중얼거리는 이 소녀. 정말, 그녀는 대체 어떤 사람일까.

그리고 레피르는 주위를 빙 둘러보더니.

"조금 전에 이쪽에서 엄청난 굉음이 들리던데, 혹시 이것 때문이야?"

"응, 내 마술."

그렇게 대답하자, 레피르는 뜻밖이라는 표정을 지은 뒤, 미소 짓는다.

"역시 스이메이. 활약했구나."

"무슨. 하나 쓰러뜨리는 데 이 고생을 했어."

"응? ——하나라니?"

눈앞의 참상과 무너뜨린 적의 수에 괴리가 있는 것이다. 스이메이가 끄덕이자 레피르는 의아하다는 듯이 묻는다.

"……힘이 센 놈들은 이미 내가 막았는데, 여기 있던 놈이 그 정도로 셌나?"

"아니, 다른 녀석과 비슷한 것 같아. 아마 방금 레피르가 갈기갈기 찢어놓은 녀석과 같은 종류일 테니까."

그렇게 말한 스이메이는 마족의 영락한 몰골을 흘끗 바라본다. 이쪽으로 빠져나온 마족은 모두 같은 형상. 데몬과 닮은 녀석들뿐이었다. 녀석들의 힘에 차이가 있었다고는 생각되지 않는다.

"하지만 이런 규모의 마법이라면 저 정도 마족은…… 이건 중급 이상의 마법이라고 생각했는데, 내 생각이 틀린 건가……?"

"중급?"

"그래. 아니야?"

레피르가 그렇게 다시 묻는다.

……중급이라. 그러고 보니 이 세계에는 5대 원소에 속하지 않는 여덟 가지 속성 외에도 이렇듯 생소한 마법의 구분이 있다. 하급, 중급, 상급. 레이지 일행이 이 상급 마법이라는 것을 익혔을 때 주위 사람들이 기뻐했던 것을 기억한다. 그런데.

그것은 대체 무엇을 기준으로 상중하로 나누어진 것일까. 그게 무엇이 됐든 저쪽 세계의 마술과는 규격이나 기준이 전혀 다르기 때문에 대답해줄 수 없다.

그때, 옆에 서 있던 마법사 소녀가 쭈뼛쭈뼛 손을 든다.

"바, 방금 그 마술 말인데요, 제 판단으로도 다른 마법사의 마법에 비해 못해 보이지 않았어요. 다만…… 그 마력에 비해 마족에게 통하지 않는 것 같은 느낌이 들었어요."

"……그래."

"바로 그거야. 대체 뭐가 다른 건지."

스이메이는 찜찜한 결과에 어깨를 움츠린다. 대체 왜 마술이 잘 먹혀들지 않은 걸까. 결국 알아내지 못한 채 끝나 버렸지만, 솔직히 짐작 가는 것이 있기는 했다.

그렇다. 그것은 마족이 마지막으로 내뿜은 그 힘이다. 어디선가 본 적이 있다. 소름끼치고 생리적으로 받아들여지지 않는 힘의 응집. 분명 그것은 악마 숭배자가 지닐 법한 힘이 아닌가——

'……그러고 보니, 일전에 마족은 사신을 신봉한다는 이야기를 들은 것 같은데…….'

혹시 그게 수수께끼의 열쇠인가. 스이메이가 수수께끼를 풀기 위해 끙끙대고 있을 때였다.

갑자기 레피르가 입을 열었다.

"……스이메이, 그리고 모두들."

"응? 왜?"

"아무래도 이게 끝이 아닌 것 같아."

돌아보자, 저쪽을 봐, 하고 상대가 있는 앞쪽을 턱으로 가리키는 레피르. 그곳에 신경을 집중시키자, 또다시 마력의 기운이 가까워졌다.

'돌겠군…….'

얼굴이 딱딱하게 굳어진 스이메이에 이어 마법사 소녀가 말한다.

"레, 레피르 씨의 말이 맞아요! 게다가 아까보다 많은……."

"정말이냐?!"

"젠장, 방금 전투에서 다친 사람도 있다고! 싸울 인원이 부족해!"

소녀의 말을 듣고, 호위를 맡은 모험자와 용병이 술렁거리기 시작했다. 연전이 벌어질 듯한 분위기에 동요가 일었다.

스이메이도 뒤늦게 전방 쪽으로 신경을 곤두세운다. 눈을 감고 불필요한 감각을 차단하면 마술사의 육감이 눈을 뜬다.

'열······ 아니, 스물은 되겠어. 그녀 말대로 조금 전보다 많아.'

조금 전처럼 마력장이 가까워져 온다. 느껴지는 힘의 크기가 비슷한 것으로 보아, 조금 전에 맞선 마족과 동족인 듯한데──

스이메이가 서쪽을 보고 있을 때, 호위들이 저마다 목소리를 높였다.

"······빌어먹을, 이제 어떡하지?"

"요격밖엔 방법이 없어! 지금은 도망칠 수도 없다고!"

"들어라! 조금 전의 전투에서 다친 자들은 물러나라! 싸울 수 있는 자는 바로 준비한다!"

고함만이 난무하는 것은 초조감이 극에 달했기 때문이리라. 머지않아 적이 나타난다── 전투다.

그때, 지금까지 다른 상인들과 함께 몸을 숨기고 있던 갈레오가 짐마차의 뒤편에서 모습을 드러냈다.

"아, 아직 전투가 끝나지 않은 겁니까······?"

갈레오는 흥분한 목소리로 그렇게 물었다. 안색이 눈에 띄게 좋지 않았다. 전사가 아닌 그에게 마족은 단지 두려움의 대상일 뿐이다. 주변에서 느껴지는 낌새로 아직 상황이 끝나지 않았음을 눈치챈 듯하다. 호위 중 한 명이 갈레오의 물음에 대답한다.

"아, 조금만 더 기다려주시오. 아직 마족이 있는 것 같소."

"그, 그럴 수가…… 우리는 괜찮은 겁니까?!"

"……그게, 조금 전보다 수가 많은 것 같소. 부상자도 있어서, 아마 쉽지는 않을 것 같소."

호위의 말을 들은 갈레오는 절망에 빠져 머리를 감싸 쥐었다.

"네페리아에 장사를 하러 가는 것뿐인데, 왜 마족 따위가……."

갈레오의 안색이 조금 전보다 더 창백해졌다. 그는 이번 여정이 비교적 안전하며, 순조롭게 끝날 거라고 생각했을 것이다. 그런데 뚜껑을 열어보니 이런 상황이다.

갈레오가 그렇게 괴로워하고 있을 때였다. 이번 제2의 위기 상황을 누구보다 빨리 눈치챈 레피르가 앞으로 나오더니 당찬 목소리로 갈레오에게 말했다.

"──걱정 마세요, 갈레오 씨. 우리에게 덤비는 마족은 제가 모조리 쓸어버리겠습니다."

"당, 당신은 그라키스 씨…… 라고 했지요. 말씀은 든든합니다만, 당신 같이 어린 여성이 마족을……."

말처럼 간단히 무너뜨릴 수 있을까…… 라고 말하려는 건가. 말끝을 흐리는 갈레오. 그 두 눈동자에 비친 것은, 한낱 어린 계집으로 취급당해 표정이 일그러진 레피르.

그때, 조금 전의 전투에서 스이메이와 잠시 대화를 나누었던 모험자가 불쑥 앞으로 나선다.

"걱정 마세요. 갈레오 씨! 레피르는 강해요! 조금 전에도 마족 대부분을 레피르 혼자 무찔렀다고요!"

"맞아요! 게다가 레피르 씨는 오그르도 두 동강 낼 만큼 검 실력이 뛰어나다고요! 그러니 마족도 문제없을 거예요!"

전사풍의 모험자가 그렇게 말하자 마법사 소녀도 그렇게 거들었다. 다른 모험자에 비해 그들이 덜 불안해하는 이유는 이미 레피르와 함께 싸워본 경험이 있어서일 거다.

"그렇습니까……?"

"네. 그러니 아무 염려 마세요."

큰 목소리는 아니지만 자신 있게 대답하는 레피르. 약한 모습을 보이지 않는 것은 갈레오를 안심시키기 위해서일까. 아니다, 조금 전에도 마족을 혼자 물리치고 온 그녀에게 마족에 대한 두려움은 눈곱만큼도 없을 것이다.

한편, 전사와 마법사의 설득이 끝났는지, 갈레오가 레피르 쪽으로 몸을 돌렸다. 여전히 반신반의하는 듯하지만, 헛기침을 한 뒤, 최대한 정돈된 투로 말한다.

"……알겠습니다. 그라키스 씨의 활약을 기대하지요."

"네. 실망시키지 않겠습니다."

그런 사무적인 발언에도 레피르는 겸손하게 대답했다.

두 사람의 대화가 끝나기 무섭게 레피르는 다시 스이메이 쪽을 바라본다.

"스이메이."

"응? 왜?"

"넌 괜찮아? 혹시 아까 전투에서 무슨 일이 있었다면 무리하지 않아도 돼."

그런 제안을 하는 것은 마술이 통하지 않았던 것에 대한 걱정에서일까. 확실히 마술사로서 무난한 선택을 한다면 지금은 물러나 있는 편이 좋을 테고, 그녀나 다른 호위들도 그렇게 하는 편이 좋다고 생각할 것이다. 하지만 적의 수도 많고, 그것으로 끝이라는 확증이 없는 지금, 팔짱만 끼고 구경할 수는 없다.

그때, 레피르가 한 말을 거들듯이 모험자가 말한다.

"그래. 너, 정말 괜찮아? 조금 전에 마력을 꽤 많이 쓴 것 같은데, 후유증은 없어?"

"괜찮습니다. 아직 여유 있어요."

"여유라…… 힘의 배분을 과신하면 돌이킬 수 없는 결말을 초래한다고."

"충고, 새기겠습니다."

무미건조함 속에 정중함이 묻어나는 말투. 자신을 걱정해서 한 말에 반박할 수는 없다.

납득하지 못한 모험자가 여전히 못 미덥다는 듯 쳐다보는

데, 레피르가.

"하지만 스이메이. 마족에게 네 마법이 잘 통하지 않는다는 건, 괜찮아?"

"응, 그것도 어떻게 해볼게."

"할 수 있겠어?"

"내 마술은 조금 전에 사용한 것만 있는 건 아니야. 그 계통의 마술이 듣지 않는다면, 어떤 마술이 통하는지 알 때까지 시험해보면 돼."

"……? 통하는 계통……? 속성, 이 아니라?"

"아,…… 뭐, 여러 가지가 있어."

고개를 갸웃하는 레피르. 머리 위에 뜬 물음표가 선명히 보이는 듯하다. 하지만 그녀의 질문에는 적당한 말로 얼버무렸다. 그렇다. 마족에게 마법이 잘 통하지 않은 건 맞지만, 결코 그것이 자신에게 치명적인 것은 아니다.

저쪽 세계의 마술에서는 **계통**이라는 것으로 마술의 유파를 크게 나누고 있다.

그것은 저쪽 세계의 마술의 원류가 단일하지 않다는 증좌인데—— 마술, 마술사라고 해서 판타지 세계가 그 최고봉이라고 생각하는 것은 금물이다. 과학이 만연한 저쪽 세계에도 작정하고 세어본다면 어마어마하게 많은 신비가 존재한다.

카발라, 점성술, 주술, 유명한 것을 들자면 연금술, 위치 크래프트로 불리는 마녀술부터, 집합 마술 체계인 음양도, 곁

가지가 어마어마한 밀교, 대륙 최대 규모의 마술 계통인 선술(仙術)에 이르기까지. 확인된 것만 해도 서른 개가 넘는다.

거기서 더욱 세분화하여 속성, 계열, 효과 따위를 나눈다면 그 수는 더욱 늘어난다.

터득하지 못한 마술이나, 현재 쓸 수 있는 것인지, 없는 것인지를 떠나, 그중에는 반드시 마족에게 통하는 마술도 있을 터다.

엑소시즘, 성스러운 마술. 짚이는 대로 열거하자면 그 정도일까.

게다가 마족에게 효과가 미비하다고 해서 자신의 마술이 결코 못해 보이는 것은 아니고, 시도할 수 있는 모든 것을 시도해도 효과가 없다면 조금 전처럼 힘으로 해결해도 된다.

──그렇다. 열이든 스물이든 그 수만큼 똑같이 공격하면 된다. 단지 그뿐인 이야기다.

그렇다면 걱정인 것은 전력을 다해야 할 상황이 생길지도 모른다는 것과 그 뒤에 벌어질 문제다. 하지만 위기 상황에서는 그 정도 위험은 감수해야 한다.

'마력로 기동은 유사시에 필요하겠지. 그 전에 할 수 있는 것은 뭐든 다 해봐야겠군.'

위기일수록 전력을 다해야 한다. 힘을 아껴서 자신을 궁지로 몰아넣으면 틀림없이 후회하게 된다.

그렇게 어리석은 짓은 하지 않겠어, 라고 스이메이가 생각하고 있을 때.

"아까도 그랬지만, 스이메이는 참 침착하네. 이런 상황이 되면 다른 호위들처럼 되는 게 보통인데."

"그 말은 저 두 사람에게도 해야 할 것 같은데?"

"너랑 저들은 달라. 너에게서는 불안이 조금도 느껴지지 않거든."

"그런가? 내가 오기로 버티는 걸 수도 있는데?"

"눈 하나 깜짝 않고 잘도 그런 말을 하는구나."

시치미를 떼는 모습이 얄밉다. 레피르가 그렇게 말하자, 스이메이는 이번에는 진지하게 대답한다.

"──쩔쩔맨다고 일이 해결되진 않으니까."

어깨를 움츠리고 그렇게 대답하자, 레피르는 어이쿠, 라는 듯, 하지만 기분 좋은 한숨을 쉬었다.

"너는 좀 별종이야. 대화 상대는 되어주지만, 속마음은 절대 비치지 않는."

"원래 그렇게 생겨먹었거든. 마법사잖아."

"그런 말 하니까 왠지 가면을 벗겨보고 싶은데?"

"──헤에, 어떻게?"

"홋, 나는 옛날부터 검밖에……."

"으악! ……너, 완전 무섭거든."

스이메이가 과장스럽게 어깨를 떨자, 빙긋 웃는 레피르. 조금 전의 앙갚음인가. 두 사람이 그렇게 실없는 소리를 하고 있을 때, 걱정스러운 표정의 갈레오가.

"……그라키스 씨. 다른 분들처럼 준비를 하지 않아도 괜찮습니까?"

"네, 제겐 이것이 있으니까요. 이 검 하나면 충분해요."

"……알겠습니다. 그럼, 부디 몸조심하십시오."

레피르의 말에, 갈레오는 진지한 표정으로 그렇게 말한다.

……잠시 당황하는 모습을 보이긴 했지만 엄연한 카라반의 리더. 도시를 두루 돌아다니는 상인이라서 그런지 의외로 꼼꼼한 성격인 것 같다.

"──자, 슬슬인가."

"그런 것 같네."

스이메이가 내뱉은 추상적인 말에 레피르는 두말없이 동의했다. 그리고 묵직한 검을 한 손으로 회전시켜 바로 잡았다.

"……?"

두 사람의 짤막한 대화를 들은 갈레오가 무슨 뜻이지 하고 고개를 갸웃했을 때, 마법사 소녀가 모두를 향해 외쳤다.

"여러분! 슬슬 오고 있어요!"

바람과 그 외의 요인으로 인해 나무가 수런거린다. 그와 더불어 더해가는 무대의 긴장.

갈레오가 개전의 분위기를 읽지 못하고 우왕좌왕하자, 모험자가 외친다.

"이봐, 갈레오 씨! 당신은 뒤로 물러나! 전투가 시작된다고!"

"아, 예! 그럼 잘 부탁드립니다!"

갈레오는 말을 마치기 무섭게 튕겨 나가듯 황급히 뒤로

빠진다. 그리고 호위들이 적을 맞이할 준비를 마치고 자리를 잡자마자, 마족이 하늘을 나는 속도를 늦추지 않은 채. 일제히 공격해 왔다.

그와 동시에 상공에서 마력의 기운이 떨어졌다.

그것을 눈치챈 몇 명이 하늘을 올려다본다.

"위에서도 옵니다!"

울려 퍼지는 마법사의 목소리. 타이밍을 맞춘 상공에서의 기습이었다.

두 지점에서 일어난 동시 습격을 위험하다고 판단한 스이메이가 마술을 발동하려는── 그때였다.

"그렇다면……."

하고, 레피르가 낮고 차갑게 중얼거린 것은.

그 말에 뒤이어 믿을 수 없는 현상이 일어났다.

'뭐지──?!'

대체 그녀는 무슨 짓을 한 건가. 갑자기 레피르의 주위에 붉은빛이 반짝였다. 소위 말하는 오라가 외계로 넘쳐흐르는 듯, 어둠을 밝힐 듯한 영롱한 빛이, 붉은 소녀를 진분홍색으로 가득 채우기 시작한다. 그와 더불어 커지기 시작하는 마력도 아닌 어떤 강력한 힘.

그것이 그녀의 몸을, 검을, 주변의 공기를 밝히더니, 이윽고──

"──하압!!"

공중을 갈랐다. 기필코 베어 쓰러뜨리겠다는 듯이. 검의 길이로는 적에게 닿지 않는 그저 공중을 가를 뿐인 서투른 일격. 하지만 호를 그린 참격은 붉고 거대한 빛의 궤적을 그리며 공중에서 떨어지는 마족들을 단칼에 베어버렸다. 그리고 곧바로 레피르는 대검을 움직인다. 다음 참격을 위한 예비 동작이 고요를 뚫고 돌풍을 일으키기 무섭게 전방의 마족을 향해 회오리 같은 참격을 가했다.

참격의 영향권을 예측하지 못한 몇몇 마족. 그들은 살이 닿는 것만으로도 죽음을 면치 못할 마풍을 맞은 듯이, 단숨에 시체로 전락한다.

'어떻게……?'

스이메이는 경악한다. 순식간. 그런 말이 뇌리를 스칠 만큼, 일방적이고 압도적인 전개였다. 그것을 실현시킨 것은 말할 것도 없이 저 붉은빛이리라.

'잠깐, 저건……!'

스이메이는 불현듯 떠오른 생각에 말문이 막힌다. 그렇다. 저것의 정체는 설마──

──한편, 스이메이와는 다른 의미로 레피르의 움직임을 넋을 놓고 지켜보던 마법사와 모험자가 환성을 질렀다.

"굉장해!"

"이봐, 봤어?! 레피르는 저번에도 저걸로 오그르를 베어버렸다고?!"

"……저걸로요? 레피르는 이전에도 저런 걸 했었어요?"

"응? 응, 그런데…… 그게 왜?"

스이메이가 얼빠진 표정으로 그렇게 묻자, 모험자는 눈썹을 찌푸린다. 그는 스이메이가 어울리지 않게 너무 놀랐다고 생각한 게 틀림없다.

……예의 거인종을 무너뜨린 것도 저 힘 때문이었나. 그렇다면 납득이 간다. 아니, 애초에 저런 힘을 쓸 수 있다면 웬만한 적은 간단히 해치울 수 있으리라. 저런 식으로.

"……저, 왜 그래요? 뭐가 잘못되기라도?"

"아, 아니오. 그게 아니라……."

너무 놀라 머리가 하얘지고 몸이 굳은 것뿐이다. 자랑은 아니지만.

모험자 전사는 그런 자신을 흘끗 본 뒤, 생각났다는 듯이 동료들에게 외친다.

"이런. 이럴 때가 아니야! 우리도 레피르를 돕자고!"

"응!"

점점 높아지는 동의의 함성. 그들의 파티와 더불어 주위의 모험자와 용병도 합세한다. 그러는 동안에도 레피르는 붉은빛을 휘감고 마족을 베어 쓰러뜨리고 있다.

……그런 주위 사람들의 모습과 달리 스이메이는 거의 얼음 상태였다.

미동조차 하지 않는다. 아니, 움직일 수 없다. 눈앞에서 벌어지고 있는 현상에 홀려서다.

스이메이를 홀린 것은 그녀를 감싼 저 붉은빛이다. 그녀가 내뿜는 저 힘. 분명 저쪽 세계에서는 스피릿, 텔레즈마,

정령의 신으로 불리는 힘이다. 그런 종류의 힘은 마력이나 에테릭과는 다른 것으로, 그 근원은 소위 천사와 악마 따위의 정령과 관계되어 있으며, 인간의 힘을 뛰어넘는 고차적인 힘으로 분류된다.

물론 그 고차라는 것은 위력의 세기를 나타내는 것은 아니다. 대략적으로 말하자면, 물리적인 힘이나 마술적인 힘 혹은 열량으로도 분류되지 않는 별종, 그레이드가 높은 영문을 알 수 없는 강력한 힘이다. 게다가 모든 존재에 간섭할 수 있는 터무니없는 힘이다.

그렇다. 틀림없이 저건——

'정령화된 거야? 하지만 레피르는 인간이잖아…… 잠깐, 혹시, 처음부터 그녀의 육체와 정신이 정령의 집합체——?'

저 모습. 정령의 힘을 빌린 것이 아니라, 아무리 봐도 레피르 자체가 정령의 힘을 발산하고 있는 것 같다.

그것이 스이메이가 놀라움에서 헤어나지 못하는 까닭인 것이다. 저쪽 세계의 마술 지식으로는 정령이 물질세계—— 즉, 생물이 존재하는 세계에 나타난 상태라는 것은 있을 수 없다.

분명 저쪽 세계에서도 옛날에는 존재했다고 한다. 하지만 현재, 악마와 천사, 정령을 일괄해서 정령으로 불리는 존재나, 신, 사신 따위는 과학 문명이 발전을 거듭함에 따라 저쪽 세계에서는 존재할 토대의 대부분을 인간에게 빼앗기게 되었고, 그 옛날처럼 이름을 가진 신은 하나도 존재하지 않으며, 세계의 외부에, **그것과 비슷한 힘을 지닌 닮은 듯한 존재**, 혹은 이름을 가진 예외로서 지배자나 외계의 신밖에 존재하지 않는다고 본다.

그리고 그들의 힘을 사용하기 위해서는 일부조차 특수한 기술을 써서 교신하고, 계약해야 비로소 나타낼 수 있다. 그렇기 때문에 그 힘을 눈앞에서, 아무런 제약 없이 자신의 힘으로서 행사하고 있으니 스이메이가 보통 놀랄 일이 아닌 것이다.

추측건대, 그녀의 경우는 완벽한 인간의 모습을 갖추고 있기에 인간과 정령이 반반 섞인 매우 특이한 케이스일 것이다.

……허무맹랑한 추측이라는 것은 알지만, 하지만.

이런 일이 버젓이 존재하다니, 과연 판타지라고 해야 하나. 하지만——

'아무리 그래도 존재 자체가 스피릿이라니. 치트가 너무 심하잖아…….'

스이메이는 놀람을 넘어 반쯤 질려버린다. 그만큼 눈앞에 펼쳐진 상황은 비현실적이었다.

"겨우 이 정도냐!!"

마족을 거의 다 날려버린 레피르가 고함친다. 공격 의지를 이쯤에서 한 방에 꺾어버릴 작정인 것일까. 레피르의 고함과 돌풍이 남아 있는 마족을 덮친다.

마족은 전의를 상실하지는 않았지만, 공격을 망설이는 기미를 보이기 시작했다.

"좋아! 레피르를 따라라! 힘을 합쳐 적을 무너뜨린다!"

그 모습을 본 호위들은 전사의 호령과 함께 함성을 질렀다. 이쪽의 우세. 누가 봐도 이쪽의 승리라고 단언할 수 있는, 그런 상황.

앞으로 몇 놈만 더 베어버리면 이번에야말로 전투에서 해방된다. 모두가 그렇게 생각한 그때였다.

"자, 잠깐! 뭔가가 오고 있다! 엄청난 기운이야!"

마력의 이동을 감지한 누군가가 잔뜩 긴장한 목소리로 외친다. 그에 이어 마법사 소녀가 경악한 표정으로 주위 사람들에게 외쳤다.

"뭐, 뭐지 이건?! 여러분, 조심하세요! 거대한 마력의 기운이 날아오고 있어요!"

지금 전투 중인 마족들의 뒤편, 그 안쪽에서부터 울려 퍼지는 폭발적인 소음. 마치 힘으로 중량물을 쳐부수는 듯한 파괴음이 점점 가까워진다. 스이메이의 감각으로도 분명 위험한 존재였다. 마력도, 존재의 크기도, 지금까지 상대했던 것과는 견줄 수 없다.

'쯧, 살살 좀 하자. 무난하게 끝날 분위기였는데…….'

젠장, 하고 마음속으로 마구 욕을 퍼부으며 이곳에 와서 처음으로 느끼는 농밀한 위기감에 스이메이가 괴로워하고 있을 때, 레피르가 뒤돌아보았다.

"전원, 물러나라! 곧 녀석이 온다!"

그리고 그 직후. 눈앞에 다가온 승리를 위협하는 그 존재가, 무자비하게 나무를 쓰러뜨리면서 전장에 나타났다.

꿍음과 함께 지축을 뒤흔들며 마치 땅을 부술 듯이 눈앞에 나타난 마족.

땅에 주먹을 짚고 있던 마족은 천천히 일어선다. 신장은 다른 마족의 키를 가볍게 넘어 2미터 이상. 마치 통나무를 그대로 박아 넣은 듯한 팔다리는 그가 폭력의 화신이라는 사실을 쉽게 연상케 한다. 그렇다. 그것은 마치 힘이 전부라고 말하는 듯한 위용이었다. 공기로 전해지는 강력한 무위. 공포심을 부추기는 것은 바로 마(魔). 인간과 닮은 형태를 하고, 그에 걸맞은 복장으로 몸을 감쌌지만, 물론 그 내부는 인간과는 전혀 다르다.

"……흠, 드디어 찾았군."

마족은 그렇게 말한다. 드디어, 라는 것은 무슨 말일까. 그것만으로는 뜻을 파악할 수 없다. 그 와중에 갑작스러운 존재의 출현과 그 존재의 힘에 압도당한 호위들이 우왕좌왕하기 시작한다.

"뭐, 뭐지…… 저 녀석은, 다른 녀석보다 훨씬 크잖아……."

"괴, 굉장한 힘이에요! 다른 마족과는 비교도 안 될 만큼……."

그들은 한순간 동요하기 시작했다. 무리도 아닌가. 이 강렬한 무위는 인간에게 독이다.

'이런, 진짜 조금 전의 녀석들하고는 비교가 안 되네······.'

그 무위에 스이메이의 이마에도 땀이 스민다. 아직 마족의 힘을 파악하지 못했는데, 갑자기 더 강력한 녀석이 튀어나왔으니 그럴 만하다.

그때, 마족은 무슨 생각을 했는지 긴장으로 몸이 굳은 사람들을 그 호랑이 같은 눈으로 노려보았다.

"그런데, 이야기와는 다르군. 설마 거짓 정보에 낚인 건가······?"

······무엇이 뜻밖이었을까. 마족의 말에는 곤혹감이 서려 있었다. 이윽고 거칠게 침을 뱉더니 숨을 크게 들이마셨다. 그리고——

"상관없다. 할 일에는 변함이 없으니. ——들어라, 인간들이여! 내 이름은 라쟈스! 우리의 위대한 마족왕 나크샤트라로부터 군대를 위임받은 일곱 명의 마장 중 한 명이다! 여기서 나를 만났으니, 너희가 살아날 길은 없다! 얌전히 내 손에 죽어라!"

지축을 뒤흔드는 고함 소리—— 아니, 충격파가 부들부들 떨고 있는 호위들을 더욱 공포로 몰아넣는다.

"히, 히익······."

겁에 질린 누군가의 목소리. 사람들의 창백해진 얼굴. 모두들 그런 소리를 내고 싶으리라. 절망만이 이곳을 지배했다.

"············."

한편, 지금 가장 선두에 서 있는 레피르는 라쟈스라는 마족을 앞에 두고 끄떡도 하지 않는다. 다만, 무언가를 억누르는 듯이 고개를 숙인 채 양손으로 있는 힘껏 대검을 쥐고 있다.

왜일까. 그녀도 저 무위에 압도당한 것일까. 지금까지 선두를 지키며 싸우던 소녀를, 주위 사람들이 불안한 눈빛으로 바라보기 시작한 그 순간——

그렇다. 그 순간이었다. 레피르의 감정이 폭발한 것은.

"야아아아아아아아아아!!"

라쟈스에 뒤지지 않는 고함 소리. 포효하는 듯한 분노의 일갈이 장소를 지배하던 전율을 날려버린다. 그리고 레피르가 반짝이는 붉은빛을 뿜으며 돌진했다.

"호오?"

붉은 회오리바람을 보자마자 가소롭다는 듯 웃으며 팔을 뻗는 라쟈스.

물론, 검격과 붉은빛은 라쟈스의 팔에 집약되었지만, 그 팔을 베지는 못했고, 대치하는 기운에 의해서인지 엄청난 빛과 함께 사방에 불똥이 튀었다.

검의 일격은 엄청난 기운이 느껴지는 라쟈스의 팔에 가로막힌 것일까. 라쟈스의 팔에는 닿지 못했다.

밀어붙이는 힘에 대해서인지, 각오가 좋은 일격에 대해서인지, 라쟈스는 칭찬도 조소도 아닌 미소를 짓는다.

"꽤 하는데, 꼬마 계집."

"당연하지! 내 검을, 잊은 것이냐!"

"호오? 네 검이라고?"

"──네가! 나를, 나를 잊었다고 말하는 것이냐!"

반짝이는 빛 이외에 강렬한 노기를 발산하는 레피르. 그녀의 말투에는 저 라쟈스라는 마족과 그녀에게 깊은 인연이 있는 듯 느껴지는데──

마족이 몸을 살짝 움직이자 레피르는 검과 함께 튕겨져 나갔다. 안전하게 착지해 태세를 재정비하는 레피르. 그러자, 마족은 눈을 가느스름하게 뜨고 그녀를 바라보더니, 그 인연이 생각났는지 크게 웃기 시작한다.

"──아아, 크하하하하! 그래! 생각났다, 꼬마 계집! 너는 그때 노시어스에서 살아남은 생존자지?!"

"그래! 드디어 생각이 났나 보군!"

"하하하! 객사할 줄 알았더니 설마 지금까지 살아 있을 줄이야! 다른 녀석들은 모조리 죽었다는데 말이야!"

"닥쳐라아아아아아아앗!!"

희열에 찬 미소를 짓는 마족에게 레피르는 다시 덤벼들었다. 그런 그녀의 모습은 분노로 이성을 잃은 듯하다. 그 때문인지, 검격에는 조금 전과 비교할 수 없을 정도의 힘이 실려 있다. 하지만 저 마족도 보통은 아니다. 기를 품은 팔로 레피르의 맹공을 모두 받아쳐낸 뒤, 냉정을 잃은 그녀에게서 빈틈을 읽었는지 움직이기 시작했다.

검을 튕겨낸 직후에 생긴 잠깐의 정체를 틈타 대포 같은 팔로 그녀를 공격한다.

"──움직임이 단조롭군!"

"아──"

강렬한 공격에 시선을 빼앗겨, 무의식적으로 터진 듯한 레피르의 목소리가 들린다. 위험하다. 팔에서 배어 나오는 기운은 조금 전에 본 것과는 전혀 다르다. 저것에 맞는다면 설령 스피릿이라고 해도 무사하지는 못하리라.

"쯧──"

다른 자들은 옴짝달싹도 못하고 있다. 그렇다면 지금 이 상황을 해결할 수 있는 것은 자신뿐. 잠깐의 고뇌로 혀를 찬 뒤, 라쟈스의 맹공에 움직일 수 없게 된 레피르의 몸을 마술을 이용해서 억지로 끌어당긴다.

"흐악──?!"

"으윽──?"

놀란 반응은 양자로부터. 당겨진 자와 떼어내진 자.

그리고 지체 없이 달려간다. 앞으로. 양자의 사이로. 돌발적인 행사였기에 두 사람의 거리를 충분히 벌려놓지 못했다. 아직 그녀는 라쟈스의 공격권 내에 머물러 있다. 상황은 좋지 않다.

그러니 지금은 자신이 앞으로 나가 그 구멍을 메워야 한다.

"스이메이! 위험해! 물러나!"

"어이, 꼬맹이! 나에게 덤비는 거냐!"

비명과 같은 레피르의 목소리를 잠재운 라쟈스의 포효가

바람을 타고 온몸을 강타한다. 그 충격을 온몸으로 흡수하면서 자신이 낼 수 있는 최대한의 속도로 마족에게 돌진했다.

그때, 라쟈스의 움직임이 보인다. 움직이는 어깨. 이쪽을 날려버리겠다는 듯 휘두르는 주먹의 일격이다. 그 주먹을 보고, 내뻗은 손을 바로 내렸다. 저 위력이 담긴 주먹은 스치는 것조차 악수(惡手)다. 그래서 뛴다. 위에서 아래로 휘둘러진 주먹을 피해 그 팔을 계단 삼아 뛰어 오른다. 가속을 죽이지 않은 상태였기에, 마족이 팔을 완전히 뻗었을 때, 이미 자신은 녀석의 머리 꼭대기에 있었다——

"훅——"

축격 일섬. 라쟈스의 어깻죽지에 섬광 같은 발차기를 꽂아 넣는다. 최대한의 마력을 모두 쏟아부은 일격. 자신의 몸에 기분 좋은 충격과 확실한 가격감이 전해지지만, 라쟈스는 아무런 타격도 입지 않았다.

——젠장, 직격탄도 안 먹히잖아.

꿍음이 울리고 마족의 발치에 커다란 구멍이 생겨도 공격은 전혀 통하지 않는다.

모험자가 휘두르는 검은 통하는데, 이 차이는 뭔가. 답답하다. 무슨 농간이라도 부린 건가. 보통이라면 어깻죽지부터 몸을 두 동강 내버릴 일격인데. 완전 사기다.

그렇게 공중에서 몸을 흔들거리면서 욕을 퍼붓고 있는데, 잔뜩 화가 난 형상이.

"이 애송이가!"

마구 팔을 휘두르는 라쟈스. 타점은 불안정하지만 그 위력은 자신의 몸을 여러 번 으스러뜨리고도 남음직하다. 레피르는 이런 존재와 정면으로 싸웠다는 건가. 과연 스피릿. 질린다.

"──Via gravitas(중력로, 형성)."

비아 그라비타스── 한마디로 마술을 행사한다. 공중에서 몸을 놀려 급속 착지한 뒤, 시선 끝에 걸린 라쟈스의 발차기 예비 동작에 반응한다. 그리고.

"──?!"

다음 순간에는 라쟈스의 등 뒤에.

녀석에게는 자신이 연기가 되어 발차기를 빠져나간 것으로밖에 보이지 않으리라. 놀란 얼굴이 눈에 선하지만, 조금 늦게 들려온 거대한 파쇄음에 뒤돌아본다. 마족의 발끝이 지면을 뿌리째 도려내고, 그 주변 일대를 모조리 날려버렸다.

그런 힘자랑은 멈추라고. 스이메이는 그렇게 생각하면서 라쟈스가 뒤돌아보기 전에 걸음을 떼었다. 그것은 포학의 끝을 달리는 마족을 관찰하기 위한 여유로운 걸음이었다.

가느스름히 뜬 눈 사이로 보이는 마족의 뒷모습. 거대한 몸과 상위종을 연상케 하는 인간에 가까운 모습. 넘쳐흐르는 무위는 강력하고, 마력의 양은 평범한 마족의 그것과는 비교조차 되지 않는다. 그리고 더욱 굉장한 것은 거무튀튀한 힘의 기운. 몸에서 배어나오고 있지만 분명 별개의 것이다.

이윽고 라쟈스가 뒤돌아보고, 한순간 시선이 교차한다. 하지만 조금도 신경 쓰지 않고 그대로 옆을 스쳐 지나간다.

"크윽——"

이쪽의 희롱에 당황한 듯한 목소리. 다음 공격은 뒤돌아 봄과 동시의 일격인가. 그렇다면.

"——Omissa vicissim(역리의 천지)."

"흐억?!"

마술로 공간을 반전시켜 상대를 바닥에 내리꽂는다. 라쟈스는 물구나무를 선 듯 머리를 바닥에 찧었다.

당연히 대미지는 기대할 수 없지만 지금은 시간을 버는 걸로 족하다. 영창을 욀 시간만 있으면 돼, 하고 뒤쪽으로 뛴다. 그리고 적합하다고 생각되는 마술의 주문을 왼다.

"——Abreq a악!"

하지만 그 영창은 중단될 수밖에 없었다. 마치 땅을 폭파 시킬 듯한 공격이 눈사태를 일으키듯 토사와 바위를 날려버린 것이다.

"후, 흙덩인가……."

자신도 오싹해질 만큼 싸늘한 목소리로 그렇게 내뱉는다.

그리고 그에 대한 대응으로 팔을 휘두르는 순간, 자신을 향해 덮쳐 오던 대질량의 지면은 카발라의 시조인 남자가 일으킨 신비와 같이 두 갈래로 갈라져서 자신을 피해갔다. 그리고 문득 근처에 남아 있던 기운의 잔재가 몸을 스친다.

'……불쾌하네.'

그래. 이거다. 역시 이것은 그런 종류다. 사악도, 음(陰)으로 불리는 힘도 아닌, 그저 구역질을 불러일으킬 뿐인, 인간에게는 절대로 맞지 않는 힘. 외계의 힘을 빌린 별물(別物)의 힘.

……그것을 확인하고 다시 대치한다. 한쪽은 호주머니에 양손을 찔러 넣고 따분하다는 듯, 한쪽은 희롱하는 듯한 공격에 당해 피가 거꾸로 솟았을 거라고 생각했더니, 차분한 표정.

마장이라 칭할 정도의 냉정함은 갖추었다는 건가. 라쟈스.

몸에 묻은 흙먼지를 털어내고 코웃음을 친다.

"어이, 꼬맹이. 제법인걸. 마법사치고는 꽤 배짱이 좋군."

"고마워."

"타격감이 영 별로라 얘기할 것도 없지만."

"타격감? 내가 보기에는 헛스윙만 한 것 같은데. 어떻게 타격감을 느끼셨을까?"

"훗, 닥쳐라. 내 몸에 상처 하나 못 낸 힘으로 할 말은 아니지."

이쪽의 도발에 조소와 비방으로 대응한다. 아무래도 방심을 기대할 수 있는 상대는 아닌 듯하다.

그때, 태세를 재정비한 레피르가 나란히 서서——

"스이메이! 조심해! 저 녀석의 힘은 그런 게 아니야!"

'……이런— 아직 본모습을 드러내지 않은 거냐. 진짜 이러기냐…….'

스이메이는 상황에 어울리지 않게 질린 듯이 한숨을 토했다. 아니, 속으로도 진저리가 났다.

라쟈스도 여유로워 보이는 데다 레피르 같은 실력자가 그렇게 말하는 이상, 아직 이 라쟈스라는 녀석은 힘의 절반도 쓰지 않은 걸지도 모른다.

"녀석이 마음만 먹으면 여기 일대를 간단히⋯⋯!"

"그렇게 위험한 상대인 거야?"

"그래. 지금은 장난친 것에 불과해. 방심하지 마."

칼자루를 쥔 손에 힘이 느껴진다. 안 좋은 기억이라도 있는 것일까. 지금 모습을 보니 없을 리가 없다.

"크크크, 이제 뭘 좀 아셨나. 고작 인간 마법사 나부랭이가 우쭐대지 말라고⋯⋯."

"크윽——"

급격히 팽창한 라쟈스의 무위에 레피르가 신음하며 두려움의 빛을 보인다.

⋯⋯과연 지금 보인 힘이 다가 아니라면 이대로는 위험하다. 늦기 전에 먼저 공격해야 한다. 그렇다면.

"Archiatius over(마력로, 부하)——"

——스펠을 읊었다. 그때가 전환점이었다. 다시 덤벼들 거라고 생각했던 라쟈스가 갑자기 레피르를 보면서 소리 죽여 웃기 시작했다.

"크크크크⋯⋯."

"뭐가 우습다는 거지?!"

"아니, 꽤 재미있는 게 생각나서."

"재미있는, 거?"

레피르의 물음에 라쟈스는 대답하지 않은 채 그대로 공중으로 날아올랐다.

"일단, 오늘은 여기까지 하지."

"뭐──?!"

"하지만, 기억해둬라. 노시어스의 소녀여. 너의 힘은 우리 마족에게 아무것도 아니다. 지금 이 지역에 와 있는 내 부하들이 전부 모이면, 그때 다시 상대해주지."

"부하들, 이라고? 그럼……."

"이들은 내 군대의 일부다. 전체로 보자면 일부 축에도 못 든다는 건 너도 알겠지."

말문이 막힌 레피르를 향해 라쟈스는 계속해서.

"물론, 원조는 기대하지 마라. 이 주변에 병사들을 쫙 깔아놨거든. 움직이는 인간은 모두 쓸어버리라고 했다."

라쟈스는 그렇게 말한 뒤 남은 마족들과 함께 떠났다.

레피르는 라쟈스를 쫓아 달려가려는데──

"거, 거기 서!"

"레피르."

"──?!"

스이메이는 그녀의 어깨를 붙잡는다. 하지 말라고. 왜 막느냐고 묻는 시선에 고개를 저어 대답을 대신하자, 레피르는 그제야 힘을 풀었다.

"괜찮아?"

"……응. 미안해…… 흥분했나 봐."

레피르는 힘없이 고개를 숙인 채 그렇게 대답했다.

★

마족이 떠난 뒤, 숨을 돌릴 틈도 없이 스이메이에게는 다음 일이 기다리고 있었다.

마술로 부상자를 치료하는 일이다. 명목상으로는 그 능력이 있어서 상대에 합류할 수 있었다. 치료계 마술을 사용할 수 있는 마법사가 또 있어서 부상자 치료는 생각보다 수월하게 끝났다.

'휴, 이제 다 된 건가.'

마지막 부상자의 치료를 끝내고 스이메이는 한숨을 내쉰다. 치유 전문가가 아니라서 다소 서툴긴 했지만 유착도 없었고 자체 평가는 그런대로 만족스럽다.

주위를 둘러봐도 치유 실패 같은 이야기는 나오지 않는 것 같다.

그때.

'무슨 일이라도 났나.'

무슨 일인지 조금 떨어진 곳에서 웅성거리는 소리가 들려온다. 물론 그 소리는 상대 사람들과 호위들의 목소리다. 무슨 일이라도 생긴 것일까. 아니, 이제부터 생기는 것이리라.

라쟈스는 자신이 거느리는 마족군이 이 주변으로 오고 있다고 했다. 안전을 확보하기 위해서는 여유를 부릴 수 없다. 서둘러 이곳을 떠나야 한다.

그런데 웅성거리는 이 소리는 대체 뭘까. 직접 가봐야겠다.

다른 자에게 말을 한 뒤, 그곳으로 향한다. 그곳에는 이미 험악한 분위기가 감돌고 있었다. 대체 이 불편한 긴장감은 뭘까. 그렇게 의아하게 생각하면서 더욱 가까이 다가갔더니, 호위와 상인들이 누군가를 둘러싸고 있었다. 그리고 그 안에 갇힌 사람은, 조금 전까지 용맹스럽게 싸웠던 레피르였다.

상식적으로는 마족을 혼자서 무찌른 것에 대해 감사를 표하는 것이 맞겠지만, 주위에 감도는 기운으로 짐작건대, 아무래도 그녀의 활약을 칭송하는 모임은 아니다.

그때, 지쳤다는 듯이 입을 여는 레피르.

"……다들 사람을 불러놓고 뭐 하는 거야? 한가하게 이러고 있을 때가 아니라고. 해야 할 일이 있을 텐데?"

그녀는 그렇게 말한 뒤, 자신을 둘러싼 사람들의 얼굴을 쳐다본다. 그때, 모험자 중 한 명이 앞으로 나섰다.

"해야 할 일? 그게 뭔데?"

"그야 당연히 빨리 안전한 곳으로 떠나는 일이지. 서두르지 않으면 또 마족들에게 습격당할 거야."

"습격을 당한다……."

비아냥대는 듯한 모험자의 말투를 듣고 레피르는 강하게 말한다.

"뭐야. 무슨 말이 하고 싶은 거야? 할 말이 있으면 제대로——"

"그래. 있지, 있다마다. 우리가 습격을 당한 건, 너 때문이잖아? 노시어스의 생존자 씨?"

"——윽!!"

"……쳇, 빨리는 무슨. 뻔뻔한 것도 유분수지. 전부 너 때문인데! 우리가 습격당한 것도, 앞으로 또 습격당할 것도 전부!"

모험자는 격분하면서 외친다. 모험자의 말을 들은 그녀는 조금 전보다 기가 죽은 모습으로.

"부, 분명 녀석은 나를 노렸다고는 했지만, 습격당한 건 나 때문이……."

"아니라고 말할 수 있어? 네가?"

"……윽."

레피르는 그런 모험자 앞에서 입을 다물 수밖에 없었다.

그 라쟈스라는 마족은 그녀를 노린다고는 했지만 어디까지나 그렇게만 말했을 뿐, 아직 녀석들이 이곳에 나타난 뚜렷한 이유는 밝혀지지 않았다. 그러니 모험자가 하는 말이 꼭 정답은 아니다. 하지만 명확히 부정할 수도 없기에 그녀도 반발하지 못하는 것이다.

"그 마족은 너를 쫓아온 거지? 너를 죽이려고 군대를 끌고."

"그, 그건…….''

"그건? 그게 뭔데? 할 말이 있으면 해봐. 할 수 있다면 말이야.''

모험자가 그렇게 쏘아붙이자, 레피르는 반박하지 못하고 고개를 숙였다.

추격당하지 않았다는 것을 증명할 수 없는 것일까. 하지만 그것에 대해서라면 스이메이에게도 할 말이 있다.

"한마디 해도 될까요?''

"뭐야?''

"분명 그 마족은 레피르와 싸우다가 『생각났다』라고 말했었죠? 그렇게 말한 걸로 봐서, 그 마족이 레피르가 여기 있다는 걸 안 건 그때인 거죠. 처음부터 레피르를 노렸다면 그렇게 말하진 않았겠죠?''

"과, 관계없어! 그딴 건!''

"예? 그게 무슨 뜻이죠……?''

"그건 자기들이 찾는 녀석의 정보를 뒤쫓아 온 거고, 거기서 얼굴을 아는 개인이라고 특정한 것뿐이겠지! 안 그래?''

그러니까 마족은 자신들의 적인 듯한 누군가가 있다고 생각해서 이곳에 나타났을 뿐이라는 건가. 그리고 이곳에서 그것이 레피르라는 것을 처음으로 알았다. 확실히 그런 거라면 납득이 간다.

"게다가 우리들이 습격당하기 전에 저 여자가 뭐라고 말했었는지 기억나? 우리를 습격하려는 존재는 마족이라고,

211

저 녀석은 분명히 단언했다고. 그걸 어떻게 알았을까? 마물이나 마수일지도 모르는데 말이야. ——아아, 아는 게 당연한가? 마족이 자신을 노리는 걸, 짐작했겠지?"

——그러고 보니, 이 남자. 맨 처음 자신들에게 요격을 알리러 왔던 모험자다. 기억난다. 그때, 이 남자는 레피르가 마족이라고 단언하자 수상쩍다는 듯 쳐다보았다.

"그건 억측 같은데요. 그녀에게는 마족을 특정할 수 있는 감각이 있었을 뿐이잖아요?"

"그럴지도 모르지. 그런데, 그걸 증명할 수 있어?"

"——그건."

그것은 심보가 고약한 질문이었다. 그런 궤변으로 공격한다면, 스이메이는 대답할 수 없다. 기운을 느끼는 것은 다분히 본인의 감각에 의존하는 것이라서 타인이 대신 증명할 수 없는 것이다.

게다가 그럴 만한 수단이 있더라도 이렇게 머리에 피가 솟구친 상태에선.

"못 하겠지? 그럼 주제넘게 나서지 말라고."

'젠장…….'

이 남자, 말투 하나하나가 신경에 거슬린다. 험한 말투에 스이메이도 점점 흥분하기 시작했다. 그때, 사람들 틈을 비집고 한 남자가 나타났다.

"두 분 다 그만하세요."

"갈레오 씨……."

목소리가 난 쪽을 쳐다본다. 호통을 치면서 끼어든 사람은 카라반의 리더, 갈레오였다.

"상대를 지키는 동료끼리 불화를 일으키는 건 곤란합니다. 당장 언쟁을 멈추세요."

"그만두라니, 갈레오 씨. 그럼 당신이 나서서 매듭을 지어주기라도 할 거요?"

"그러지요. 이 상대의 책임자는 납니다. 이 문제는 내게 맡기세요."

"크, 크윽…….."

갈레오가 냉정하게 말하자 모험자는 물러날 수밖에 없었다. 저자세지만 엄연히 상대의 장이라는 걸까. 갈레오의 카리스마에 모험자는 기가 눌린 듯하다.

그렇게 말한 갈레오는 주위를 빙 둘러보며 무언의 동의를 구한다. 사람들도 그 말에는 반박할 여지가 없다고 생각하는 듯 레피르를 향한 비난의 목소리를 거두어들였다.

주위가 잠잠해지자, 갈레오는 레피르를 향해 차가운 목소리로.

"……그라키스 씨. 나는 이 상대를 이끄는 리더입니다. 다시 말해 나는 이 상대의 안전을 최우선으로 생각해야 하는 입장이지요."

……굳이 강조하지 않아도 여기 있는 사람 모두가 알고 있는 사실이다.

그런 말을 굳이 하는 이유는, 이것은, 마치.

"지금 마족은 우리를 노리고 있습니다. 그 원인은 당신이지요. 상대의 책임자로서 이 상황을 그냥 둘 수는 없습니다. 내 말이 무슨 뜻인지, 알겠지요?"

"예. 알고 있습니다. 이 상대에서 떠나달라는 말씀이시죠."

"——?!"

"그래요. 지금 같은 상황에서 당신을 잃는 건 우리 쪽에서도 아쉬운 일입니다. 하지만 당신 때문에 마족이 공격하는 거라면—— 그 다음은 굳이 말하지 않아도 알 거라 믿습니다."

갈레오가 에둘러서 한 말 속에서 진의를 알아차린 레피르는 의연하게 고개를 끄덕였다. 그러자 그 뜻에 동조하는 목소리가 여기저기서 터져 나왔다. "당연하다!" "냉큼 떠나라!" "이 역귀년!" 살벌한 말이 난무한다.

그녀 역시 쫓기고 싶어서 쫓기는 것은 아니고, 상대에 해를 끼칠 의도가 있었던 것도 아니다. 무엇보다 지금 가장 위험한 사람은 그녀이며, 주위에 불똥이 튈까 염려하는 사람역시 그녀이다. 그런데 이런 취급은 안 될 일 아닌가.

그 부분에 대해서는 당연히 스이메이도 잠자코 있을 수없었다.

"잠깐만요. 그러니까 지금 이런 곳에 여자애를 혼자 내버려두고 가겠다는 겁니까?!"

"당연하지! 마족은 그 계집을 노린다고 했어! 그 계집과 같이 행동했다간, 그 마족 대장이며 그 부하들과 또 마주치게 될 거라고?!"

"하지만! 식량이나 물은 어떻게 하고요!"

"그건 알 바 아냐! 그 계집이 굶어 죽든 말든 우리하고는 관계없다고!"

그 말을 들은 스이메이는 조용히 주위를 둘러보았다.

"……다들, 같은 생각인 겁니까?"

묻는다. 대답은 이미 알고 있지만, 그래도 묻고 싶었다. 하지만 돌아온 반응은 예상대로 진눈깨비처럼 차가운 시선뿐이었다.

그런 반응에 스이메이가 작게 이를 갈자, 모험자가 깔보는 듯한 눈빛으로 황당한 말을 내뱉었다.

"그래서? 너는 언제까지 착한 척을 할 건데? 너도 속으로는 이런 계집 빨리 사라졌으면 좋겠다고 생각하잖아?"

"뭐라고요?! 나는 그런 생각——"

"편을 들어주다가는 멀어질 기회를 놓치게 될걸? 아니면 뭐지? 혹시 저 계집의 외모에 반하기라도 한 거야? 아아, 그렇군, 외모는 반반한 계집이니까, 안 그래?"

"무슨——"

"허, 마족은 달고 다니고, 남자는 호리고 다니고. 정말 대단한 계집이야."

그 말을 들은 스이메이의 감정이 싸늘하게 식어간다. 너무나도 천박한 발언이 인내의 끈을 끊어놓았다. 그래. 그러니까, 모험자를 향해 손가락을 튕기려 손을 처든 것도 어쩔

215

수 없는 일이었다.

"뭐, 뭐야? 그 손은?"

모른다니 멍청하다. 당장 그 천박한 미소를 문자 그대로 날려버려 주마. 지탄의 마술로 인정사정없이. 일그러진 남자의 얼굴이 지금은 못 견디게 거슬린다.

하지만 스이메이의 분노에 찬 일발은 레피르에 의해 멈춰졌다.

"——그만둬! 스이메이! 어쩌려고 그래?! 그런다고 달라질 건 없어!"

"크윽……."

레피르의 외침에 스이메이는 이성을 되찾는다. 확실히 이런다고 상황이 달라지는 것은 아니다. 그녀가 상대를 떠나야 하는 것에는 변함이 없다. 냉정하게 생각하면 알 수 있다. 리스크를 저울질하고, 조금이라도 상대의 안위를 생각한다면, 그녀가 떠나는 것이 당연하다는 사실을.

분하다는 듯이 신음을 내뱉자, 갈레오가 다시 입을 연다.

"그라키스 씨. 우리들은 되돌아가겠습니다. 이것도 알 거라 생각하지만……."

"예. 상대와는 다른 방향으로 가라는 말씀이시죠. 그렇게 하겠습니다."

그렇겠지. 그럴 수밖에 없다. 습격의 위험성을 줄이기 위해서는 그것은 당연한 일이다.

두 사람이 그런 대화를 주고받고 있을 때, 스이메이는 문득 레피르와 사이가 좋았던 모험자 파티 쪽을 바라본다. 그녀와 담소를 나누었던 마법사. 그녀의 공적을 자랑스럽게 칭송했던 전사. 그들은 어정쩡하게 이쪽을 바라보면서도 결코 시선을 맞추려 하지 않는다. 레피르를 감싸주지도 않는다.

그런 그들이었지만, 비난할 수는 없었다. 그들 또한 마족의 군세는 두려울 테고, 여기서 그녀를 두둔했다가 어떻게 될지 모른다. 아니면 이미 그들도 레피르를 마족이 나타난 원흉이라고밖에 생각할 수 없을지도 모른다.

누구나 자신의 안위를 먼저 생각한다. 그것을 비겁하다고 비난할 수는 없으리라. 특히 자신은 말할 것도 없다.

……잠시 뒤, 자기 몫의 식량을 챙기고 떠날 채비를 마친 레피르에게 말을 건다.

"레피르……."

"……짧은 만남이었네, 스이메이. 네페리아까지 무사히 도착하기를 멀리서나마 기도할게."

이런 순간까지 미소라니. 쓸쓸한 미소로 그렇게 말하는 그녀에게, 정말 괜찮은 거야, 라고 물을 수 없었다. 그녀라면 조금도 망설이지 않고 "나는 괜찮아"라고 말할 테니까.

그리고 돌아서는 레피르. 대검을 가뿐히 등에 멘 그 뒷모습에서는 더 이상 강인함이 느껴지지 않는다. 그 나이 또래의 소녀가 가진 덧없는 뒷모습만이 눈에 비칠 뿐이었다.

그러니까──

"이봐, 가자고"

그래. 그러니까——

"어이? 듣고 있어?"

그렇다. 이것은 레이지 일행을 떠나보낼 때와는 다르다. 지금 여기서 모르는 체하는 것은 버리는 것이다. 그 쓸쓸한 뒷모습을, 눈동자를, 그대로.

——그러니까 자신은 어느새 이렇게 말하고 있었다.

"……식량을 주세요."

"뭐라고?"

"그녀와 함께 가겠어요. 지금까지 고마웠습니다."

의아하다는 듯 쳐다보는 모험자의 옆에서, 갈레오가 질렸다는 듯 한숨을 쉬면서 묻는다.

"괜찮겠습니까, 야카기 씨. 도중에 그만두면 보수를 받을 수 없습니다."

"됐습니다. 하지만 식량하고 물은 필요해요. 지금까지 일한 만큼만이라도 융통해주세요."

"……알겠습니다. 야카기 씨도 몸조심하시길."

눈을 감고 말하는 갈레오. 말리는 일도 없이, 헤어질 땐 깔끔하게 돌아서는 사람이었다. 이럴 때 사무적인 태도를 취할 수 없다면 리더도 못 하겠지.

"쳇, 뭐야 결국엔——"

——탕.

그것으로, 무슨 말인가 하려 했던 모험자의 얼굴은 옆으로 날아갔다. 더는 천박한 말을 들어줄 생각은 없었다.

그리고 걱정스럽게 바라보며 다가오는 레피르의 동료 모험자들.

"이봐, 괜찮겠어……?"

"예. 그동안 고마웠습니다."

스이메이는 그렇게 말한 뒤, 가방 안에 식량을 채워 넣기 시작했다.

★

"──스이메이를 미끼로 삼았다니요!!"

뒤따라오는 마족이 있는지 확인하기 위해 로프리가 초계 임무를 나선 직후, 레이지의 분노에 찬 목소리가 적막한 주위에 울려 퍼졌다.

──걱정할 필요는 없다. 그런 말로 시작된 그레고리의 귀를 의심케 하는 발언에, 레이지는 그레고리의 멱살을 움켜쥘 듯 달려든다.

정중한 태도를 버린 용사라 불리는 남자의 격정의 발로에 위축된 그레고리.

"그게 사실이냐고요!"

"예! 사실만을 말씀드렸습니다."

"말도 안 돼……!"

너무 놀란 나머지 레이지는 말문이 막힌다. 그런 농담 같지도 않은 말이 사실이라니.

입술을 깨문 레이지가 이번에야말로 진짜 그레고리의 멱
살을 잡고 흔들기 직전이었다.

영혼이 분리된 듯 지금까지 멍하게 있던 티타니아가 끼어
들었다.

"지, 진정하세요, 레이지 님!"

"하, 하지만!"

"그레고리의 이야기는 아직 끝나지 않았어요. 끝까지 들
어봐요……."

"……알았어."

티타니아의 말에도 일리가 있다. 확실히 그녀의 말대로
그레고리는 아직 "스이메이 님을 미끼로 삼았으니 이쪽에
큰 위험은 없다"라고 말했을 뿐이다. 단지 그것뿐이다.

……자신의 의견이 받아들여지자, 티타니아는 안도의 한
숨을 쉰다. 그리고 늘 다정했던 그녀에게서는 상상조차 할
수 없던 엄정한 눈빛과 어투로 그레고리에게 명령했다.

"그레고리. 거짓 없이 고하세요."

"……예."

그녀의 명령에 대답하는 동시에 무릎을 꿇은 그레고리.
가시처럼 박히는 날카로운 눈빛에 겁을 먹은 것일까. 이마
에 식은땀을 흘리면서 그는 다시 이야기하기 시작한다.

"……제가 이 이야기를 들은 것은 일전에 연락책과 접촉
했을 때입니다. 그자의 말에 따르면, 마족이 용사를 무너뜨

리기 위해 대군을 이끌고 아스텔로 향하고 있다 합니다. 그 군세로부터 용사님을 안전하게 대피시키기 위해 스이메이 님을 미끼로 삼았다고 합니다."

그때, 초조함으로 얼굴을 잔뜩 찌푸리고 있던 미즈키가 끼어든다.

"저, 스이메이를 미끼로 삼았다는 건, 결국 무슨 뜻이에요? 설마 스이메이에게 부탁해서 미끼가 되어달라고 한 건……."

"아뇨. 이 일은 스이메이 님도 모르는 일입니다."

그레고리의 입에서 나온 말은 어떤 의미로 예상 가능한 것이었지만, 그것을 실행하는 것은 꽤 어려운 상황이었다. 스이메이는 자신이 미끼가 되었다는 사실을 모름에도 불구하고 미끼가 되었다. 그렇다면 자연히 의문이 생긴다.

"……그럼 어떻게 스이메이를 미끼로 만들었죠? 설마 메테르를 통째로 습격당하도록 했다는 거예요?"

"그것이라면 스이메이 님이 메테르를 떠나는 날에 맞춘 것 같습니다……."

"떠나는 날에 맞추었다고요?"

"에? 에? 어, 어째서? 스이메이는 메테르를 떠날 거란 말은 안 했는데?"

그렇다. 자신들이 성을 떠날 때, 스이메이는 성을 떠나 생활하겠다는 말밖에 하지 않았다. 그렇다면 미즈키의 의문은 당연하고, 그가 메테르를 떠났다는 이야기는 말이 되지

221

않는 것이다.

"우, 우리가 메테르를 떠난 뒤, 스이메이 님이 모험자 길드에서 상대를 호위하는 의뢰를 찾고 있다는 정보가 들어온 모양입니다."

"스이메이가 모험자 길드를요?"

"예. 이야기에 따르면, 스이메이 님은 성을 떠나고 며칠 뒤에 이미 땅거미 정의 길드원으로 등록되신 것 같습니다. 그걸로 추측하건대 처음부터 스이메이 님은 메테르를 떠날 생각이셨던 것 같습니다. ……그리고 마왕 토벌을 관할하는 귀족들이 그 사실을 알고 스이메이 님을……."

이용했다는 말인가. 하지만 그렇게 되면 또 다른 의문이 생긴다. 스이메이는 대체 무슨 생각이었을까. 그는 안전 때문에 자신들과 함께 떠나는 것을 거부했다. 그런데 길드에 등록을 하고, 그것도 모자라 상대의 의뢰를 맡았다. 무슨 생각이 있지 않고서야 그럴 수는 없다.

"스이메이, 왜 그랬을까……? 메테르를 벗어나면 위험하다는 걸 모를 리 없는데."

"모르겠어. 하지만 스이메이 나름대로 생각이 있어서 내린 결정이겠지."

미즈키의 눈동자가 불안으로 흔들리는 것을 본 레이지는 다시 그레고리에게 묻는다.

"……스이메이를 어떻게 미끼로 삼은 건지는 알았어요. 하지만 왜 귀족들은 그런 짓을 한 거죠? 딱히 스이메이를 미끼로 만들 필요는 없잖아요."

그렇다. 마족이 대군을 이끌고 쳐들어오면, 지금은 끝까지 싸워낼 힘이 없는 이상 자신들은 도망칠 수밖에 없다. 그럼 도망치면 된다. 무리해서 스이메이를 미끼로 삼아야 할 이유는 없다.

"용사님. 지금 오고 있는 것은 마족의 대규모 군대입니다. 규모 때문에 전체의 움직임은 둔할 것으로 생각되지만, 그렇다 하더라도 상대는 마족. 그 행군은 속도, 범위 모두 인간의 군대와는 견줄 수 없습니다. 만에 하나라도 붙잡혀 용사님이 위험해져서는 안 된다고, 하드리어스 경이……."

"하드리어스 공작이요?!"

"예……."

티타니아의 놀란 목소리에 그레고리는 송구하다는 듯이 머리를 숙인다.

그럼 하드리어스 공작은 누구인가. 분명 들은 적이 있는 이름인데.

기억을 거슬러 올라도 레이지는 떠올릴 수 없다.

"미안한데, 티아. 하드리어스 공작이라니?"

"……하드리어스 공작은 아스텔에서도 유수한 대귀족이에요. 아버지의 하명으로, 이번 마왕 토벌에 관한 국내 방침을 맡고 있어요. 그런데……."

"그럼 스이메이를 미끼로 삼은 사람이?"

레이지가 다시 묻자, 티타니아는 확증은 없지만 고개를

크게 끄덕인다. 그것에 대해서는 사정을 알고 있는 그레고리가.

"……예. 말씀하신 대로, 하드리어스 경과 일부 귀족들이 독단으로 진행한 일입니다. 물론 레이지 님의 힘을 의심해서 그런 것은 아니라고……. 지원병이 있다고 해도, 용사님이 마족군에 맞서는 것은 아직 시기상조라는 판단하에 그런 책략을 썼다고 합니다."

"……그렇대도 그게 스이메이를 미끼로 만들어야만 했던 이유는 될 수 없는 거잖아요?"

"그것에 대해서는 마족이 용사님의 존재를 알아챈 이유가 분명하지 않았다는 점을 들고 있습니다. 하드리어스 경의 부하가 잡은 마족은 용사를 죽이러 왔다는 말만 할 뿐, 앗, 죄송합니다……. 아무리 취조해도 결국 그 이유에 대해서 알아내지 못했다 합니다. 그래서 함께 소환된 스이메이 님을 미끼로 삼는다면 마족을 교란시킬 수 있을 거라 생각해서…… 그래서 마족 측에 거짓 정보를 흘려 스이메이 님이 합류하신 상대를 통째로 겨냥하게 했다 합니다."

확실히 그것은 효과가 있을지도 모른다. 자신들이 마족군과 만나지 않은 것은 현재 마족 측은 자신들이 어디에 있는지 전혀 모르며, 그 존재만 알고 있다는 뜻이다.

만약, 만약에 말이다. 그 예상이 맞건 틀리건 용사 소환을 알 수 있는 수단이 마족 측에 있다고 가정한다면 손을 쓸 가치는 있다. 이번처럼 위치가 대략적이라 해도 군세를 향하게 하면 무너뜨릴 가능성도 결코 적지 않은 것이다.

하지만 그러려면 먼저 반드시 알아야 할 정보가 있다. 불려 온 타이밍이다.

"……우리들이 공식적으로 성 밖에 나간 것은 퍼레이드 때고, 그때 마족들에게 들켰다고 해도, 여기까지 진격하는 게── 가능해?"

"생각하기 어려워요. 미즈키 말대로 너무 빨라요."

그러니까, 역시 마족 중에는 소환 시기까지 파악할 수 있는 자가 있는 것이리라.

"그럼 그 하드리어스 공작은 어떻게 마족에게 거짓 정보를 흘린 거죠……? 설마 마족 중에 아는 자가 있을 리도 없잖아요? 대체 어떻게?"

"여, 연락책의 말로는, 병사를 샬독에 사자로 보냈다 합니다. 마족에 대해 모르는 병사에게 소환된 용사는 현재 크란트 시로 향하는 상대에 섞여 움직인다고 거짓 정보를 쥐어주었다 합니다."

"뭐라고요?!"

"그, 그건 설마……."

미즈키의 떨리는 목소리가 무시무시한 상상을 불러일으킨다. 그녀는 그레고리가 무슨 말을 하려고 하는지 정확히 파악한 것 같다. 불안을 넘어 새파랗게 질린 얼굴. 그런 그녀에게 그레고리는 괴로움과 원통함이 뒤섞인 표정으로 대답한다.

"……거짓 정보밖에 모르는 병사가 행군 중인 마족에게 붙잡히면 자신의 임무를 토설하게 되겠지요. 하지만 미리 병사에게 거짓 정보를 주면 그 병사가 입을 열어도 나오는 것은 거짓뿐입니다. 마족이 그것을 믿으면 책략은 성공한 것이나 다름없다고, 그래서 제일 처음으로 이 안건이 통과되었다고 합니다……."

"대체 무슨 짓을……."

"너무하잖아……."

두 사람도 상당히 충격인 듯하다. 손으로 입을 가리고 말을 잇지 못하는 티타니아와, 거의 울상이 된 미즈키.

그런 그녀들 앞에서 레이지는 그레고리를 향해 격분한다.

"……사람을 그런 식으로 취급하다니…… 너무하잖아요! 사람의 목숨을 뭐라고 생각하는 거예요!"

"요, 용사님의 목숨과 병사의 목숨은 저울질할 수 있는 것이 아니라고. 병사 몇 명의 목숨을 살리기 위해서 만인을 구원하실 용사님을 잃는다면 대국적으로도 걸맞지 않다고 생각한 듯합니다."

"그래서 스이메이도……!"

"상대 사람들도 아무런 관계도 없다고. 그런데……."

분노에 찬 레이지의 목소리와 미즈키의 탄식에 그레고리는 더는 아무 말도 할 수 없는지 입을 꽉 다문다. 그 또한 병사의 목숨에 대해서는 느끼는 바가 있었을 것이다.

분노를 쏟아낸 탓에 조금이나마 후련해졌는지 레이지는

차분한 목소리로 묻는다.

"······그 방법 말고 다른 방법은 없었던 거예요?"

"제가 이야기를 들었을 때는, 이미 마족군이 샬독 영토의 절반을 넘어, 국경 부근의 산을 앞두고 있었던 것 같습니다. 그때는 이미 다른 손을 쓸 방법이 없었다고······."

"그런 걸 알고 있었으면서 왜 지금까지 아무 말도 하지 않은 겁니까!"

"어, 어쩔 수 없었습니다! 때가 올 때까지 함구하라는 명령이 있었습니다. 일개 기사인 제게 명령을 거역할 권리는 없습니다······. 게다가 이 이야기를 들었을 때는 이미······."

"마, 말도 안 돼······ 그럼 스이메이는요?"

"······아마 지금쯤이면 마족과 만났을 거라고. 정보라면 스이메이 님에게는 뚜렷한 특징이 없었기 때문에 특이한 옷을 입었다는 것과, 상대가 있을 것으로 추측되는 대략적인 위치밖에 전달하지 않았다고 하니, 확실한 것은 말할 수 없지만 그 조건에 맞는 자를 찾는다면······."

"하, 하지만! 어디로 도망치거나 몸을 숨기면······."

"어려울 겁니다. 어찌 된 일인지 마족은 여기 네페리아 제국 내까지 규모를 넓히고 있습니다. 그것을 생각하면 마족군의 규모는 상당할 것입니다. 장소가 특정된다면 그곳을 이 잡듯 뒤져서라도 찾아내겠지요. 그렇게 되면 아무것도 모르는 상대 따위······."

그레고리의 추측을 듣고, 세 사람은 드러내기 힘든 감정에 휩싸였다. 모두 말을 잃은 것은 비애 때문일까 실의 때문일까 아니면 둘 다이기 때문일까. 이렇게 된 이상, 미즈키도, 티타니아도 아무 힘도 없는 스이메이가 무사할 거라고 생각하지 않을 것이다. 그것은 레이지도 마찬가지였다.

그때, 티타니아가.

"……나라의, 아니, 메테르나 크란트 시의 수비는 어떻게 되어 있어요?"

"그래…… 그러고 보니!"

티타니아가 묻자, 레이지는 번뜩 생각이 났다. 스이메이의 이야기로 머리가 가득 차서 그것을 간과하고 있었다. 마족이 스이메이 일행을 노리고 있다면, 지금 국내에는 마족이 들어와 있다는 것이고, 녀석들이 상대만 습격하고 얌전히 물러날 리는 없다. 그렇다면 주변 도시에 위험이 미치는 것도 당연하다.

"예. 크란트 시는 현지의 용병단과 마법사 길드에서 참전자들을 모집하고, 모험자 길드에서 극비리에 정예단을 소집 중입니다. 메테르도 기사단과 마법사 단체에서 실력자를 모집해 현재 편성 중입니다."

"그 정도 실력자들이 있는데 왜 스이메이를 미끼로 삼은 거야……."

"부대 편성에 예상되는 시간이 조금 부족했습니다. 크란트 시로 전령이나 전력을 이동시킬 시간을 벌기 위해서는, 스이메이 님과 상대를 희생하는 수밖에 달리 방법이……."

없었던 것인가. 대를 위해 소를 버린다. 이치에는 부합할지 모르지만 원치도 않게 불려 온 자에게 너무 가혹한 처사가 아닌가.

아무것도 모르는 스이메이를 생각하자 안타까움이 몰려온다.

레이지의 옆에서 눈시울을 붉히는 미즈키.

"너무해. 너무하다구……."

그 한탄도, 눈물도, 분명 그녀의 진심이다. 마왕 토벌에 따라나설 만큼 강인한 마음을 지녔지만, 그녀 역시 평범한 소녀인 것이다. ……세계를 구하라고 마음대로 소환하고, 협력하지 않는 자에게는 이런 취급. 그런 이야기를 들으면 그녀처럼 마음속에 끓어오르는 아픔을 털어놓고도 싶어진다.

그것은 티타니아도 마찬가지일까. 고개 숙인 얼굴에는 분노와 슬픔, 실의가 섞여 있다. 친구가 되었다고 기뻐하자마자 이렇게 되어버린 것이다.

그때, 그레고리가 다시 한 번 엎드려 절한다.

"송구합니다."

이런 사죄가 무슨 소용인가. 달라지는 것은 없다. 그래서 아무 대답도 할 수 없었다. 쏟아낼 분노조차 남지 않았다. 풀리지 않는 울분의 응어리가 남았을 뿐. 눈앞에는 여전히 이마가 땅에 닿을 정도로 머리를 숙인 장년의 기사가 있었다. 그 사죄는 어떤 사고의 발로일까. 현재 상황을 모면하기 위한 것? 진심으로 송구하게 생각하는 마음? 조소를 참고 있는 모순된 심중?

그렇게 상대를 의심하면서 자기혐오에 빠질 듯한 억측에 괴로워하다가.

'아——'

그렇다. 레이지는 문득 번개를 맞은 것처럼 깨달았다.

그런 거였다고. 냉정하게 생각해보면 알 수 있었다.

"레이지 군?"

미즈키가 이상하다는 듯이 그렇게 부른 것은, 그런 자신의 모습을 보아서였을까——

"그만해요, 그레고리 씨."

"요, 용사님?"

그레고리의 양어깨에 손을 올리는 것으로 긴 사죄는 막을 내린다. 그렇다. 그가 사과할 필요는 없다. 오히려 자신이 그에게 용서를 구해야 할 입장이었다. 왜냐하면——

"그레고리 씨. 사실 이 이야기를 들었을 때 모든 것을 함구하라는 지시를 받았겠죠. 우리에게는 마족이 가까워졌다고만 하고, 어딘가로 유도하라고 명령받았을 거예요."

티타니아와 그레고리의 눈이 휘둥그레진다. 그리고 곧바로 미즈키가 끼어들었다.

"레이지 군, 무슨 말이야?"

"그레고리 씨가 그 하드리어스라는 귀족이 한 말을 듣기만 했다면, 우리에게 스이메이의 이야기를 할 필요는 없어. 그레고리 씨는 우리를 대피시키기만 하면 되니까. 굳이 그런 이야기를 해서 불신을 사지 않아도 돼."

"아……."

미즈키가 뱉은 작은 깨달음의 탄성이 주변의 어떤 소리보다 크게 들렸다.

불신을 산다. 그렇다. 돌이켜 생각하면 이상한 고백인 것이다. 스이메이가 처한 상황을 밝히면, 자신들의 분노를 사는 것은 당연하다. 그것을 알면서도 티타니아나 자신에게 불신을 살 행동을 할 리가 없다. 무엇보다 자신의 상관이 내린 방침이니, 끝까지 함구하고 싶었을 것이다.

그럼에도 그레고리가 털어놓은 것은 분명 그의 마음속에 굽힐 수 없는 무언가가 있어서였을 거다. 올곧은 심지를 지녔기에 참을 수 없었던 것이다.

"미안해요. 이제 알았어요. 그레고리 씨의 마음도 모르고. 정말 미안합니다."

"용사님……."

레이지가 진심으로 머리 숙여 사과하자, 감동한 그레고리의 목소리가.

그런 그레고리에게 티타니아가.

"그레고리. 미안해요. 나도 레이지 님의 말씀을 듣기 전까지 당신을 믿지 못했어요."

그 말을 들은 그레고리가 고개를 떨구었다.

그리고 그는 참회하듯 더듬거리면서 말을 이었다.

"……저는 할 수 없었습니다. 이 세계와는 아무런 인연도 없는데 그저 마왕 토벌을 위해 불려 오고, 또 그것을 받아들이신 분들을, 저는 속일 수가 없었습니다. 그리고 그 친구분께서 위험에 처한 것을 뻔히 알면서도 모른 체한다면 어찌 사람으로서 고개를 들고 살 수 있겠습니까⋯⋯."

그렇게 마음속의 소회를 털어놓은 그레고리는 마지막으로 다시 한 번 천천히 머리를 숙였다.

"송구합니다. 모든 것이 제가 부족한 탓입니다."

"괜찮아요. 괜찮습니다. 그건──"

그렇다. 굳이 나쁜 사람을 들자면 그것은 자신이다. 이곳으로 불려올 사람은 자신 한 명이었을 텐데 상관도 없는 두 사람을 끌어들인 것도 모자라 친구가 하는 말을 듣지 않아서 이 지경이 되었다. 그러니까.

"──레이지 님?"

일어선 레이지의 등 뒤에 날아든 것은 티타니아의 목소리.

돌아보지 않자 이번에는 무척 초조한 목소리로 다시 한 번 부른다.

"어, 어디로 가시려고요, 레이지 님?!"

"⋯⋯이미 정해져 있잖아? 지금부터 스이메이를 구하러 갈 거야."

"맙소사, 지금 가셔서 어쩌시려고요?!"

"요, 용사님! 그 심정, 모르는 바 아니오나, 이미 너무 늦은 줄로 압니다! 이제는 말도 없습니다!"

"말이라면 있어. 로프리 씨의 말이."

"무, 물론 그렇긴 하지만 지금 가서 어쩌시려고요! 설령 늦지 않았다 해도 기다리는 것은 마족의 대군. 지금 이대로 가셨다가는 죽음을 면치 못할 거예요!"

티타니아의 충언이 이쪽의 반론을 막는다. 그녀의 말은 옳으며, 반론의 여지가 없다. 그리고 자신의 의지를 꺾어버리고 말겠다는 듯이 다그친다.

"레이지 님, 다시 생각해주세요. 레이지 님께 무슨 일이 생기면 대체 누가 나크샤트라를 무찌르겠어요?"

"……윽!"

그렇다. 티타니아의 말대로, 이곳에 와서 그들의 부탁을 받아들인 이상, 자신은 용사인 것이다. 그것을 잊고 사사로운 감정에 치우쳐 행동하는 것은 어떤 의미로 배신이다.

──하지만, 그래도, 도저히 납득할 수 없는 일이라는 것도 있다.

"싫어……."

"레, 레이지 님?"

"나는 스이메이를 버리고 싶지 않아. 스이메이는 내 친구라고. 그러니까……."

분노로 꽉 다문 입술도, 말아 쥔 주먹도, 단념할 수 없었다. 구하러 가고 싶었다. 친구를. 미즈키와 마찬가지로 그 또한 자신에게는 무엇과도 바꿀 수 없는 소중한 지기인 것이다. 그러니까, 잃고 싶지 않았다. 잃게 될지도 모르지만, 아무것도 하지 않는 것은 싫었다.

티타니아의 근심 어린 시선이 꽂힌다. 마왕 토벌과 자신의 안위를 걱정하는 마음 사이에서 갈 곳을 잃고 흔들리는, 그런 눈이다. 그녀 역시 어떻게 해야 좋을지 모르는 것이리라.

그런 그녀에게서 시선을 거둔 후, 레이지는 미즈키 쪽을 바라본다.

"……미즈키."

"나, 나는……."

"미즈키! 가자! 스이메이를 구하러 가자!"

미즈키의 어깨를 붙잡고 레이지는 그렇게 외쳤다. 친구를, 구하러 가자고. 간절하게. 그녀라면 분명히 찬성할 거라고 믿으면서.

"아……."

하지만 미즈키는 떨고 있었다.

"아……."

범부채의 씨앗처럼 검고 동그란 그 눈동자가 두려움으로 떨리고 있다.

그렇다. 그녀는 이제 막 첫 출전을 끝냈다. 첫 전투에서 처음으로 마족과 싸웠다. 그리고 그때 그녀는 전투에 대한 공포를 실감했다. 그런 그녀에게 마족군과 맞서 싸우자고 하는 것이 옳은 일일까.

아니, 옳지 않다. 두려움에 떠는 소녀에게 그런 무리한 부탁을 하는 것은 정상이 아니다.

한순간, 독선이라는 단어가 뇌리를 스친다. 모든 생각이

자신의 독단임을 깨닫고 다시 주위를 둘러보니, 모두들 곤
혹스러운 표정을 짓고 있었다.

"……미안해, 미즈키."

"레, 레이지 군?"

그렇게 부르는 목소리에, 등을 돌린다. 그럼에도 포기하
고 싶지 않았다. 그러니까.

"가는 건 나 하나면 충분해. 모두 안전한 장소에서 기다려
줘. 로프리 씨!"

때마침 멀찍이 초계 임무를 마치고 돌아오는 로프리를 부
른다. 그러자 지금까지의 상황을 모르는 로프리는 고개를
갸웃거리면서 말을 달려 다가온다.

"예, 에? 무슨 일이십니까, 레이지 님?"

"말을 빌려주세요."

"예? 예, 그런데, 무슨 일로……."

말에서 내린 로프리. 그의 말을 가로막듯이 날아드는 두
개의 목소리.

"잠깐만요, 레이지 님!"

"기다려, 레이지!"

뒤에서 들려오는 다급한 목소리. 그때, 레이지는——

상대를 떠나 레피르를 쫓아 숲길로 들어선 스이메이는 그

235

녀가 남기고 갔을 마력의 기운을 더듬으면서 걸음을 재촉했다. 숲길로 접어든 지 꽤 시간이 지났지만 아직까지 만나지 못한 이유는 그녀가 상대에 피해가 가지 않도록 서둘렀기 때문이리라. 불평 한마디 없이 갈레오의 뜻에 따라 상대를 떠난 그녀라면 충분히 짐작하고도 남을 행동이다.

레피르를 찾아 걷던 중, 스이메이는 나무숲에 가려 잘 보이지 않는 흐린 하늘을 올려다보며 생각한다.

'미개해. 야생동물이며 판타지에나 나올 마물이 당연하게 출몰하는 세계라니……'

숨을 돌릴 겸 잠깐 멈춰 선다. 눈앞에 보이는 나무에 기대어, 물통에 든 물을 벌컥벌컥 들이켠 뒤, 휴, 하고 미묘한 감정이 뒤섞인 한숨을 내쉰다. 마물은 틀림없이 나타날 것이다. 위험한 정도로 따지자면 저쪽 세계의 숲 속보다 이세계의 숲 속이 훨씬 위험하다.

'그런 곳에 제 발로 들어오다니, 나도 참, 휴……'

잘한 일일까, 어리석은 행동일 뿐일까. 머릿속으로 자문해도 의문만 커져갈 뿐이다. 그리고 다시 한 번 물을 들이켜기 전에, 아무렇지도 않게 묻는다.

"——집중하고 있는 와중에 미안한데, 베지는 말아줄래?"

"——?!"

등 뒤로 참격 전의 긴장이 배인 날카로운 검기를 느끼며 그렇게 말한다.

고요한 숲 속에 스이메이의 담담한 단어의 나열이 메아리 치자, 잠시 뒤 풀을 밟는 소리와 함께 익숙한 목소리가 들려온다.

"……스이메이, 네가 왜 여기에 있어?"

"뭐, 보시다시피. 널 쫓아왔어."

뒤돌아보자 그곳에는 대검을 아래로 늘어뜨린 레피르가 서 있다. 분명 자신을 짐승으로 착각하고 등 뒤의 수목째 베어버리려 한 것이다. 태연하게 사실대로 말하자, 레피르는 얼굴을 험하게 일그러뜨리며 묻는다.

"쫓아왔다고……? 멍청아, 나하고 같이 있으면 위험하다는 거 몰라? 대체 왜 그런 거야?"

"그야, 혼자는 위험하니까. 걱정이 돼서."

"거, 걱정할 거 없어. 나 혼자서도 갈 수 있어. 지금 네 행동을 쓸데없는 참견이라고 하는 거야."

"위험해져도 혼자서 해결할 수 있다고?"

"그래."

그렇게 말하니 왠지 섭섭하다. 그런 그녀에게 스이메이는 짓궂은 미소를 날리며 질문한다.

"그럼 뜬금없지만, 식량이나 물은 그걸로 충분해?"

"그, 그건…….."

"그렇지?"

당황한 듯 시선을 옆으로 돌리는 레피르. 그런 그녀에게 재빨리 동의를 구하자 반론할 거리가 생각났는지 그녀는 다

237

시 새침한 표정을 지었다.

"그러는 너야말로 그런 거 하나도 안 챙겨 온 거 아냐? 자기 먹을 것도 안 챙겨 온 사람이 그런 말할 자격은——"

"이래도?"

잘난 체하는 얼굴을 당장 지워주겠다는 듯 스이메이는 가방 안에서 가방보다 큰 짐을 꺼내 보여주었다.

"자격은……."

"자격이 뭐? 식량 소지 검정 1급은 불합격인가?"

살짝 거만한 투로 말하는 스이메이의 앞에, 눈만 끔벅거리는 레피르가.

이것을 보고 불합격이라고 말할 사람은 없다. 스이메이의 학생 가방은 마술을 써서 용적만 거대화시킨 시술 가방이다. 그래 봤자 학생 가방의 용적과 사이즈가 150리터 이상인 외국제 슈트케이스의 용적을 바꾼 게 다지만.

"……뭐야, 그 괴상망측한 마도구는?"

"무슨 그런 심한 말을. ……하지만 이제 쓸데없는 참견이라고는 못 하겠지?"

"그런 것 같네………… 스이메이, 너 정말 괜찮아?"

"지금 생각해보니 엄청 후회된다고 하면 어떡할래?"

"……미안해."

"그럴 리 없잖아. 후회할 거면 따라오지도 않았어. 미안해할 거 없단 뜻이야."

레피르가 풀이 죽은 표정으로 고개를 숙이자, 스이메이는 농담이라고 받아친다. 그렇다. 조금이라도 그런 생각을 했다면 처음부터 따라나서지도 않았기에 후회할 리도 없다.

그래도 그녀는 부질없는 질문으로 물고 늘어지고 싶은 듯, 이로 인해 불리해질 일들을 열거한다.

"하지만 나는 마족에게 쫓기고 있는데?"

"그렇지."

"그러면."

그러면, 그게 어쨌다는 건가. 자신을 약한 입장으로 몰아넣어서 그것이 옳다고 말하려는 것일까. 그렇다. 레피르를 괴롭히는 보이지 않는 가책을 노려보며 스이메이는 단호히 말한다.

"레피르는 내가 상대를 따라갔어야 한다고 말하고 싶은 거야? 너를 혼자 내버리고?"

"그건……."

더는 도망칠 곳이 없어진 레피르가 우물거리자, 이번에는 다른 질문을 던지는 스이메이. 마치 이곳에 감도는 우울을 시각화한 듯한 하늘을 나무숲 사이로 바라보면서, 하늘에게 묻기라도 하듯 나지막이 내뱉는다.

"――저기, 레피르는 솔직히, 어느 쪽이 좋아?"

"어느 쪽?"

"내가 여기에 온 거랑, 상대를 따라가는 것 중에, 어느 쪽이 좋으냐고."

"그, 그거야 당연하잖아! 당연히, 상대를 따라가는 게 좋아! 그래야 했어!"

"정말 그렇게 생각해?"

"다, 당연하지."

스이메이가 확인하듯 되묻자, 뽀로통한 표정을 짓는 레피르. 상대가 믿지 않는 것에 대한 못마땅함일까, 단순한 허세일까. 스이메이는 손가락을 내밀면서 마지막으로 물었다.

"그럼, 그게 진실이라고 아르주나 여신에게 맹세할 수 있어?"

"뭐?! 그건…….."

"그건?"

"……넌, 정말 못 말리겠다."

체념한 듯 한숨을 내쉬는 레피르에게 스이메이는 다시 한 번 묻는다.

"그래서, 결론은?"

"그래. 따라와 줘서 고마워. 하지만──"

"그럼 그걸로 됐잖아."

"에──"

"딱히 말이야, 너무 복잡하게 생각할 필요 없잖아. 좋으면 좋다, 그걸로 끝내자고. 그걸로 충분하잖아?"

"아…….."

마치 생각지도 못한 말을 들었다는 듯 말문이 막힌 레피르를 쳐다본다.

그렇다. 그런 이야기를 하고 추궁해서 대체 어쩌겠다는

건가. 무엇이 최선인지 모색해야만 하는 것도 아닌데 말이다. 답을 내리고 그것을 들으면 그걸로 되는 걸까. 그런다고 마음속에 생긴 고통과 슬픔의 응어리가 눈 녹듯 사라지는 것도 아닌데 말이다.

그러니까, 말하게 하고 싶지 않았다. 그 이야기가 무엇이든 울적하게 만드는 것이라면, 그것은 지금 해야 할 말은 아니다. 그렇다. 그래서 말을 가로막았다.

"……왜 그래? 기어코 할 말은 해야겠어?"

"그래. 네 말이 맞을지도 몰라."

조금 전보다 어느 정도 홀가분해진 듯한 목소리다. 솔직하지는 않지만 일단 납득해준 듯하다. 스이메이는 머리를 긁적이면서 휴, 하고 한숨을 쉰다. 타인의 눈으로 본다면 확실히 올바른 선택은 아니다. 하지만 그 옳고 그름을 결정하는 것은 결국 선택하는 본인에게 달린 것이다. 본인이 옳다고 생각하면 옳은 것이고, 최선의 선택이 늘 옳은 것만은 아니다.

──그리고 얄팍한 정에 얽매였다고 솔직히 털어놓는 것은 영 쑥스럽기도 했다.

"미안해, 스이메이."

"왜 네가 사과해?"

"마족이 나타난 건, 분명히 나 때문이야. 그러니까 나는."

"……아아, 그 무식해 보이는 마족 말이네. 그건 그때 처음 생각났다는 것처럼 보였는데. 처음부터 널 노리고 온 것처럼은 보이지 않았다고."

레피르가 사과하자 스이메이는 그렇게 말한다. 그것은 지나친 가책으로 인한 기우일 뿐이라고.

라쟈스가 한 말은 단편적인 데다가, 레피르 때문이었다고 하기에는 납득이 가지 않는 부분이 있다. 모험자도 그녀 때문이라고 말했지만, 잘 생각하면 마족은 다른 누군가를 찾으러 왔고, 거기서 우연히 레피르를 발견했다고 추측하는 편이 훨씬 자연스럽다.

단지 그곳에서의 일은 마족의 습격을 받은 패닉에서 미처 벗어나지 못한 것과 때마침 공격하기 좋은 대상이 가까이에 있었던 것이 운 나쁘게 겹쳐서 일어난 것이다.

누구도 늘 냉철한 판단을 할 수는 없으며, 그런 도량을 가진 사람이 흔하지도 않다. 코너에 몰린 상황에서는 왕왕 벌어지는 일이다.

하지만 레피르 자신은 납득이 가지 않는 듯.

"아직 트리아나 서방 제국과 대치하고 있는 녀석들이 그 일부를 갈라서까지 아스텔에 부대를 보냈어. 그렇게밖에 생각할 수 없어……."

"뭐야. 갈라서까지라니, 자신을 너무 과대평가하는 거 아닌가?"

"나, 나는 진지하게 이야기하는 거야! 농담할 때가 아니라고!"

"하하하, 미안미안, 확실히 레피르는 강해."

장난스럽게 대답한 것을 사과하고 그녀의 실력을 치켜세우자 어째선지 돌아온 것은 찌푸린 얼굴과 뾰로통한 목소리.

"⋯⋯네가 그렇게 말하면 꼭 바보 취급당하는 것 같단 말이지."

"아니야. 나는 녀석들을 상대하느라 애를 먹었지만 레피르는 마구 베어 쓰러뜨렸잖아."

그것은 조금 전의 전투에서 느낀 스이메이의 틀림없는 진심이다. 하지만 레피르는 무슨 생각을 하는지 입술을 꾹 다물고 있다.

스이메이는 지금은 그런 그녀를 모르는 척하고 하던 이야기를 계속한다.

"그건 그렇고── 그 무식한 녀석이 레피르를 노시어스의 생존자라고 했잖아. 분명 그 노시어스라는 건."

"⋯⋯이 주변 사정에는 어두우면서 그런 건 잘 아는구나."

"아, 응, 그러게⋯⋯."

스이메이는 바보처럼 대꾸한다. 그러고 보니 그런 설정이었다. 상식에는 어두우면서 정세에는 정통하다는 설정은 이상하게 취급받아도 어쩔 수 없는 건가.

스이메이가 끙끙대고 있자, 레피르는 무언가를 체념한 듯 불쑥 말한다.

"──그래. 맞아. 녀석이 말한 대로 나는 노시어스의 생존자야."

그것은 내내 숨겨온 정체에 대한 토로였을까. 레피르의 고백조의 목소리가 울려 퍼진다. 마족의 손에 멸망당한 나라의 생존자, 라고. 어딘가 연민을 불러일으키는 목소리로.

"분명 노시어스는 인간령과 마족령의 경계에 위치해서 가장 먼저 습격을 당한 나라, 였지?"

"잘 아네."

"……대사건이니까."

그것이라면 자신들이 이곳으로 불려 온 계기가 된 사건이다. 잊을 리 없다.

그러자 레피르는 대화를 떠올렸는지 쓸쓸함이 깃든 목소리로 말한다.

"──그래. 옛날부터 노시어스는 마족에 대한 요새였으니까. 채 한 달도 안 돼서 함락당했지만 말이야."

"백만이 넘는 군세였다는 것도 들었어."

"백만…… 어디서 그런 이야기가 나왔는지 모르지만, 글쎄, 내 눈으로 직접 본 게 아니라서 정확한 건 말할 수 없어."

레피르는 무뚝뚝한 투로 말했다. 하지만 그 완곡한 표현의 이면에는 무엇을 호소하고 있는 것일까. 그것을 읽어내지 못한 스이메이가 눈썹을 찡그리자, 레피르는 실눈을 뜬 시야 끝에 언젠가 보았던 정경을 회색빛 환등처럼 떠올린다.

"바다 같았어. 지평선 끝에서 끝까지 마족이 바다처럼 들어찼어. 셀 수 없을 정도의 군세가 국경을 넘어 쳐들어왔어."

레피르가 시선 끝에 보고 있는 것, 그 심상. 스이메이도 어렴풋이나마 그 광경을 상상하면서 꿀꺽 마른침을 삼킨다. 생물이 해일처럼 밀려드는 광경은 대체 어떤 것일까. 지평선을 삼키고도 모자라단 듯이 일면을 가득 채운 비인의 무리가 적의를 품고 돌진해 온다.

"……그래서, 그 무식한 마족과는 그때 만난 거야?"

"라쟈스 말이네. 녀석과의 싸움은 그때부터였어. 그때도 말했듯이 일곱 명의 마장 중 한 명인 것 같아."

"그러고 보니, 그런 말을 했었네."

레피르의 말을 듣고 라쟈스가 했던 말을 떠올린다. 마왕 나크샤트라로부터 군대를 위임받은 한 명이라고. 확실히 그 마족은 그렇게 말했었다.

"일곱이라……."

"응. 그때도 전투 중에 그런 말을 들은 기억이 있어. 자세한 건 모르지만 일곱 개의 군대 중 세 개를 갈라서 왔다고 자랑하듯 말했었으니까."

"……세 개. 게다가 백만이 넘을 가능성도 있다고 하면, 전부 합치면 대체 얼마라는 거야……."

나 참, 점점 장난이 아니네.

무엇을 핥은 것도 아닌데 스이메이의 입안 가득 씁쓸한 맛이 퍼졌다. 세 개의 군대가 백만이라면 단순히 계산해도 전체는 그 두 배는 웃돈다. 하지만 레피르의 말대로라면 그런 단순한 계산으로는 가늠할 수 없다. 상대가 비인이라는 점도 있고, 더군다나 그것을 소환된 용사 몇 명의 어깨에 지게 하는 것은 애당초 무리한 이야기. 이 세계에 있는 자신도 그렇지만, 그들을 물리쳐달라는 부탁을 승낙한 레이지 일행의 미래가 더욱 위험하다.

"그래서 그때 나는 라쟈스와 싸웠고, 녀석의 힘 앞에 무릎 꿇어야 했어. 부대는 혼비백산 달아났고, 그 뒤에 그 여자 마족에게……."

"여자…… 마족? 무슨 일이 있었던 거야?"

"아니…… 아무것도 아니야. 그리고…… 노시어스가 가장 처음 공격당한 건, 그것 때문만은 아니야."

그것이 조금 전 군대를 갈라서 왔다고 뉘앙스를 풍긴 이야기의 핵심이리라. 그것에는 스이메이도 짐작이 아닌 확신이 있다.

"스피릿인가."

"스피릿?"

"응, 레피르가 지닌 힘 말이야. 내가 있던 곳에서는 그렇게 불러. 스피릿이라고."

"동방에도 나 같은 힘을 지닌 자가 있어?"

"아니, 레피르 같은 자는 없지만 굳이 분류하자면 그렇다고 해야 하나?"

스이메이는 자신도 이해할 수 없는 표현에 고개를 갸웃했지만, 그녀는 더욱 모르겠다는 분위기. 멍한 표정으로 고개를 갸웃거리고 있다. 당연하다. 아마 이쪽 세계에서 말하는 정령의 정의는 저쪽 세계와 다를 것이다. 이쪽 세계는 저쪽 세계처럼 과학이 자연이나 신비를 능가하는 세력을 가지지 않았고, 무엇보다 마술 지식도 방대하지 않기 때문에 정령에 대한 정보가 적고 세부적인 부분에 대해서도 취약할 것이다.

······레피르는 한동안 스이메이가 한 말의 뜻을 헤아려보는 듯했지만 결국 답을 내지 못하고 탈선된 이야기를 수정한다.

"단어는 모르겠지만 네 말대로야. 우리는 그대로 정령의 힘이라고 불러. 내 나라에서는 옛날부터 마족에 대항하는 힘이라고 전해졌어."

"그러고 보니, 검술도 대대로 전해져 온다고 했었잖아. 그것도?"

"응. 내 조상이 정령과 인간 사이에 태어난 존재거든. 인간이 마족에 대항하기 위해서 여신 아르주나가 그렇게 만들었대. 검술도 그때 생겨났고, 아무튼 그 힘으로 먼 옛날에 불려 온 용사를 도운 적도 있대."

"용사라니, 진짜냐······."

레피르의 말 속에서 생각지도 못한 단어가 튀어나오자 스이메이는 작게 중얼거린다.

설마 레피르의 조상이 옛날에 소환된 용사를 도왔을 줄이야. 그리고 지금 그 자손이 용사를 따라가지 않은 자신과 함께 있는 것은 무슨 얄궂은 인연일까.

그러자 레피르는 전에 없이 괴롭고 쓸쓸한 표정으로.

"나도 이 능력으로 사람들을 지켜주고 도와주고 싶었어.

하지만 결국 그 꿈은 꿈으로 끝나버렸어. 그리고 지금은 보시다시피 이런 상황."

레피르는 그렇게 말한 뒤 여전히 쓸쓸한 표정으로 눈을 감는다. 모국에서 도망쳐 나와 모험자가 되고 이유 없이 모욕을 당하고 또다시 혼자가 되었다. 그런 운명을 생각하니 서러움이 몰려온 것일까.

이루지 못한 꿈에 애태우다가 끝내는 현실에서도 배반당한 여자의 얼굴. 레피르의 얼굴에는 그 모든 것이 담겨 있었다. 지켜주고 싶고, 도와주고 싶었을 뿐인 순수한 마음이 악의적으로 부정당하고 불합리하게 꿈을 빼앗긴 고통스러운 얼굴이었다.

아무것도 되지 못했다고. 보답받지 못할 마음을 호소하기라도 하듯.

"……저기, 레피르. 대체 마족은 뭐야?"

"……녀석들? 솔직히 나도 잘 몰라. 하지만 아마 이 세상에 그 녀석들에 대해 자세히 아는 사람은 없을 거야. 마족에 대한 정보라고 해봐야 옛날부터 전해지는 이야기가 전부니까."

"그 전해지는 이야기라는 건 뭐야?"

"옛날에 이 세계에 아르주나와 싸운 사신이 있었다는 이야기는 했지. 그 사신은 강대한 힘을 과시했는데 마지막에는 아르주나와 엘리멘트와 정령들 앞에서 패배한 뒤, 차원의 틈새로 쫓겨났대."

짐작 가는 데가 있는 스이메이는 "응" 하고 끄덕인다. 확실히 상대를 따라 이동하면서 들은 기억이 있다. 이야기를 대강 기억하고 있고 아마 그녀가 차원의 틈새라고 칭한 것이 이쪽에서 말하는 외측 세계, 소위 세계와 세계의 틈새에 있는 공동(空洞), 즉 외각 세계이리라.

"마족은 그 사신의 종이었대. 사신의 가호를 받아 오직 전쟁과 죽음만이 존재하는 카오스로 세계를 채우려고 했대."

카오스라니, 또 판이 커졌네. 아니, 사신까지 나온 마당에 이야기의 스케일이 커지는 것도 당연하다. 결국은 마족 숭배가 초래하는 결과나 외계의 신들이 야기하려 하는 것과 방향성은 같은 듯하다. 그렇다면, 그렇게 된다면, 의 문제다.

"가호라고 했는데, 그럼 마족들의 힘의 원천은 그 사신이라는 거야?"

"응, 그러고 보니 그런 설도 있었던 것 같아. 나도 자세히는 기억나지 않지만……."

"흐음……."

"왜 그래?"

"응? 아니, 마족이라는 존재에 대해서 내 나름대로 생각해봤어."

"그래? 왠지 재미있을 것 같네."

"듣고 싶어?"

"나름대로 흥미로운 주제니까."

말은 그렇게 했지만 생각해보았다는 것에 대해서는 조금

기특해하는 듯하다. 레피르는 감탄한 듯 웃었다. 하지만 그
얼굴은 순수한 호기심에 대한 즐거움이라고 해야 할까. 진상
에 다가설 수 있을지도 모른다는 기대감은 없다. 어쨌든.

"좋아. 그럼 우선 사신에 대한 이야기부터 시작해야 하는
데…….."

그렇다. 스이메이가 살던 세계에서 악마나 정령에 대한
정의는, 정령의 이야기에서도 언급했지만 기본적으로 외각
세계에 존재하는 것은 전승에 나오는 신들과 비슷한 힘을
지닌 개념일 뿐이고, 소환술로 부를 때 이름을 붙이고 존재
를 결정한 뒤에나 악마나 정령으로서 나타나는 것이다.

저쪽 세계에서 말하는 정령은 그렇듯 모호하고 실체가 없
는 정보로서만 존재하지만, 신—— 여기서 말하는 신은 정
령보다 고위의 존재를 가리키는데, 그들은 정령처럼 모호
한 존재가 아니라, 의지와 방향성은 물론 강력한 힘을 지니
고 존재하는 정보체로 취급된다.

즉, 사신의 존재가 있다고 하면——

"……차원의 틈새, 그러니까 외각 세계에 존재하는 사신
이 원하는 것은 이 세계가 카오스로 가득 차는 것이고, 지
금도 그렇게 만들려고 외각 세계에서 호시탐탐 기회를 노리
고 있다. 하지만 그 녀석은 그곳에 존재를 속박당하고 있기
때문에 그 옛날 여신과 싸웠을 때처럼 직접 이쪽 세계에 간
섭할 수가 없다. 그래서 그 대신 그 종인 마족이 사신의 힘
을 빌려 지금 이 세계를 카오스로 만들려 하고 있다."

"음……."

"뭐, 진부한 내용이지만 조금 전에 들은 이야기를 바탕으로 시나리오를 쓴다면 이런 식이겠지. 이야기로 보자면 원초 세계로 되돌리려고 한다기보다 전투로 메워버리려는 것처럼 들리지만── 아."

마족 전체가 그런 건지는 모르겠지만, 하고 말하려다가 이야기가 옆길로 샌 것을 깨달은 스이메이는 다시 이야기의 궤도를 수정한다.

"실제로 문제는 그렇다치고, 그 하수인인 마족은…… 그래. 처음부터 스펙…… 육체의 힘부터 인간과 다르니까, 애초에 다른 진화의 길을 걸어온 별 생물이거나 사신이 디자인한 존재이거나 둘 중 하나겠지. 가능성이 열려 있는 만큼 그 부분에 대해서는 확고하지 않지만. 이게 내가 조금 전에 이야기를 듣고 받은 인상이야."

"꽤 흥미로운 이야기네."

"그래서 녀석들이 사신의 가호를 받고 있는 거라면, 그들의 힘 대부분이 사신의 힘을 기반으로 하는 걸 거야. 마족의 몸에서 뿜어져 나오던 그 거무튀튀한 기운이 그거겠지."

"……? 그건 마족 고유의 힘이 아니라는 말이야?"

"그렇잖아. 그건 생물이 자연에게 받은 힘이 아니야. 세계와 자연에 반하는 힘은 그 세계에서는 절대 만들어지지 않는다는 게 이치니까. 정상적인 사고를 한다면 누구도 자신을 파괴하는 힘 따위 의식적으로 만들지는 않잖아? 그건 세계도 마찬가지야. 그러니까 그건 자연계에는 존재할 수 없는 힘인 거야. 그러니까 그 이치를 거스르는 존재는 그 세계에 복종하지 않는 어떤 존재에 영향을 받은 것일 수밖에 없어. 그래서 그 무언가는──"

"사신이라고?"

"그렇게 되는 거지. 마족이 그런 힘을 쓴다는 시점에서 사신의 존재는 증명돼. 피곤한 이야기지만 말이야."

그렇다. 결국 마족의 이야기는 사신의 이야기로 귀결되는 것이다. 그것이 가장 귀찮고 수고스러운 부분이지만. 어쨌든.

"그러니까 아르주나는 사신과 쌍을 이루는 존재고, 이 세계의 인간이나 다른 아인은 그 신앙을 뿌리로 삼고 있기 때문에 마족에게는 적이 되는 거지."

스이메이가 이야기를 매듭짓자, 레피르는 그 내용을 음미하는 듯이 눈을 가느스름하게 뜬다.

머릿속으로 정보를 정리하고 있는 것일까. 이윽고 스이메이는 차분한 투로 묻는다.

"어때? 하나의 설로 성립될 만한 이야기야?"

"확실히. 이치가 통하는 이야기야. 사신이나 마족의 힘의 원천을 건드린 이야기는 처음이야. 지금 이야기에 입각해서 내가 했던 이야기를 떠올려보면 전승이 꽤 그럴듯해져."

"꽤 흥미로운 이야기지?"

"응, 의외로. 솔직히 깊이 생각하게끔 하는 부분이 있었어. 굉장하구나, 넌."

그녀가 감탄한 듯 진지하게 고개를 끄덕이자, 스이메이는 말을 덧붙인다.

"참고로, 인간이 마족과 싸울 수 있는 건, 아르주나의 가호가 있기 때문이라고 생각해. 레피르는 이 경우에서 제외되겠지만. 평범한 녀석들도 마족에 저항할 수 있는 힘을 지닌 건, 아마 그래서일 거야. 엘리멘트도 사신과 대립하는 범주에 속하니까 마법사의 마법도 효과가 있는 거고."

그렇다. 그래서 마족과 싸울 때, 엘리멘트를 개재하지 않는 마법 이외의 물리적인 공격에도 통하는 것과 통하지 않는 것이 있는 거였다. 이쪽 세계에서는 인간과 신앙은 밀접하게 관련되어 있기에 인간에게는 생래적으로 그 힘이 깃들어 있다. 게다가 이세계 마법사의 공격은 아르주나와 정령과 강하게 연결된 엘리멘트를 개입시킨 것이라서 마족에게 대항할 수 있다. 마법으로 마족을 무너뜨린 것이 그 좋은 예다. 한편 자신처럼 이 세계에서 태어나지도 않았고, 엘리멘트와도 관련이 없는 자는 힘이 약해지는 것이다.

어쨌든 답은 나왔다. 마족은 사신의 가호가 있기에 기본적으로는 그것에 대항할 이유를 가진 이쪽의 마법밖에 통하지 않는다. 하지만 사신 자신이 외측 세계에 존재하는 사악한 존재인 이상, 결국은 외계의 신과 악마와 같은 범주에 속한다. 더 나아가서는 마족도 사악한 존재의 권속이기에 그 마술이 통하게 된다.

그렇게 스이메이가 지금까지의 추측을 확신으로 굳혀가고 있을 때였다.

"스이메이."

"응?"

"넌 대체 어떤 사람이야?"

그런 스스럼없는 물음은 지금까지 스이메이가 했던 말 때문이리라. 정체를 의심한다기보다는 진짜 뭘까, 하고 의아해하는 모습.

그런 그녀의 물음에 스이메이는 시치미를 떼며.

"──그나저나, 슬슬 쉴 만한 장소를 찾는 게 좋을 것 같은데?"

"……그래. 응, 그래야겠다."

어두워지기 시작한 숲 속. 감색으로 물들어가는 흐린 하늘을 바라보며 그렇게 말하는 레피르. 아쉬운 듯 어깨를 움츠린 모습이 보인 것은 기분 탓일까. 그런 그녀와 함께 스이메이는 다시 숲길을 걷기 시작했다.

레피르와 숲 속에서 합류한 그날 밤. 스이메이는 쌀쌀한 밤공기를 쐬며 경치 좋은 암석 지대에 홀로 서서, 별이 총총한 이세계의 밤하늘을 올려다보고 있었다.

"방향은 저쪽, 하고……."

칠흑 같은 배경에 짙은 자주색이 섞인 밤하늘. 배기가스로 오염된 현대에서는 결코 볼 수 없는 밤하늘을 바라보며 스이메이는 점성술로 정확한 방위를 측정하고 있었다.

스이메이도 이세계의 별자리는 전혀 몰랐지만, 이세계에서 지낸 나날만큼 밤하늘을 올려다본 횟수도 늘었기에 별과 달의 위치는 대강 이해하게 되었고, 방향처럼 초보적인 것은 알아낼 수 있게 되었다. 하지만——

'사용할 수 있어도 이 정도네……'

이 세계에 온 후로 적응이 되지 않는 요인 중 하나가 이곳에서도 여지없이 그를 괴롭힌다.

그렇다. 사용할 수 있어도 이 정도네, 라는 말 그대로, 이 세계에서 스이메이가 할 수 있는 점성술은 현재 이 정도뿐이다. 별의 스펙트럼, 즉 별이 뿜어내는 광선을 마술적으로 분류해서 별이 어떤 속성에 들어가는지 알아내 마술에 이용하는 것은 가능하다. 하지만 점성술의 대명사인 점이나 마술 응용에 가장 효과적인 별의 위광은 명칭이나 별의 의미, 별자리의 영향력을 실질적으로 전혀 이용할 수 없기 때문에, 이쪽 세계에서는 최대한의 효과를 발휘할 수 없는 것이다.

예를 들면, 유성락(流星落)이 좋은 예다. 저쪽 세계에서는 장소나 시간적인 조건만 갖추어지면 흉악한 위력을 과시하는 그 마술도, 이 이세계에서는 효과를 최대치로 발휘했을 때의 절반 이하밖에 그 신비를 이끌어내지 못하는 것이다. 전투에서 의지해야 할 강력한 마술이 그래서야. 제아무리 스이메이라고 해도 우울해서 한숨을 쉬고 싶어진다.

　——한편, 레피르와 마족 이야기를 한 뒤, 해가 지기 전에 노숙할 만한 장소를 찾아보기로 한 스이메이는 그녀와 더욱 깊숙한 곳으로 들어갔다.

　도중에 늑대 떼를 만나기는 했지만 마물은 만나지 않았다. 이윽고 몇 시간 만에 물을 얻을 수 있고 밤이슬을 피할 만한 동굴을 발견했다.

　이미 노을빛이 하늘의 절반 이상을 물들이고 밤으로 접어들 때였다. 그래서 서둘러 잠자리를 준비하고 저녁을 먹고 현재에 이른 것이다.

　별이 빛나는 하늘을 바라보면서 스이메이는 앞으로의 일에 대해 생각했지만, 아직 정해진 것은 없었다.

　사사로운 정에 휘둘려 상대를 이탈한 것까지는 좋았지만, 앞으로는 어떻게 해야 하나. 상황으로 보아, 그 라쟈스라는 마족과의 전투는 피할 수 없을 것 같지만——

　"그 녀석, 부하들을 데리고 다시 온다고 했었지."

　낮에 상대했던 마장. 그 거대한 체구와 그가 한 말을 다시 한 번 머릿속에 떠올리면서 스이메이는 생각한다.

　라쟈스는 그때 레피르에게 자신의 부하를 데리고 온다고 말했다. 레피르가 한 말처럼 수십만 단위로 부하를 데리고 왔다고는 생각되지 않지만, 군사행동을 계획한 것은 맞다. 그 정도 규모와의 접촉은 각오해야 한다.

　그래서 유성락을 사용할 수 없는 것이 몹시 안타까웠다.

확실히 마족에게는 특정 마술, 그러니까 이 세계의 마술밖에 통하지 않겠지만, 아슈르바니팔의 불꽃을 사용했을 때처럼 마족의 기운에도 끄떡없는 위력만 있다면 어떻게든 될 것이다. 광범위로 전개된 적을 섬멸할 수 있는 그 마술을 최대 위력으로 사용할 수 없는 것은 아무래도 안타까운 일이다.

그런 생각들로 스이메이가 이번에야말로 크게 한숨을 쉬려 할 때였다.

"응? 레피르?"

언제 동굴에서 나온 걸까. 기사 복장을 한 레피르의 가냘픈 뒷모습이 스이메이의 시야에 들어왔다.

이 시간에 혼자서 어디를 가는 것일까. 몽유병 환자처럼 비틀거리는 걸음걸이가 불안해 보인다. 마치 실로 조종을 당하는 것처럼 더욱 깊숙한 숲 안으로 들어갔다.

……이런 밤중에 무기도 없이. 그녀는 저녁을 먹은 뒤, 조금 피곤하다며 먼저 쉬러 들어갔었다. 마족과의 전투와 상대 사람들과의 사건, 늑대 떼를 물리치느라 지칠 대로 지쳤을 텐데.

"분명 저쪽은."

그렇다. 레피르는 물이 있는 곳으로 가고 있다. 지대가 높은 곳에 급류와 개울이 있었다. 하지만 이미 물은 필요한 양만큼 동굴에 확보해두었기에 일부러 이 시간에 그곳까지 갈 필요는 없었다──

"…………."

등 뒤로 스산한 기운을 느낀 스이메이는 눈을 가느스름하게 뜬다. 그다지 좋지 않은 예감이 스이메이의 뒷덜미를 불쾌하게 어루만진다. 레피르의 걸음걸이. 비틀거리는 모습이 심상치 않다. 게다가 으슥한 곳으로 들어가는데 가장 기본적인 무기도 챙기지 않았다.

이것은 무언가 있다. ——그렇다면, 따라가 보는 것이 좋으리라.

그렇게 결정하자마자 스이메이는 바위에서 내려와 숲 안으로 들어가는 레피르를 뒤쫓는다. 무성한 수풀을 헤치고 나무 사이를 통과해 더욱 안쪽으로. 그리고 머지않아 물이 있는 장소에 도착했다.

그리고 스이메이가 그녀를 찾으려고 물가 앞의 수풀을 헤치고 나가려 할 때였다. 갑자기 천 같은 것을 밟아서 미끄러질 뻔했다.

"으악…… 뭐지, 이건?"

위기일발. 하마터면 언젠가 이 세계로 불려 왔을 때처럼 심하게 엉덩방아를 찧을 뻔했다. 스이메이는 자신이 밟은 것이 무엇인지 확인하려고 몸을 구부려 양손으로 그것을 들어 올렸다. 그리고 펼쳤다—— 과연 그것은.

"잉……?"

당황한 스이메이는 목소리가 뒤집어지고, 머릿속이 새하얘졌다. 누군가 그 얼굴을 보았다면, 십중팔구 멍청한 상판대기라고 했을 것이다. 스이메이가 들어 올린 천조각의

정체는── 옷. 사람이 몸에 걸치는, 착용을 목적으로
한…… 옷이었다.

게다가 그것은 스이메이가 최근 자주 보았던 낯익은 옷이
기도 했다.

그렇다. 그것은 조금 전에도 바위 위에서 내려다본 레피
르가 입고 있던 기사 옷이었다.

"에, 저, 저, 저기, 잠깐만, 그러니까, 이건……."

말이 제대로 나오지 않는 것은 물론 눈앞에 펼쳐진 옷 때
문이다. 당혹감은 곧 초조감으로 바뀌었다. 스이메이는 더
듬거리면서 혼잣말을 했다. 가까운 여성의 옷이 떨어져 있는
것이다. 스이메이가 아닌 그 누구였다고 해도 당황할 만한
상황이지만── 자세히 살펴보니 그 근처에는 속옷 같은 것
도 떨어져 있다. 그렇다면 그것이 의미하는 것은, 즉──

"옷을 안 입고 있단 거네, 그러니까……."

머지않아 상황을 파악한 스이메이. 여자의 옷이 떨어져
있다+속옷=? 악마가 짠 듯한 계산식이 완벽히 그의 머릿
속에서 완성되었다.

그리고 어떤 의도가 있어서도 아니라 스이메이는 보이지
않는 무언가에 홀린 듯 불안한 눈빛으로 **그곳을** 바라본다.

그러자 그곳에는 예상대로 실오라기 하나 걸치지 않은 모
습으로 물가에 있는 레피르의 모습이 있었다.

'으, 아아아아아아아아아악!!'

불쑥 솟구치는 감정에 스이메이는 마음속으로 소리를 내

질렸다. 물론 그 감정은 부끄러움이라고 불리는 것이다. 무엇이 불온한 예감이며, 무엇이 목덜미에 이상한 감각이란 말인가. 왜 그런 식으로 생각한 것일까. 예감에 떠밀려 이곳까지 와버린 것에 대한 후회가 머릿속을 가득 채운다.

설령 이것이 오해라 할지라도 옆에서 본다면 영락없이 여자가 목욕하는 것을 훔쳐보러 온 변태 성욕자의 그림이다. 누군가에게 들키기라도 한다면 변태라는 비난을 피할 수 없다.

아니, 그보다——

'아니야, 잠깐만. 보지 마, 스이메이. 보면 안 돼! 사실 조금 보고 싶긴 하지만…… 아니야! 그게 아니고, 잊어버려! 할 수 있다! 난 할 수 있다! 지금 본 건 전부 잊고, 당장 돌아갈 수 ——'

그렇다. 스이메이는 새빨개진 얼굴로 자신 안의 무언가를 부정하기 위해서 애쓴다. 냉정한 사고가 불가능할 정도로 스이메이의 머릿속은 완전히 혼란 그 자체였다.

자세히 보자든가, 눈 안에 새겨두자든가 그런 것이 아니다. 그런 생각은 할 수 없는 마술밖에 모르는 머리인 것이다. 더불어 기본적으로 진중한 성격이기에 크다거나, 단단해진다거나, 아름답다거나, 완벽한 프로포션이라거나 하는 단어까지 전부 적으로 인식하고 머릿속에서 지워버린다.

그때였다. 불현듯 스이메이의 귀에 어떤 소리가 감지된다.

——아, 으……, 으…….

"응——?"

공기 중에 퍼지는 희미하고 덧없는 숨소리에 스이메이는
문득 앞뒤 상황을 잊어버리고 소리를 낸다.

──지금, 자신의 귀에 말이 아닌 소리로 괴로움을 호소
한 것은 무엇일까. 헐떡이는 듯한, 신음하는 듯한, 그래. 괴
로움으로 쉬어버린 여자의 목소리는, 참을 수 없는 열에 온
몸이 타들어가는 듯한 그런 목소리. 단순히 몸을 씻는 게 아
닌 건가.

그 헐떡이는 소리에 이끌려 스이메이는 다시 레피르 쪽을
쳐다본다.

레피르는 물가 근처의 바위에 몸을 기대고 있다.

자세히 본 그녀의 눈빛은 정상적이지 않다. 몸을 씻는 것
이라기보다는 무의식의 상태로 괴로워하는 듯한 모습.

그 신음은 대체 무엇 때문일까. 대체 그녀는 어떤 괴로움
으로 신음하고 있는 것일까.

그때, 스이메이는 놓치지 않았다. 그녀의 몸을 침범하듯
불길한 문양이 그녀의 복부에 새겨져 있는 것을.

"──아."

저도 모르게 새어 나온, 모든 것을 알아차렸다는 목소리.
그것을 본 순간이었다. 쳐들었던 팔도, 갑자기 나온 목소리
도, 그녀를 보는 눈동자도, 멋대로 부끄러워하던 마음도,
그 모든 것이 경악으로 힘을 잃었다.

──저주다. 스이메이의 머릿속에 의심할 여지 없이 그

단어가 떠올랐을 때, 지금까지 그의 머릿속을 지배하고 있던 면역 없음으로 인한 부끄러움이나 혼란이 한순간 안개처럼 사라졌다.

아아, 왜, 왜, 이곳에도 저주로 고통받는 여자가 있는 건데.

동요가 깃든 단어가 지나간 뒤, 그의 마음속에는 안타까움과 실의에 찬 연민이 자리 잡았다.

저주다. 그래. 저것은 저주. 처음 보는 형태지만 틀림없다. 레피르의 배 언저리에 있는 문양이 그 증거다. 검붉은 곡선이 겹쳐진 문양이 그녀의 희고 고운 피부를 더럽히고 있다. 이세계의 저주이리라. 문양이 마력을 띠며 음울하게 빛날 때마다 그녀는 고통으로 더욱 크게 신음하고 온몸을 야릇하게 비틀었다.

그녀가 고통스러워하는 것은 저 문양의 근본인 저주의 열 때문이리라.

그렇다면 대체 누가 무슨 의도로 그녀에게 저런 저주를 건 것일까.

"——하."

스이메이의 입안은 형용할 수 없는 괴로움으로 가득 찼다. 그것은 저주를 알기에 느낄 수 있는 감정. 저주와 저주에 걸린 자와는 연이 깊은 그의 의심할 여지 없는 분노의 표식이었다.

——그렇다. 저주를 깨고 싶어 하는 자에게 청을 받은 그날이 있었다. 파멸의 저주로 괴로워하는 여자가 있었다. 그

래서 그 저주를 없애기 위해 몰두했던 언젠가가 있었다. 용납할 수 없었다. 그런 부조리한 불행이 이 세상에 존재한다는 사실을.

그래서 지금 눈앞에서 고통으로 몸부림치는 소녀의 모습이 자신의 일인 것처럼 가슴이 옥죄어든다. 지금은 저 야릇한 움직임을 무엇으로 바꾸어도 견디기 어렵다.

비애의 감정이 솟구친다. 저 고결한 소녀가 저주에 걸려 저런 식으로 자신을 달래야 한다는 사실이 말할 수 없는 연민을 불러일으킨다. 가련한 여자. 진정되지 않는 열에 괴로워하며 무의식의 상태에서 비참한 행위를 강제당한다. 그것이 비애가 아니라면 무엇일까.

왜 저주는 착하게 살아가고자 하는 자만 더럽히려는 걸까.

왜 저주는 여자만을 노리는 걸까.

왜 저주는 그녀들이 괴로움으로 흘린 눈물만 빨아먹으려 하는 걸까.

그렇게 연민을 넘어선 분노가 가슴속에 가득 찼을 때, 스이메이는 그녀에게 다가갔다.

"레피르."

고통으로 신음하는 그녀의 등 뒤에서 나지막하게 그 이름을 부른다.

그러자 레피르는 어느 정도 정기를 회복한 것인지 몽롱한 시선으로 고개를 든다.

"아, 응……?"

목소리에 반응하는 그녀의 얼굴은 저주 때문인지 홍조를 띠고, 여전히 몽롱한 상태.

"아⋯⋯."

뒤이어 나온 것은 깨달음의 목소리. 부르는 소리라는 것을 안 건가. 하지만 연민으로 눈동자가 흔들리는 남자를 본 그녀의 두 눈에 깃든 것은 완벽한 절망이었다.

레피르의 얼굴은 순식간에 일그러진다. 어째서 여기에 있는 거야, 어째서 봐버린 거야, 라고. 이런 모습, 보이고 싶지 않았어, 라고. 그녀의 표정은 그렇게 말하고 있다.

하지만 타인의 존재를 눈치채도 거역할 수 없는 힘에 조종당하듯 그녀의 몸은 움직임을 멈추지 않는다. 저주의 열에 저항하듯 그녀는 의지와는 반대로 조금이라도 열을 식히려 바위에 몸을 비볐다.

"으, 으흑⋯⋯ 아, ⋯⋯ 아⋯⋯."

그것은 열이 내리지 않는 몸을 달래는 요염한 모습이었다.

"싫어⋯⋯ 부탁이야, 보지 마⋯⋯ 제발⋯⋯."

당장에라도 숨이 끊어질 듯한 그녀의 목소리는 이미 열때문이 아니다. 이런 비참한 모습을 보이고 싶지 않다고 애원하는 소녀의 절규였다.

★

⋯⋯얼마 뒤, 레피르의 몸에 걸린 저주는 어느 정도 진정

된 듯했다. 땅바닥에 주저앉은 그녀에게 기사 옷을 가볍게 걸쳐준 뒤, 스이메이가 나지막하게 묻는다.

"저주니?"

확인하듯 묻자, 레피르는 시선을 옆으로 피한 채 조용히 고개를 끄덕인다. 역시 그런 거네. 스이메이가 이어서 질문하려 한 순간, 생기를 잃어버린 시선을 아래로 떨군 채 그녀가 불쑥 말문을 열었다.

"──나는."

"…….."

"……나는 소위 말하는 노시어스 왕가의 일원이야. …… 지금은 멸망한 나라니, 과거형이 맞겠네."

눈을 감고 토하는 한숨. 레피르는 고개를 숙이고 나지막한 목소리로 그렇게 고백했다. 그리고 계속해서.

"노시어스의 왕가── 그 방계인 우리 가문은 정령의 피를 이어받았어. 나 역시 정령의 힘을 강하게 타고나서, 어릴 적부터 노시어스의 수호자로 길러졌어. 매일 검술과 정령의 힘을 사용하는 법을 배웠어. 언젠가 다시 북방에서 쳐들어올 마족으로부터 나라를 지키기 위해서."

그렇게 말한 레피르는 문득 이쪽을 바라보면서 확인하듯 묻는다.

"낮에도 너에게 노시어스는 마족에게 패배했다고 말했었지?"

"……응."

"그때…… 벌써 반년이나 흘렀네. 가장 북쪽의 요새를 맡은 우리는 마족의 대군 앞에서 무너졌어. 그때의 전투로 동료들과 뿔뿔이 흩어졌고, 왕도로 돌아갔을 때는 요새를 지키던 자들은 나를 포함해서 단 몇 명밖에 남아 있지 않았어."

떠올리는 것이 고통스러워서일까. 목소리에 괴로움이 배어 있다. 그래도 레피르는 말해야만 한다는 듯 쉬지 않고 이야기를 이어나갔다.

"마족의 진공은 무서울 정도로 빨랐어. 국민을 국외로 대피시킬 새도 없이 마족의 대군은 순식간에 국토의 대부분을 침범했어. 그땐 이미 우리들에게는 마족에 대항할 힘이 남아 있지 않았어. 먼 옛날 마족을 물리쳤던 영걸 소환 의식도 주장되었지만, 그 역시 너무 늦은 일이었어. 유일한 희망이었던 내 능력도 마족의 대군 앞에서는 무기력할 뿐이었지. 정예부대로 알려진 우리 군도 압도적인 물량 차에 점차 밀릴 수밖에 없었고, 결국 마지막에는 노시어스의 의지를 보여주자며 성에 머물면서 철저히 항거했어."

농성. 이기는 건 고사하고 도망칠 수도 없는 상황에서 내리는 선택. 그것은 북방 수호를 긍지로 여긴 자들의 굴하지 않는 의지의 표현이었을 것이다. 하지만.

"농성을 했다면서 왜 레피르는 여기에 있는 거야?"

"모두가 농성 준비에 한창일 때 나에게는 다른 임무가 기다리고 있었어. 나에게는 성에서 목숨을 다하는 것이 허락되지 않았어. 정령의 힘 때문이야. 정령의 힘을 지닌 나는 그 힘을 잇기 위해 살아남아야 했어. 그들처럼 성에서 마지막까지 맞서 싸우는 것이 허락되지 않은 거야. 그래. 나는 이 힘 때문에 아버지도, 어머니도, 동료도, 소중한 사람도 모두 버리고 도망쳐야 했어…….”

그것은 얼마나 분통한 일이었을까. 레피르의 어깨가 축 처져 있었다.

스이메이는 현대 일본에서 살아온 사람이다. 우선 목숨을 부지한 것은 다행한 일이지만, 전투를 생업으로 하며 선대 때부터 이어져오는 사명을 긍지로 생각해온 사람에게 그것은 참기 힘든 불행이었을 거다. 스피릿이라는 다른 인간보다 강한 힘을 지녔기에 그 마음도 더했던 것일까.

“그때였어. 내가 저주에 걸린 건. 다른 나라로 도망치다가 마족을 만났고, 녀석들과 싸웠고, 그리고…….”

“그건, 그?”

“……아니, 라쟈스는 아니야. 나에게 저주를 건 건 라쟈스와 함께 군대를 이끌고 온 여마족이었어. 아무래도 저주가 주특기인 마장 중 하나였던 것 같아. 무슨 꿍꿍이였는지, 전투에 패하고 꼼짝도 못하게 된 나를 희롱하듯이 이 저주를 걸었어. 벌레 같은 인간은 납작 엎드려서 천박하게 자신을 달래가며 살아라, 라고 하면서.”

그게 전부라고 말하는 듯 몸을 떨면서 힘없이 말을 마치는 레피르.

저주에는 그런 경위가 있었던 건가. 그녀가 마족에게 강한 적대감을 보인 이유도 저주뿐만이 아니라 수많은 감정이 복합적으로 작용했기 때문이리라.

그때 스이메이는 문득 깨닫는다. 그러고 보니 레피르의 저주에 관해서 이전에도 짚이는 부분이 있었다는 사실을.

"혹시, 저번에 메테르에서 묵었던 숙소에서도?"

"응. 기억하는구나. ……그래. 그 전날 밤도 나도 모르게 그런 모습으로 물이 있는 곳을 찾아 헤맨 것 같아. 그날 아침 깨어나 사람들의 눈을 피해 숙소로 돌아왔고…… 그 뒤에는 네가 기억하는 대로 너와 부딪힌 거야."

"……저주가 발동하는 원인은 알고 있어?"

"정령의 힘을 강하게 행사하면 이렇게 되는 것 같아. 그날은 전날부터 길드 의뢰로 마물을 사냥했었어. 그래서 그랬던 것 같아."

"해주(解呪)는?"

"시도는 했었어. 하지만 마법사가 아닌 내 능력으로는 버거웠어. 이름 높은 마법사도, 구세교회의 신관도 모두 포기했어."

그렇다면 그녀는 여태껏 이 저주로 고통받으며 살아온 건가. 주박을 푸는 술도, 저주를 억제하는 술도 없이, 무의식 상태에서 행하고 마는 그 행동을 남들에게 들키지 않도록 혼자 끌어안고서.

……그렇게 말한 레피르는 잠시 말이 없다가 머지않아 힘없이 웃었다.

"후, 후후후……."

"레피르?"

"웃어도 돼. 나는 이런 여자야. 마족의 천박한 저주 따위나 걸린 이런…… 이런!"

그런 레피르가 갑자기 스이메이의 옷깃을 두 손으로 붙잡는다. 그리고 웃어, 웃어넘겨, 하고 말한다. 그냥 재미있는 이야기를 들었다 생각하고 웃어넘겨 달라고. 억지로 만든 미소는 절망으로 무너지고, 코너에 몰린 눈빛에는 절망만이 깃들어 있다.

"웃기잖아! 정령의 힘 때문에 지켜야 할 사람들을 버리고 도망친 나에게 내려진 벌이 이거야! 뭐가 이 힘으로 사람들을 지키고 싶다는 거야! 그렇잖아?! 이런 일이 또 어디 있겠어! 원수의 저주에 걸려서도 죽지도 못하고 살아서 치욕을 당해야 하는 이런 일이……."

벌이라고 생각하는 건가. 그 자책의 마음을. 그저 올곧게 살아가고자 했던 소녀. 그것은 부조리한 세상에 울부짖는 마음의 통곡이다. 어찌 그것을 희극으로 웃어넘길 수 있을까. 세상의 관례인 부조리로 고통받는 존재에게 어떻게 웃음을 던진단 말인가. 절망에 흘린 그 눈물은, 그 마음은, 결코 누구에게도 웃음거리가 될 수 없다.

"하지만 레피르는 지키고 싶었잖아?"

"……나는. 그래…… 나는, 이 힘으로……."

"네 잘못이 아니야. 그러니까 그렇게 자신을 아프게 하지 마.”

“하지만 나는 도망쳤어. 그러고 싶지 않았는데. 누구도 버리고 싶지 않았는데.”

“레피르⋯⋯.”

스이메이가 눈을 감자, 눈물을 참을 수 없어진 그녀가 스이메이의 옷깃에서 손을 뗀다.

이윽고 흐느껴 우는 듯 떨리는 레피르의 어깨.

“⋯⋯조국의 품에서 죽지 못하고 살아남은 것도 모자라 이렇게 비참하게 몸을 달래지 않으면 살아갈 수 없는 저주까지 걸렸어. 이런 참혹한 일이 또 있을까⋯⋯.”

조국을 빼앗기고, 소중한 사람들을 빼앗기고, 그것도 모자라 저주로 인해 치욕을 강요당한다. 그녀에게 이보다 견디기 힘든 일은 없으리라. 그런 모습을 보며 마음이 옥죄어든 스이메이는 하염없이 눈물을 흘리는 레피르의 어깨를 팔로 감싸 안는다.

“레피르. 미안. 잠깐 실례할게.”

“아──”

그리고 그녀의 윗옷을 벗긴 뒤, 요염하게 젖은 살을 드러낸다.

“아, 싫어⋯⋯.”

몸에 손이 닿자 위험을 느낀 것일까. 눈을 질끈 감고 잔뜩 경직된 소녀의 몸. 마족과 용감하게 맞서 싸우던 검객의 모습은 온데간데없다. 남자에게 겁을 먹은 듯한 그녀를 신경 쓰지 않고, 스이메이는 매끄러운 피부에 새겨진 주인(呪印)에 손을 댄다.

"——correspondence(만물 조응)."

그리고 시행한 것은 해석의 마술. 팔 안에서 작아지는 레피르의 주인에 직접 손을 대고, 주박의 술식을 파헤친다. 손바닥을 중심으로 확대되는 마법진과 서서히 머릿속에 들어오는 술식의 정보. 행위를 강요하기 때문에 자연적인 저주는 아니다. 종류로 따지자면 유감(類感) 마술에 가까운 것. 거기까지는 알아냈지만 현대 마술 지식을 가진 스이메이도 주박을 풀지는 못한다.

그 사실에 이를 갈면서 스이메이는 손바닥에 마력을 모아 이번에는 주술을 완화시키는 술식을 시행한다.

"으, 윽······."

괴로워하는 듯한 목소리가 서서히 안정을 되찾아가는 듯했다. 거친 호흡이 가라앉자, 스이메이는 레피르에게 물었다.

"열은 좀 어때?"

"하아······, 응······ 꽤 좋아진 것 같아······ 방금 그건 뭐야?"

"내 마술로 저주의 효력을 억제시켰어. 이제는 조금 덜 괴로울 거야."

"그렇구나. 지금까지 아무도 못 했던 일인데······."

안도의 목소리일까. 그 평온해진 목소리를 듣자 죄악감이

몰려온다. 저주의 효력을 어느 정도 떨어뜨릴 수는 있지만, 결국엔──

"……미안해. 일시적으로 저주의 힘을 약화시킬 수는 있지만 나도 이 저주를 풀 수는 없어. 이런 형태의 저주는 레피르에게만 건 것은 아니야. 아마도 저주를 건 술자를 죽이거나 레피르에게 저주를 걸 때 사용한 매개를 없애지 않는 한 주박은 풀리지 않을 거야."

그렇게 말한 뒤, 절망으로 머리를 숙이는 스이메이.

그렇다. 레피르가 걸린 저주에는 유감 마술이 응용되어 있다.

──유감 마술. 접촉 마술과 함께 영국의 인류학자이자 신비학자인 제임스 조지 프레이저에 의해 제창된 마술, 주술의 분류법이다. 형태가 비슷한 것들은 모두 보이지 않는 마법으로 이어져 있으며, 서로 영향을 끼친다는 유사 법칙에 근거한 사상으로, 그 연관성을 인과로, 그것을 신비에 의해 부스트(증폭)시켜 저주로까지 승화시키는 것이다.

이는 대상자를 본뜬 인형이나 대상자가 찍힌 사진 따위를 사용해 대상자에게 기대하는 효과를 주는 것이 일반적이다. 일본의 축시 참배, 아이티의 부두 인형을 예로 들 수 있으리라. 알아본 결과 레피르가 걸린 저주도 분명 이런 종류인 듯하다. 대상자를 본뜬 무언가를 사용해서 그 동일성을 이용해 간단히 주박을 풀 수 없게 만든 것이다.

"미안해. 이게 최선이야."

"······괜찮아. 고마워."

풀지 못할 저주에 직면할 때만큼 자신의 무력함을 깨닫는 순간은 없다. 스이메이가 무력감에 휩싸여 그렇게 사과하자, 레피르는 고통스럽게 미소 지으며 괜찮은 척했다.

······이윽고 뜨거운 눈물방울이 그녀의 뺨을 타고 흘러내린다. 깊은 밤 내리기 시작하는 보슬비처럼, 누구도 모르게 흐르는 눈물.

"우, 우욱······."

그것은 고통에 운명을 저당 잡힌 그녀만이 아는 슬픔. 그 심정을 이해한다는 말뿐인 공감은 입이 찢어지는 한이 있어도 할 수 없다. 해줄 수 있는 말이 있을 리 없다. 아무리 그녀를 걱정한다 해도 그녀가 흘리는 절망의 눈물을 닦아줄 자격은 자신에는 없다. 그렇다. 자신의 팔 안에서 하염없이 눈물을 흘리는 레피르에게, 스이메이는 끝끝내 아무 말도 해줄 수 없었다.

★

레피르에게 걸린 저주를 알게 된 밤으로부터 며칠 뒤. 위험한 짐승이나 마물, 더 나아가 마족의 존재를 고려하여 경계에 신중을 기해야 하는 두 사람은 아직도 숲을 빠져나가지 못하고 있었다.

그리고 이날도 강가에 앉아 조촐한 점심을 먹었다.

마술로 정화시킨 강물과 시술 가방에서 꺼낸 식량을 펼쳐 놓고, 딱딱하게 굳은 빵을 씹고 있을 때, 레피르가 손에 들고 있던 병을 손가락으로 가리킨다.

"스이메이. 미안하지만 꿀 좀 줄래?"

"응, 여기."

"고마워."

스이메이가 꿀이 든 병을 건네자, 레피르는 그렇게 말한 뒤 빵에 꿀을 바르기 시작한다.

그리고 빵을 베어 무는 그녀에게 스이메이가 말을 건다.

"저기, 레피르."

"이 빵 진짜 딱딱하다. 스이메이. 다음에는 먹기 전에 물에 잠깐 불리는 게 좋겠어."

"응, 그러자. 그런데 말이야."

"걱정 마. 이 꿀 진짜 달다. 조금 물에 젖는다고 맛이 달라지지는 않을 거야."

"…………."

레피르의 일방통행 대화에 스이메이는 입을 다문다. 그날 이후로, 그녀와는 줄곧 이런 상태다. 역시 생각하는 것이 있는 것일까, 부자연스러운 검 연습에 더불어 말을 들어주기는커녕 대화를 시도하는 족족 딴소리를 한다.

'역시, 그런 일이 있었으니…….'

그래. 그런 비밀이 밝혀진 뒤다. 어색해하는 것도 무리는 아니다.

하지만——

"저기, 레피르."

"……왜 또, 스이메이. 먹을 거라면 이제 됐어. 나는 충분히 먹었거든. 아니면 뭐 필요한 거라도 있어?"

"아니, 그런 게 아니라…… 얼굴에 꿀 묻었어."

"에……? 헙?!"

스이메이의 지적에 화들짝 놀란 레피르는 손으로 볼을 쓱쓱 문질러 닦은 뒤, 스이메이를 흘겨본다.

"그, 그런 건 빨리 말해줘야지…… 가 아니라, 꿀은…….."

"응, 안 묻었어."

스이메이가 그렇게 아무렇지 않게 말하자, 레피르는 씩씩거리기 시작한다.

"너, 너! 나를 속였어?!"

"그래. 누가 하도 무시를 해서 말이야. 이게 좋은 기회가 될 것 같아서."

"그건…….."

"……레피르. 우리는 한 배를 탄 사이야. 대화 정도는 하고 지내야 하지 않겠어? 전에 너도 말했잖아? 편하게 대화할 수 있어야 좋은 거라고."

"…………."

조금 전까지 연기하던 태도를 지운 그녀는 괴로운 듯 고개를 숙였다. 눈동자에 슬픔이 보이는 듯하다. 하지만 역시 이런 분위기를 계속 유지하는 것은 바람직하지 않다.

"뭐…… 뭐냐, 그러니까, 그런 일이 있어서 어렵다는 건 알고 있어. 하지만 어색한 건 나도 마찬가지야. 물론 어렵 겠지만 조금은 편해지도록 노력——"

"괜찮아, 스이메이. 신경 써주는 건 기쁘지만, 이제 내 일에 상관하지 말아줘."

"레피르……."

스이메이의 얼굴이 쓸쓸하게 변한다. 다시 친해지려 했던 스이메이의 노력은 그렇게 실패로 돌아갔다.

"네 말이 맞아. 이건 좋은 기회야. 여기서 확실히 하자. 너는 나와 함께 있어서는 안 돼."

"……그게 무슨 말이야."

"나와 함께 있으면 너도 언젠가 불행해지고 말 거야. 그러니까, 필요 이상으로 엮이는 건 그만두자."

단호하게 말한 레피르는 쓸쓸한 눈동자로 무엇을 생각하는 것일까. 지켜주지 못한 사람들의 모습을 보는 것일까. 흔들리는 눈동자에서 그녀의 고통이 전해져 온다.

"나와 엮이는 사람은 모두 죽어. 그러니까, 너도 이대로 가다가는 라쟈스나 마족들의 손에 죽고 말거야. 나는 싫어. 눈앞에서 누군가가 나 때문에 죽는 모습을 보고 싶지 않아. 그러니까."

"내가 마족의 손에 죽을 거라니, 함부로 결정하지 마."

"아니, 그렇게 될 거야. 마족은 강해. 간단히 속단할 상대가 아니야. 그리고 상황이 나빠지면 나는 널 버릴 수밖에 없어. 분명 그럴 거야. 더는 정령의 힘을 잇기 위해 내 사람들을 버리고 도망칠 수 없어. 나는 못 해. 싫어."

"…………."

스이메이가 심각한 표정으로 침묵하자, 레피르는 눈을 감고 간절한 표정으로 말을 잇는다.

"제멋대로라는 거, 나도 알아. 하지만, 이번만큼은 네가 져주면 안 될까? 숲을 빠져나가면 바로 헤어지자. 부탁이야."

"성급하네. 그렇게 서둘러 답을 낼 필요는 없다고 생각하는데?"

스이메이의 대답을 들은 레피르가 난처한 듯 고개를 숙일 때였다.

느닷없이 뒤쪽에서 바스락거리는 소리와 함께 덤불이 흔들린다.

"──스이메이!"

"응."

무언가의 기척을 느끼고 반사적으로 몸을 돌린 레피르가 그렇게 경고하자, 스이메이가 그녀의 목소리에 반응한다. 마치 떠도는 유령처럼 느닷없이 나타난 막연한 감각의 정체. 그것은 들개일까 아니면 늑대일까. 둘 다 아니라면 마물일까 어쩌면 마족일까.

스이메이는 곧 들이닥칠지 모를 위기에 모든 감각을 곤두세우고 경계한다.

한순간 살벌해진 주변의 분위기. 검객과 마술사의 긴장

에, 공기도 가시를 품기 시작했을 때, 그곳에서 나타난 것은 뜻밖이게도 두 사람의 예상과는 전혀 다른 것이었다.

흔들리는 수풀을 헤치고 나온 것. 그것은 온몸에 상처를 입은 인간이었다.

"사, 살려줘……."

"──?!"

"어, 어어?!"

생각지도 못한 존재의 출현에 당황하는 레피르와 스이메이. 두 사람의 눈앞에 나타난 사람은 모험자 같은 풍채의 남자였다. 하지만 신변은 불확실하고, 눈동자는 초점을 잃었으며, 찢어진 옷은 피로 칠갑이 되어 있었다. 온몸에는 열상과 화상을 입은 듯 짓무른 상처가 있다. 들리는 것은 벌레의 울음소리 같은 희미한 숨소리.

중상을 입은 탓에 초점도 맞추지 못하는 만신창이의 남자에게 레피르가 달려간다.

"정신 차려!!"

"으, 으윽…… 넌……."

"대체 어떻게 된 거야?!"

"마, 마족에게, 당했, 다. 산…… 에서."

"산? 마족이라고?"

남자의 더듬거리는 말 중에 알아들은 것은 그런 단어였다. 단편적인 남자의 말에 레피르가 인상을 찌푸리자 스이메이는 한 가지 사실을 깨닫고 그녀의 어깨를 두드린다.

"레피르. 이 남자."

"이 남자가 왜?"

"아니, 이 녀석, 그때 그 모험자야."

"그때? 아——"

갑자기 울려 퍼진 그녀의 목소리. 레피르도 눈치챈 것일까. 상처와 출혈이 심해 언뜻 봤을 때는 몰랐지만, 이 남자는 레피르가 상대에서 쫓겨나게 되었을 때 가장 요란하게 떠들어대던 호위 중 한 명이다. 마족에게 공격을 당해 여기까지 혼자 도망친 것일까. 아니면 도움이라도 요청하러 온 것일까. 정확한 사정은 알 수 없지만 이대로 두면 목숨이 위험하다.

스이메이는 마력을 손바닥에 모으면서 그녀에게 지시했다.

"레피르. 그 남자를 거기 눕혀. 치료 마술을 걸 거야."

"아, 으응……. 알았어."

스이메이의 지시에 레피르는 그렇게 둔하게 대답했다. 하지만 곧바로 상황을 파악했는지 크게 고개를 끄덕인 뒤, 조심스럽게 남자를 바닥에 눕힌다.

오직 정도만을 걸어온 소녀에게 그에 대한 원망이나 분노는 조금도 보이지 않는다.

"부탁해."

"응."

레피르가 말하자 스이메이는 끄덕인다. 그리고 시행하는

것은 치료 마술. 즉사나 그에 가까운 중태가 아니라면 아직
자신의 기술로 보충할 수 있다. 외상에는 심령 치료가 유효
하다. 과다 출혈도 후유증은 남겠지만 복원 마술로 커버할
수 있다.

모험자가 누운 바닥과 스이메이의 손바닥에 똑같은 색깔
의 마법진이 형성된다. 희미하게 피어오르는 에메랄드 색
깔의 마력광에 의해 모험자의 상처가 빠르게 아물어간다.

하지만——

"…………."

거기서 스이메이는 멈추었다. 상처가 절반 정도 치유되었
을 때, 말없이 부상자를 내려다보며 상처 부위에 대고 있던
손길을 조용히 거둔다.

"응……?"

스이메이의 행동을 지켜보고 있던 레피르는 당황할 수밖
에 없다. 그녀에게 그의 행동은 치료를 포기하는 것으로밖
에 보이지 않으리라. 뜻밖의 상황에 레피르는 긴박한 목소
리로 말한다.

"스이메이?! 왜 그래?! 왜 멈추는 거야?!"

"……무리야. 아스트랄 보디가 회복 불능까지 소모됐어.
더 이상 치료해도 소용없어."

할 수 없다. 고칠 수 없다. 불가능하다. 하지만 상처가 아
무는 것을 직접 본 레피르는 그 말을 이해할 수 없었던 것
일까.

레피르는 치료로 아문 상처만 바라보면서 마음속의 불신과 의심을 밖으로 쏟아낸다.

"무, 무슨 소릴 하는 거야! 네 마법으로 상처가 나은 게 안 보여? 소용없을 리 없잖아. 대체 왜……?"

"상처는 아물 거야. 하지만……."

"그럼——"

나을 수 있는 거잖아. 그렇게 말하려는 것이리라. 하지만 스이메이는 얼굴을 찌푸린 채 그 말을 가로막듯 고개를 젓는다. 그 모습을 본 레피르는 왜냐고 묻는 듯한 얼굴.

"왜……."

레피르의 말이 비수처럼 꽂힌다. 마음속에 솟구치는 감정은 무력함일까. 설령 치료를 베푸는 상대가 가장 증오하는 상대일지라도 이 고통은 멈추지 않을 것이다.

한편 레피르는 스이메이의 행동을 다른 이유 때문이라고 착각한 듯.

"서, 설마 이 남자가 나를 쫓아낸 자라서 그러는 거야? 그래서 치료를 포기하는 거야? 웃기지 마. 나는 이 사람에게 아무 감정도 없어! 그러니까 빨리 마저 치료해줘!"

"…………."

"스이메이!"

"아니, 소용없어. 분명 레피르도 본 대로 몸에 난 상처는 치료할 수 있어. 하지만 아까도 말했듯이 아스트랄 보디—— 영혼의 본체와 그 그릇인 정신의 껍질이 줄어들고 있는 이상, 치유해봤자 이 남자를 살릴 수 없어."

"그, 그럴 수가……."

이미 하루살이처럼 덧없는 목숨을 간신히 부여잡고 있는 남자의 모습을 바라보면서 레피르는 말을 잃는다. 그런 그녀에게 스이메이는 분한 심정을 토해내듯 말한다.

"아무리 치유 마술을 익혔다 해도 타인의 영혼까지 어떻게 할 수는 없어."

"……진짜 안 되는 거야?"

"조건이 갖추어진다면 기적이 일어날지도 몰라. 하지만 그러려고 해도 시간이 없어. 지금부터 준비한다 해도 당장 이 남자의 몸이 그때까지 버티지 못할 거야."

스이메이가 그렇게 단언하자 레피르는 이를 악물고 어깨를 늘어뜨린다. 죽어가는 사람을 지켜보는 일은 언제나 고통스럽다. 그 원인이 마족이니, 마족과 싸워온 그녀가 감정을 억누르는 일은 누구보다 힘든 것이다.

……두 사람이 절망에 사로잡혀 있는 가운데, 불쑥 남자가 레피르를 향해서.

"다, 다른 녀석들…… 마, 마족에, 아직. 공격당하고, 있어."

"아직 살아 있는 자들이 있다고?!"

"모르, 겠어…… 어쩌면 아직……."

"아직 살아 있을지도 모른다는 거지? 그렇지!"

그녀의 물음에 남자는 대답하지 않았다.

어떻게든 산소를 들이마시기 위해 필사적으로 입을 움

직이는 남자는 이미 소리조차 낼 수 없는 것일까. 그런 그를 향해 레피르는 무슨 생각에서인지 나지막한 목소리로 물었다.

"……다른 사람들은 산에 있다고 했지?"

그 물음에 의미가 있는 것일까. 너무 침착한 나머지 매정하게마저 느껴지는 목소리. 귀기마저 느껴지는 서늘한 물음에 남자는 천천히 끄덕인다.

그리고 얼마 뒤, 남자를 숨을 거두었다.

"──으윽."

"…………."

남자의 죽음 앞에 슬픔을 억누르는 그녀와 고개를 떨구는 스이메이. 한쪽 무릎을 꿇고 있던 레피르가 천천히 일어선다. 그리고 뒤돌아선다. 스이메이에게 등을 보이고서 그녀가 바라본 방향은──

"……레피르?"

스이메이가 그렇게 이름을 부르자 레피르는 여전히 등을 돌린 채, 무슨 이유에서인지 대뜸 사과한다.

"미안해, 스이메이."

"미안하다니, 어쩌려고? 왜 그쪽을 바라보는 건데?"

"왜냐고? 스이메이. 그런 걸 보고 우문이라고 하는 거야."

"우문이라니……."

뻔하다는 말일까. ──아니, 확실히 뻔한 일이다. 지금 뒤돌아선 그녀 앞에 펼쳐진 것은 자신들이 걸어왔던 길이기 때문이다.

이윽고 레피르는 결심을 굳힌 듯 스이메이 쪽으로 돌아보며 단호히 말한다.

"스이메이. 나는 상대 사람들을 구하러 갈 거야."

"구하러 간다니, 진심이야?"

"응, 농담할 마음 없어."

"상대 사람들이 정확히 어디에 있는지도 모르면서 무작정 가겠다는 거야?!"

"아마 산길 쪽에 있을 거야. 짐작이 틀렸다고 해도 그게 문제가 되진 않아."

"하지만 아직 살아 있는지 죽었는지도 모르잖아?!"

"그래. 하지만 살아 있을지도 몰라. 그러니까—"

가겠다고 말하려는 건가. 구하러. 무모한 구원. 하지만 보낼 수 없다. 절대로 가게 내버려둬서는 안 된다. 왜냐하면—

"알고나 하는 말이야? 이건 레피르를 유인하기 위한 마족의 덫일 뿐이라고!"

"덫."

"그래! 인간을 발견하면 앞뒤 안 가리고 공격하는 녀석들이야. 부상자 한 명이라도 순순히 도망가게 내버려둘 것 같아? 분명히 저 길 끝에 라쟈스가 기다리고 있을 거라고!"

그래. 이것은 덫이다. 레피르가 상대 사람들을 구하러 올 것이라는 사실을 알고서 친 덫. 비열한 유인책. 저절로 죽을 부상자를 놓아주고, 그것을 발견한 그녀가 취할 행동을 간파하고 꾀한 계략이 분명하다.

확실히 이곳은 깊은 숲 속이고, 그가 이곳까지 온 것은 거의 우연이라고 해도 좋을 정도지만, 그런 속셈으로 풀려났을 가능성도 충분하다. 사람들을 구하려고 달려간 그곳에서 라쟈스가 레피르를 기다리고 있는 그림은 상상하기 어렵지 않다.

하지만 그런 스이메이의 간절한 호소에도 아랑곳하지 않고, 레피르는 차분히 가라앉은 목소리로 말한다.

"……그럴지도."

"그럴지도라니…… 너도 알고 있잖아!"

"그래. 네가 말한 대로야. 지금 내 행동이 무모하다는 거, 충분히 알고 있어."

"그럼!!"

"하지만!! ……그래도 나는 그들을 구하러 가고 싶어! 나 때문에 이렇게 된 거야! 전부! 그러니까!"

가지 말라고 애원하는 스이메이에게 레피르는 참아왔던 감정을 폭발시킨다. 지금까지 차곡차곡 쌓여온 그 감정은 그녀의 가책이다. 구하러 가고 싶다는 마음과, 자신이 구하러 가야만 한다는 마음이 절절히 전해진다. 하지만 그것은 그녀의 과잉된 가책일 뿐이다.

"말했잖아. 그건 네 잘못이 아니……."

"아니, 전부 나 때문이야. 너도 말했잖아? 저자가 이곳에 나타난 건 마족이 나를 유인하기 위해 설치한 덫이라고. 내가 사라지니까 라쟈스는 이런 방법으로 나오는 거야."

"그건…… 하지만 지금 이대로 가겠다는 건 죽으러 가는 거나 다름없어!! 모르겠어?!"

그렇다. 마족이 어설프게 판을 짰을 리 없다. 펼쳐질 전투를 미리 예상하고, 많은 준비를 한 뒤에 임하는 것이다. 당연히 걸려드는 쪽이 불리한 싸움이다.

그래서 스이메이는 등을 돌리고 선 레피르를 집요하게 붙잡는다.

"레피르! 다시 생각해! 차분하게 다시 한 번 생각하라고!"

하지만 레피르는 돌아서지 않는다──

"레피르!! 돌아서!! 너도 알고 있잖아!"

"…………."

"레피르!! 넌 죽을 수 없잖아?! 정령의 힘을 잇기 위해서! 그럼──"

스이메이가 그렇게 말할 때였다. 지금까지 아무 말 없이 어깨를 떨고 있던 레피르가 입을 연다.

"네가……."

"뭐?"

"네가 나에 대해서 뭘 알아!!"

"──?!"

스이메이의 말을 틀어막은 것은 마음속 깊은 곳에서 분출된 레피르의 절규였다. 그리고 그녀는 참아왔던 감정을 마구 쏟아낸다.

"여태 그래왔던 것도 모자라서 나더러 또 모르는 척하라는 거야?! 소중한 사람들을 버리면서! 혈육까지 버려가면서! 그런데 이제는 나 때문에 위험해진 사람들까지 모른 척하라고?!"

레피르의 말이 스이메이의 귀를, 가슴을 때린다.

그녀는 지금까지 그런 마음을, 격정을, 가슴속에 품고 살아온 것일까. 누구도 구하지 못했다는 괴로움. 누구도 구할 수 없는 자신. 더 이상 견딜 수 없다고 부르짖는 것은 진심으로 그녀가 누군가를 구하고 싶다고 생각하기 때문이리라. 그렇다면 그 무엇으로 그녀를 막을 수 있을까.

"나는 언제까지 도망쳐야 해? 언제까지 사람들을 버려야 해? 내 목숨을 부지하기 위해서! 자신의 신념도, 누군가의 목숨도 희생해가면서! 그런 거…… 그런 거, 이제 지긋지긋해!"

그것은 부조리한 세상에 대한 절규. 지금까지 누구에게도 털어놓지 못한 그녀의 통곡이었다. 그렇다. 자신의 신념을 배반하며 살아남았기에 가책은 뼈아프다. 그것이 정당한 것이라면 더욱 그러하리라. 확고한 신념이 있기에 견딜 수 없는 것이다.

그렇게 자신의 속마음을 모두 털어놓은 레피르의 눈가에 희미하게 눈물이 고였다.

괴롭다고, 아프다고. 상처 입은 소녀의 애통한 마음의 결정(結晶)이.

……이윽고 거친 숨소리가 잠잠해졌다. 조금 안정을 되찾은 것일까. 레피르는 소리친 것을 사과한 뒤, 다시 뒤돌아섰다. 그리고 두 번 다시 돌아보지 않겠다는 듯, 이번 생은 여기서 결판을 짓겠다고 말하는 듯 작별 인사를 건넨다.

"……미안해, 스이메이. 짧은 시간이었지만 너에게는 신세를 많이 졌어."

"레피르?! 가지 마!! 가지 말라고!!"

스이메이의 간절한 목소리가 허공 속에 흩어졌다. 레피르는 그렇게 스이메이의 부름을 무시한 채, 이미 왔던 길을 붉은 정령의 힘 때문인지 심상치 않은 속도로 달려갔다.

"야, 진짜 가버리냐……."

홀로 남겨진 스이메이의 공허한 속삭임이 숲 속에 울려 퍼진다. 이제 소리쳐도 들리지 않을 것이다.

스이메이는 뻗었던 손을 내리고 그 자리에 그대로 멈춰섰다.

가버렸다. 자신을 내쫓은 사람들을, 자신을 저주했던 사람들을 구하기 위해서. 그리고 자신이 믿고 걸어온 길을 관철하기 위해서.

"크윽……."

그 사실에 스이메이는 이를 악문다.

이대로 가게 두어도 괜찮은 것이냐고. 그 끝에 기다리는 것은 절망밖에 없을 전투에. 그대로, 혼자서.

그렇다면 쫓아갈까, 하고 생각하자 갑자기 심장이 요동친다. 쫓아가면 자신의 목숨까지 위태로워진다. 당연하다. 상대해야 하는 자는 그 라쟈스라는 마족뿐만 아니라 녀석의 부하까지다. 전투는 상당히 치열할 것이고 자칫 잘못했다가는 목숨을 잃을 수도 있다.

하지만 그럴 수는 없다. 자신에게는 아직 죽을 수 없는 이유가 있다. 아버지의 꿈을 대신 이루고 결사의 이념을 실현해야 한다. 그러기로 약속했다. 설령 그것이 주고받은 약속이 아니었다고 해도, 일방적인 결정이라고 해도, 약속은 약속이다. 결심한 이상, 끝까지 포기해서는 안 되는 것. 하지만 그것으로 괜찮은 걸까. 그렇게 결정하고, 자신에게는 해야 할 일이 있다는 변명을 하고, 한 번도 뒤돌아보지 않고 자신은 안전한 길을 택할 것인가. 지금부터 벌어질 전투를 모른 체할 수 있는 것일까. 구원받지 못할 길을 쉬지 않고 달려가는 그녀를 이대로 두고 가도 괜찮은 걸까.

그래──

──구원받지 못할 사람을 구원하기 위해서라는 명제인데, 명제를 이루기 위해 그 사람을 못 본 체하는 것은 본말전도가 아닌가?

자신의 당위성의 모순을 묻는 목소리가 머릿속에 울려 퍼진다.

언제부터 자신은 죽음 따위를 두려워하게 된 것일까. 언젠가 찾아올 죽음을 두려워하며 망설이게 된 것일까. 겁쟁

이들이나 가질 나약하고 두려운 마음을 품게 된 것일까.

그러니까, 생각한다. 자신이 무엇을 가지고 있는지를. 어릴 적부터 필사적으로 익힌 것은 모든 자를 능가하기 위한 마술이 아니었던가. 모든 고난을 헤치고 나아가기 위한 신비가 아니었던가. 지켜주고 싶은 사람을 절대 실망시키지 않기 위한 그런 힘이 아니었던가.

……갈등하는 마음. 아니, 사실 어떻게 해야 하는지는 이미 알고 있다. 마음속으로 갈등했어도, 머릿속에서 위기감이 경고의 종소리를 울려도, 자신의 타산이 승리와 패배를 저울질하고 있다 해도. 그래——

——그러기 위해서, 자신은 그날 맹세했으니까.

"그래. 야카기 스이메이. 너는 결사의 마술사다. 그런 네가 한번 결정한 꿈을 좇지 않고 어쩌겠다는 거냐……."

혼잣말처럼 중얼거린 그 말은 무엇일까. 자신의 마음을 다시 하나로 모으기 위한 확인과 같은 읊조림. 자신이 추구해온 신념을 다시 불러들이는 작은 의식이다.

그리고 새로운 이변이 일어난 것은 그때였다.

"……."

입을 다물고 싸늘한 눈을 가느스름하게 뜨는 스이메이.

등 뒤에서 누군가가 일어서는 기척이 느껴진다. 마족이 내뿜는 기운을 동반하고 그야말로 흔들리는 망령처럼. 조금 전까지 그곳에 존재했던 희미한 기운과는 전혀 다른, 불길할 정도로 강건한 기운이었다.

──치유가 잘 통하지 않았던 것은 그래서였나…….

그 사실을 뒤로하고, 품었던 의문이 풀린다. 그것은 모험자의 아스트랄 보디의 부자연스러운 소모에 대해서다. 아스트랄 보디가 과도하게 소모되는 현상은 보통 물리적인 외상으로는 일어날 수 없다. 설령 그것이 치명적인 외상이라 할지라도 예외는 아니며, 영혼의 절대량은 줄지 않는다. 확실히 부상을 입으면 정신의 힘이 약해지는 경우는 있지만, 그것은 정신이 쇠약한 것일 뿐 영혼이 소모되는 것은 아니다.

따라서 모험자 남자는 외상 이외의 어떠한 공격을 추가적으로 받았다는 말이 된다. 영혼을 공격하는 아스트랄 어택이 있었거나, 영혼을 침식해버릴 정도의 요인이 있었거나 그 둘 중 하나일 것이다. 이번 결과로 보자면 틀림없이 후자이리라.

필시 방심한 레피르에게 일격을 가하기 위한 책략이었던 것이다.

"──큭."

"##############!!"

죄책감으로 괴로워하고 눈물짓던 소녀. 그런 소녀를 뒤따르려는 스이메이의 등 뒤에서, 살아 있는 시체가 달려든다.

★

291

달린다. 그래. 오직 달린다. 다리가 끊어질 듯. 자신을 기다리는 사람들이 있기 때문에. 오직 그 사실에 재촉당하듯이. 레피르는 왔던 길을 혼자 달렸다.

그 몸에 깃든 심상치 않은 힘을 이용하여, 여신의 축복인 그 진홍색으로 빛나는 질주로, 수풀을 헤치고 다리를 휘감는 담쟁이덩굴과 나무의 밑동을 넘어, 산비탈을 찢어버릴 듯한 기세로. 최악의 상황이 달리는 등 뒤에 그림자처럼 따라붙지만 그래도—— 기다리는 사람들이 무사할 것이라는 희망을 포기하지 않고, 믿으면서.

그러던 중, 그녀는 산허리 정도의 위치에 멈추어 서서 문득 뒤돌아본다.

"…………."

보고 들리는 것이라고는 잔뜩 찌푸린 하늘과 나무들의 술렁거림뿐이지만—— 시선 끝에 보이는 것은 바닥에 흩어져 있는 존재.

그렇다. 지금까지 달려온 길에는 무수한 시체가 있다. 기다리는 사람들이 있는 곳으로 달려가는 자신, 그 질주를 막으려는 듯 길을 가로막는 마족들의 영락한 몰골이다.

자신을 죽이기 위해 여기저기로 보낸 무리들을 마장 라쟈스가 다시 불러들인 것이리라. 몇 시간만 늦었어도 숲과 산 사이의 10리를 마족의 울타리에 갇혀 빠져나오지 못했을지도 모른다.

분명 라쟈스도 이 근처에 있으리라.

자신에게서 중요한 사람들을 모두 빼앗고, 소중한 사람들을 고통 속에 죽어가게 하고, 이번에는 관계도 없는 사람들에게까지 손을 뻗치려 하는 그 마성(魔性). 녀석이 만반의 준비를 마치고 기다리고 있다.

인간을 괴롭히는 것이 자신의 기쁨이라고 말하는 듯, 비웃으면서.

그래서 들릴 리 없는 목소리가 들린다. 구해달라고. 언젠가 들었던 구원을 바라는 목소리. 그 목소리를 들어도, 손을 뻗어도, 지킬 수 없었던 사람들의 목소리가.

그러니 결코 이대로 내버려둘 수 없다. 두 번 다시 그런 일을 만들지 않기 위해서.

레피르가 다시 한 번 가슴속에 감춰두었던 숯불 같은 분노를 재확인한 순간이었다.

──가지 마! 레피르!

"아…….."

문득 귀를 때린 것은 기억의 잔재일까. 더는 들릴 리 없는 목소리가 분노로 타들어가는 마음을 흔들었다.

그 목소리에 마음을 빼앗기자 쏟아지는 기억의 봇물에 더는 저항할 수 없었다. 가슴속에서 맴도는 것은 소중한 것을 잃어버린 듯한, 떨쳐낼 수 없는 희미한 상실감이다.

그렇다. 인지(人知)를 초월한 질주 그 끝에는 얼마 전 지기가 된 불가사의한 소년이 있다. 이름은 스이메이 야카기. 아스텔 왕국의 수도 메테르에서 만난 조금 특이한 마법사다.

이곳에서는 보기 드문 흑발이라는 것 외에 이렇다 할 특징이 없는, 어디에나 있을 듯한 용모의 소년. 특별한 구석을 들자면 다정한 눈동자를 가졌단 정도일까. 이곳 사람들과 다를 바 없는 평범한 옷을 입고 있지만, 감도는 분위기는 이국적이다. 아니, 그런 말로는 설명할 수 없는 분위기이며, 지금까지 한 번도 본 적 없는 마법을 쓴다.

네페리아로 향하는 중인 여행자라고 자신을 소개했지만 어쩐지 세상 물정에는 많이 어둡다. 그런가 했더니 어느 날은 엄청난 지식을 드러내며 깜짝 놀라게 한 것도 바로 최근의 이야기.

그 성격을 간단히 말하자면, 사람 좋은 성격이다. 마법사라서일까 학자처럼 거침없이 아는 체를 하지만, 사소한 행동이나 말투에서 느껴지는 배려와 어린아이 같은 모습이 그가 차가운 사람이 아니라고 말해준다.

그날, 상대를 떠났을 때, 숲까지 쫓아온 것도 틀림없이 그일면일 것이다. 위험해질 것을 뻔히 알면서도 그는 타산 없이 자신을 쫓아왔다. 자신을 위해서. 와서는 안 되는 거였다고 밀쳐내던 자신의 속마음까지 보듬어주었다. 그래서 안다.

그의 그런 성격이 엿보인 것은 그때뿐만이 아니다.

마족의 저주가 발동한 그날 밤. 비참한 행위 끝에 움직일 수조차 없게 된 자신을 그가 불쑥 안아주었을 때.

'그래. 그때, 나는——'

──그때, 자신은 겁을 먹었다.

자신의 이변을 눈치채고 달려온 소년이 무서웠다. 무서워졌다.

아무리 배려 깊은 사람일지라도 상대는 남자다. 자신의 발가벗은 모습을 보였으니 무슨 일을 당하게 될지 모르는 상황이었고, 게다가 그런 비참한 행위 뒤였으니 어떤 행동으로 옮겨갈지 모르는 상황이었다.

두 팔이 자신을 감싸던 순간. 자신을 걱정해서 따라와 주었던 소년에게조차 심한 공포를 느꼈다.

하지만 뚜껑을 열어보니 자신을 바라보는 그의 눈동자는 겁을 먹을 필요가 없는, 사나움과는 전혀 무관한 것이었다.

분명 그의 눈동자에 깃든 것은 동정과 연민이었다. 비참한 모습을 보인 자신을 불쌍하다고 생각했으리라. 하지만 그때 자신을 감싸던 그 손길은 다정했다. 욕정은 느껴지지 않았다. 살에 닿은 손바닥은 배려로 가득 차 있었으며, 저주에 대한 분노로 고요히 떨리고 있었다.

그래. 그것을 깨달았을 때, 사과하는 목소리가 들렸다. 자신은 이 저주를 풀 수 없다고, 자신의 무력함을 미안해하는 울분에 찬 목소리가.

저주를 풀어야 할 책임 따위 그에게는 없는데. 그가 사과해야 할 이유 따위 있을 리 없는데. 그런데도 그는 이렇게 된 것이 자신의 책임이라고 말하는 듯했다.

그리고 예기치 못한 이별의 순간에도 그는 자신을 걱정

하며 가지 말라고 붙잡았다. 그 행동에 다정함이 없을 리
없다.

"스이메이……."

그러니까 이것으로 되었다. 그런 그이기에 더는 위험한
상황에 처하게 해서는 안 된다. 파멸의 길로 향할 수밖에 없
는 자신의 운명에 그까지 끌어들일 수는 없다.

숲 속에서 얌전히 있어준다면, 조만간 끝날 것이다. 자신
이 라쟈스를 무너뜨리든, 그들이 자신을 무너뜨린다는 목
적을 이루고, 사라지든. 어느 쪽으로든 결판은 난다.

그래. 무사한 것이라면 이 이상의 것은 없다.

──그래. 설령, 그의 기분 좋은 미소를 두 번 다시 볼 수
없을지라도.

설령, 가지 말라고 붙잡던 목소리에 미련이 남을지라도.

설령, 슬픔과 불안이 섞인 그 얼굴이 자신이 본 그의 마지
막 얼굴이 된다 할지라도.

이 선택이 구제할 수 없는 고집이라는 것은 안다. 자신을
내친 자들을 구하러 가기 위해서, 외톨이가 된 자신을 따라
와 준 그의 뜻을 무시하고, 배신했다. 이런 자신에게 구원
이 함께할 리 없다.

하지만 그렇대도, 그렇대도──

"이걸로 된 거야. 이걸로……."

눈시울이 뜨거워지는 것은 막을 수 없다. 마음 저 깊숙한
곳에서 파도처럼 밀려와 물러나지 않는 뜨거운 물결. 그것

이 슬픔을 강요한다. 괴롭기는 했다. 자신에게 이런 숙명이 없었다면. 그와 다른 형태로 만날 수 있었다면. 그랬다면 또 다른 미래가 있지는 않았을까. 따라와 주었을 때도, 서먹할 때 먼저 말을 걸어주었을 때도, 가지 말라고 붙잡아주었을 때도, 솔직히, 기뻤다.

돌이켜 생각하니 일찍이 품어본 적이 없던 감정이 몰려온다. 소중한 사람들과 사별했던 고통도, 지금은 사리지고 없는 고향을 떠올리는 슬픔도 아니다. 애가 타는 듯한 이별의 슬픔. 헤어짐을 슬퍼하는 미련한 마음이.

하지만 더는 도망치고 싶지 않았다. 더는 누구도 죽지 않기를 바랐다. 마족들로 인해 고통받는 사람들이 있는데도 아무것도 하지 않고 있는 것이 싫었다.

"…………하."

그러니까, 지금은 눈에서 흘러내리는 뜨거운 상념을 뿌리치고 그저 달릴 수밖에 없었다.

질주를 방해하는 존재를 베어내며 레피르는 이윽고 그곳에 도착했다.

감각의 날을 세우자 여러 사람과 마족의 기운이 느껴진다. 나무숲 안쪽에서 심상치 않은 기운을 느낀 그녀는 자신의 앞을 가로막는 수풀을 베어내고 밖으로 나갔다.

나무들이 우거진 산속 한가운데 부자연스럽게 펼쳐진 장소. 아직 해가 지기 전인데도 탁한 하늘과 답답한 공기로 가득 찬 그곳은── 그렇다. 그곳은 참담한 지옥의 현장이었다.

　"──아?!"

　늦지 않았기를 바라면서 나무를 헤치고 나온 레피르를 제일 먼저 덮친 것은 현기증이 날 정도의 피비린내였다. 그리고 곧이어 그 냄새의 원인이 그녀의 고요하고 맑은 눈동자에 들어온다. 눈앞에 펼쳐진 광경은 그야말로 처형장이라는 착각을 불러일으킬 듯한 모습이었다.

　라쟈스의 부하일까. 여러 명의 마족이 거무튀튀한 기운을 내뿜으며 포악을 떨고 있고, 그런 녀석들에게 갇혀 목숨을 위협당하는 자들이 보인다. 마족에게 농락당하고 살해되었는지 온몸에 상처를 입은 채 피 웅덩이에 잠긴 자의 모습도 있다. 그곳에 난무하는 것은 비명과 고함, 귀에 거슬리는 커다란 웃음소리뿐.

　언젠가 보았던, 그리고 두 번 다시 보고 싶지 않았던 광경에 레피르의 심장이 뜨거워진다.

　"으아아아아아아아악!"

　그리고 불타오르는 격정에 몸을 내맡긴 채 가까이에 있는 마족을 향해 칼을 뺐었다.

　불시에 날아든 레피르의 참격에 마족이 취할 수 있는 행동이 있을 리 없다.

　붉은빛을 띠며 수직으로 내리친 검격은 굉음과 함께 일어난 흙덩이와 죽음 직전의 단말마조차 날려버리며, 마족을 두 동강 냈다.

그곳에 쏟아지는 수많은 시선. 아직 맞서 살아남은 자들과 다수의 마족. 무슨 일이 일어난 것인지 두리번대던 시선이 이윽고 침입자에게 집중된다.

그리고 한 사람이 깨달았다.

"너, 너는!"

누구냐고 묻는 것이 아니다. 아는 사람임을 확인했다는 목소리다.

아직 늦지 않았다. 아직, 살아 있는 자가 있다. 도움의 손길을 기다리는 자가. 마족에게 둘러싸여 앞이 보이지 않는 궁지에 대항하는, 죽음에 대항하는 자들이 있다.

그렇다. 자신은 늦지 않은 것이다. 구원을 바라는 자들을 지키는 데 늦지 않았다.

간절한 목소리를 외면하지 않고 하염없이 달려서 그들을 구하러 온 것이다. 그런데——

"왜 네가 여기 있는 거냐!!"

되돌아온 것은 그런 가차 없는 분노의 목소리였다.

"뭐……?!"

갑자기 날아든 혐오와 적의에 놀라 몸이 굳어진다. 왜 그런 분노의 화살을 맞아야 하는가. 자신은 모두를 구하기 위해 달려왔을 뿐인데.

"그라키스 씨……."

이번에는 다른 곳에서 목소리가 들려온다. 장년 남성의 묵직한 목소리는 갈레오의 목소리다. 전투와는 인연이 없는 상인의 신분이면서 아직 살아 있었던 것일까. 하지만 다행이라는 말은 건넬 수 없었다. 그의 목에서 흘러나온 떨리는 목소리는 확고한 분노를 띠고 있었기에.

그리고 그 눈동자에 어린 것은 원망이었다. 이렇게 된 것은 이쪽 탓이라고 말하는 듯이 원망하는 눈빛으로 자신을 노려본다.

"갈레오 씨……."

"당신이 있으면 마족에게 습격당할 거라고, 상대에서 떠나달라고 하지 않았소."

"그, 그건 그렇지만, 지금은 그런 걸 따질 상황이……."

아니다. 이미 마족의 습격을 당하고 있는 것이다. 이미 어쩔 수 없는 상황이고, 무엇이 어찌되었든 이야기하는 것은 나중의 일이다. 무방비한 상태로 대화를 이어나갈 상황이 아니다.

하지만 그런 레피르의 생각과는 반대로 주위의 사람들이 반응하기 시작한다.

"그런 거라고……? 그것 때문에 우리는 습격당했다고!"

"으……."

그 지적에 반박의 여지는 없었다. 마족이 나타난 것은 다름 아닌 자신 때문이다. 그래서 그 차가운 말을 받아들일 수밖에 없다.

마족을 견제하는 한편 부당하지만 틀리지만도 않은 분노의 시선을 느끼며 이를 악물고 있는데, 조금 전부터 고함을 치던 남자가 피범벅이 된 얼굴을 의문스럽다는 듯 찡그린다.

"잠깐…… 넌, 어떻게 우리가 습격당한 걸 알았지?"

"조금 전에 호위 중 한 명이었던 모험자가 알려주러 왔었어. 그래서."

"알려주러 왔다…… 어디에 있는지도 모르는 너한테?"

"으, 응."

레피르가 끄덕이자 호위는 더욱 추궁한다.

"어떻게 이렇게 빨리 달려올 수 있었지?"

"그러니까, 지금은 그런 말을 하고 있을 때가 아니잖아——"

레피르가 그렇게 경고했지만 호위는 들으려고도 하지 않고.

"대답해라."

"윽……."

한 치의 물러섬도 없는 호위의 추궁에 불온한 분위기가 감돈다. 피투성이가 되어 귀기를 품은 형상은 무시무시함 그 자체다. 하지만 왜일까. 상황이 나쁘다는 것은 그들이 더 잘 알 텐데 어째서 그런 쓸데없는 것만 추궁하려 드는 것일까.

'안 돼…….'

지금은 위험하다고, 경계에 집중할 때라고 마음을 다잡는다. 잡념이 집중력을 흐트러뜨리려 했기에. 그렇게 입을 꼭 다문 채 주위를 둘러보자 마족들은 껄껄대며 웃고 있었다.

마치 비열하고 추잡한 싸움의 무대를 바라보는 방관자들처럼.

'왜……?'

어째선지 마족들은 이쪽을 공격하려고 하지 않는다.

대체 무엇 때문일까. 악랄한 웃음이 형용할 수 없는 오한을 불러일으킨다. 자신들을 모두 죽이기에는 내부 싸움을 벌이고 있는 지금이 절호의 기회일 텐데 어째서 그 피로 물든 손을 놀리고만 있는 것일까. 주변에 감도는 미묘한 분위기. 목숨이 왔다 갔다 하는 전장에서 그 분위기에 어울리지 않게 펼쳐진 이 어설픈 희극은 대체.

"어이, 듣고 있는 거냐?!"

이해되지 않는 상황에 당황한 레피르에게 호위는 버럭 고함을 쳤다.

"──윽!! 그런 이야기가 지금 무슨 소용이야?! 빨리 싸우든 도망치든 해야 한다고!!"

"도망쳐? 이 상황에서 대체 어디로 도망치라는 거냐! 벌써 주변에는 마족들이 쫙 깔렸다고! 이제 와서 발버둥 쳐봤자 아무 소용도 없다고!"

"그럴지도 모르지만…… 그래도 이렇게 무방비하게 이야기나 할 때가…….."

"얼버무리지 마라!"

"——얼버무릴 생각 없어!"

"……너는 말하기 싫은 거야. 내 말이 틀렸나?"

"뭐——?!"

"뭐가 켕겨서 말 못 하겠어?! 우리 주변에서 어슬렁대고 있었으니까! 그래서 이렇게 빨리 올 수 있었던 거야! 그렇지?!"

그렇지 않다. 숲 속에서부터 정령의 힘을 사용해 10리의 거리를 달려왔다. 근처에 있었던 것이 아니다. 하지만 그것이 어쨌단 말인가. 그런 이야기에 무슨 의미가——

"그래서 우리가 습격당한 거잖아! 네가 멀리 떨어지지 않아서 근처에 있던 우리까지 마족에게 당한 거라고!"

"아니야! 그렇지 않아!"

"아니라고? 그런 게 아닌데 어떻게 이렇게 빨리 올 수 있었지?!"

"크, 윽……."

그러니까 그건. 대답할 수 없다. 쓸쓸함이 몰려온다. 동시에 주위의 시선도.

그들은 그렇게까지 해서 자신을 비난하고 싶은 것일까. 죽음의 연못 끝에 간신히 버티고 선 인간은 이렇게라도 누군가에게 감정을 토해내지 않으면 못 견디는 존재인가. 그 정도로 인간이라는 동물은 매정해질 수 있는 건가.

"그라키스 씨, 당신은……."

"나는……."

마치 부당한 세력에 의해 흠씬 두들겨 맞은 듯, 주위에서 쏟아지는 규탄의 목소리가 충격이 되어 머리를 뒤흔든다.

모든 책임은 자신에게 있다고 비난하는 듯한 말만 쏟아지자, 눈앞이 빙글빙글 도는 듯한 착각이 든다. 적의가, 비난이, 자신의 평형을 빼앗아간다.

왜 그들은 자신을 공격하는 것일까. 이런 상황에서 공격당해야만 하나. 자신은 모두를 위해서 왔는데. 자신은 모두를 위해서 사지로 왔는데.

자신은 모두를 위해서 그가 내민 다정한 손을 뿌리치고 왔는데——

"왜…… 나는 모두를 구하려고……."

"시끄러! 너 때문이다! 너 때문에 모두 이런 꼴을 당하는 거라고!!"

"나, 나는……."

쏟아지는 말들은 차라리 저주에 가깝다. 자신 때문인가. 아무런 예외도 없이. 자신을 내친 자들이 무사하기만을 바라며 이곳에 왔는데 이렇게까지 모욕을 당해야만 하는 것일까.

성난 비난의 목소리가 머릿속에서 소용돌이치는 가운데, 불현듯 고통에 찬 절규가 주변에 울려 퍼졌다.

"……끄아아아아아아아악!!"

시선을 돌려 소리가 난 곳을 바라보자, 호위 한 명의 가슴에 통나무를 잘라 만든 듯한 굵은 팔이 부자연스럽게 꽂혀 있었다. 그것은 의심할 여지없이 마족의 팔이다.

관통상을 입고 즉사한 호위의 몸은 힘없이 앞으로 고꾸라졌다. 그리고 그 뒤에서 나타난 것은——

"온 것 같군. 노시어스의 검객이여."

"——라쟈스!! 네가!!"

"큭, 여전히 기세가 등등하군. 그래. 내 목이 그렇게 베고 싶었나 보지?"

비꼬듯 조소하는 라쟈스를 노려본다. 새삼스럽게 당연한 질문을 하다니. 파괴와 포악의 화신인 네 녀석에게 소중한 것들을 모두 빼앗겼으니까. 이 살의와 적의는 모두 네 녀석의 책임이다. 그래. 그 한이 있기에——

"네놈들 때문에, 이런…… 이런!"

같은 비극이 반복될 것만 같은 상황에 감정을 억누를 수 없다. 마음이 시키는 대로 내뱉은 말이었다. 하지만 그런 격정의 말은 녀석에게 어떻게 들렸을까. 라쟈스는 매서운 눈으로 주위를 빙 둘러본 뒤, 마치 그 말이 나오기를 기다렸다는 듯 입꼬리를 올린다.

"무슨 말이냐. **너 때문이다.** 노시어스의 계집. 네가 나타나서 이 녀석들은 이런 꼴을 당하는 거라고."

비열한 웃음은 무엇에서 비롯된 것일까. 분명 간접적인 원인은 있을지도 모르지만 이런 참상을 만든 라쟈스가 그런 말을 입에 올릴 자격은 없다.

하지만 라쟈스는 비웃고 있다. 우둔한 자를 바라보는 눈으로. 자신의 뒤에 선 자들을.

'아─'

라쟈스의 말뜻을 깨달았을 때에는 이미 모든 것이 늦은 뒤였다.

등 뒤에서 시선이 꽂힌다. 그 시선을 느끼고 뒤돌아보자 분노에 찬 눈빛들이 하나도 남김없이 자신을 향하고 있었다.

"역시 너 때문이었어…….."

"너, 너만 없었으면…….."

"너 때문이다…….."

그것은 이미 사람의 목소리가 아니었다. 원망과 고통이 뒤엉켜 굳어진 듯한, 악의에 찬 목소리.

그리고 어째선지 자신의 입에서 흘러나온 말은 부정의 말이었다.

"아, 아니야! 그게 아니야!"

"닥쳐라! 너 때문이다! 네 잘못이란 말이다!"

아직 살아 있는 자들이 그렇게 소리쳤다. 어느새 비교적 침착하던 갈레오마저 욕을 퍼붓고 있었다. 사방에서 끊임없이 날아드는 원망의 말.

왜 그들은 도우러 온 자신이 아니라 마족의 말을 믿는 것일까. 잘 생각해보면 알 수 있는 것을. 왜 그들은 눈앞의 상황과 말에만 휘둘리고 본질을 보려고 하지 않는가─

"……아니야, 내 탓이 아니야! 나는 누군가의 폐가 되는 일 따위, 아무것도……."

거짓말이다. 너 때문이다. 네 잘못이다. 네가 있어서다. 마족도 말했다. 살인자. 사신.

그런 말만 들려온다. 자신을 악이라면서 고래고래 고함을 지른다.

"나, 나는 악이 아니야!! 왜, 왜 모두들 알아주지 않는 거야!!"

그것은 가슴이 미어터질 듯한 절규였다. 어쩌면 줄곧 마음 속에 감춰두었던 본심이었을지도 모른다. 그 모습을 지켜보고 있던 라쟈스가 재미있어 죽겠다는 듯 박장대소를 한다.

"흐, 흐하하하하하하! 인간은 정말 어리석은 족속이군! 무슨 일이 생기면 남을 헐뜯고 욕하기 바쁘다! 한 꺼풀만 벗기면 구더기만도 못한 추잡한 존재다!"

라쟈스는 그렇게 말하면서 다시 한 번 희열한 뒤, 주위에 있는 마족들을 향해——

"——해치워라."

그렇다. 죽이라고 명령했다.

"——크윽!!"

그 말을 듣자 지쳐 있던 마음이 다시 한 번 분기한다. 비난의 고통으로 만신창이가 된 마음을 다시 한 번 추스른다.

더는 뜻대로 되게 내버려두지 않겠노라고. 하지만.

'응——?'

마음은 다스렸는데 몸이 말을 듣지 않았다. 다리에 힘이 들어가지 않고 평소의 민첩성이 완전히 죽어버린 듯하다.

내디딘 발이 생각대로 움직이지 않는다.

동작이 둔해졌다. 정말이지. 완벽하게.

왜냐고 물을 필요는 없다. 자신은 꼼짝도 못하게 된 것이다. 그래. 그것은 라쟈스 때문도, 주위의 마족들 때문도 아니다. 그것은 동포인 인간들에 의해서, 그들의 책망에 의해서 굳어버렸다.

그리고 그것은 돌이킬 수 없을 만큼 치명적이었다.

"끄아아아아아아악!"

"아, 아, 아! 아아아아아아악!"

"죽고 싶지 않아! 죽고 싶지 않다고! 아, 아, 아, ──!"

"오지 마! 오지 말란 말이다! 오지 마아아아아아── 커헉?!"

주위의 인간들이 마족의 손에 속수무책으로 죽어간다. 자신을 몰아세웠던 호위가, 자신을 비난했던 모험자들이, 원망 섞인 시선으로 바라보던 갈레오가, 상인들이.

그리고 마족이 마지막으로 남은 자에게 공격을 개시했을 때, 드디어 몸이 말을 듣게 되었다.

늦었어. 머리로는 알지만 마음은 멈추는 것을 허락하지 않았다.

최후의 일인에게 달려들던 마족을 등 뒤에서 베었다. 내려다보자 마족의 피와 자신의 피를 뒤집어쓴 사람이 있다.

그것은 소녀다. 이전에 길드의 의뢰로 함께 마물 토벌에 나섰던 파티의 마법사. 그녀는 그중에서도 가장 친해진, 그래. 친구다——

무릎을 꿇고 그녀를 끌어안는다.

"정신 차려!"

"으, 윽……."

괴로운 듯 신음하는 소녀. 자신을 향해 뻗은 소녀의 손은 가늘게 떨리고, 피로 물들어 있다. 정신이 들었는지 그녀는 가르랑거리는 소리를 내면서 작게 말을 이었다.

"……너 …… 너 ……."

"응……?"

"너 같은 애…… 없는 게, 좋았어……."

"———"

그렇게 저주의 말을 남긴 채, 소녀는 숨을 거두었다. 남겨진 것은 자신의 목을 조르던 소녀의 새빨간 손자국과, 평온과는 거리가 먼 그녀의 시체. 눈에 새겨진 것은 증오로 일그러진 표정이다. 마치 원수를 보는 듯한 얼굴. 죽는 그 순간까지, 아니 죽어서도, 자신을 증오하고 저주하고 있다.

……그녀를 안은 어깨가, 팔이, 힘없이 늘어진다.

그와 동시에 자신이 믿고 있던 모든 것이 와르르 무너져 내리는 듯한 기분이 들었다.

제4장   눈부신 등, 무엇보다 빛나고——

——아버지는 과묵한 남자였다.

그래. 눈을 감고 떠올리면 금세 되살아나는 그 모습. 감정이 메마른 사람처럼 웬만해선 흥분하지도 않고, 늘 무표정했던, 휠체어에 탄 석고 같은 남자. 야카기 카자미츠.

집에서는 늘 베란다 옆에 놓인 흔들의자에 앉아, 뿌연 유리창 너머로 끝없이 펼쳐진 하늘을 바라보고는 했다. 아버지는 동양 제일의 마술사였다.

과묵하다는 표현대로 무척 조용하고 웬만해서는 말을 하지 않았다. 말이 결과를 가져온다고 하여 그런 것도 있었지만—— 마술사 집안이라는 점을 빼고서라도, 자신과 아버지의 관계는 평범한 가정의 그것과는 한참 동떨어져 있었다.

일상적인 대화는 주고받았지만, 깊이 대화를 나누어본 기억은 거의 없다. 그런 적이 있다면 그것은 오직 자신에게 마술을 가르쳐줄 때 정도였다.

마술을 가르치고, 신비를 보이고, 마술사로서의 자세를 설교하고, 그리고 마지막으로, 오직 그때만, 어딘가에 깜빡 두고 살아온 열정을 떠올렸다는 듯, 결사의 이념을—— 맹주가 지향하는 명제를 추구해야 한다고. 입버릇처럼 말하고는 했다.

그곳에 반드시 바라던 것이 있다고. 그러니 신비를, 자신의 가능성을 추구하라고.

보통 사람들이 듣는다면 철없는 아이의 허무맹랑한 꿈이라고도 생각할 것이다.

어렸을 적의 자신도 마찬가지였다. 늘 질리지도 않고 결사의 이념을 설교하는 아버지. 왜 그런 것을 추구한 것이냐고 묻자, 아버지는 두 번 다시 돌아갈 수 없는 그 언젠가를 떠올리며 그날 딱 한 번 그렇게 말했다.

──지키고 싶었던 여자가 있었노라고.

그것은 파멸의 저주에 걸린 여자. 차가운 비와 고통에 젖은 슬픔만이 어울리는 여자. 음지에서도 양지에서도 피어날 수 없는 여자. 숙명으로 인해 결코 행복한 죽음을 맞이할 수 없을 것이라며 모두에게 외면당하고, 누구도 쳐다보지 않는 불행의 나락에 존재하는, 가여운 여자였다.

늘 아버지 곁에 있었고, 늘 아버지의 품에서 흐느꼈다. 진심으로 웃는 얼굴을 본 것은 아버지도 딱 한 번뿐이라고 했다. 마지막 순간에 보인 미소조차 아버지를 위로하는 것이었다고.

그런 그녀를 마지막까지 지켜주겠노라 약속했지만 결국 그 약속을 지키지 못했다고.

──나는 네 엄마를 지켜주지 못했다.

아버지는 죽기 전에 그렇게 말했다. 현대에 되살아난 용을 토벌하던 그 마지막 순간에. 용에게 최후의 일격을 가하려던 자신을 지켜주다가 입은 상처를 누르면서.

왜 그런 이야기를 지금 하는 것일까. 기회라면 얼마든지 있었는데. 왜 그런 이야기를 자신 안에 꽁꽁 숨겨두었던 것일까. 단 하나뿐인 자식에게까지 비밀로 하면서.

그렇게 묻자 아버지는 말했다.

짊어지게 하기 싫었다고. 불행한 여자와 어리석은 남자 사이에서 태어난 아이다. 태어난 순간부터 저주받은 자와의 인연을 강제당한 존재. 이야기하면 틀림없이 같은 것을 좇게 될 것이고, 자신처럼 희망이 없는 미로를 걷게 된다.

그래서 절대 말하지 않은 것이라고.

그러면 왜 지금 이야기하는 건가. 모든 것을 털어놓을 만큼의 심경의 변화라도 생긴 건가. 꽁꽁 숨겨서 절대 말하지 않겠노라 다짐했으면서 왜 지키지 않은 걸까.

그것에 대해서는 물어볼 필요도 없었다. 죽음을 앞둔 아버지는 전에 없이 말이 많아졌기 때문이다. 평소와는 비교도 안 될 만큼, 자신에게 마술을 가르칠 때보다도 훨씬.

그때 아버지가 흘린 탄식은 자신의 어리석음을 감추려는 아버지 나름대로의 자조였을까. 아니면 평소와 달리 말이 많아진 자신의 모습이 단지 우스웠던 것일까.

아버지는 탄식 뒤에 어울리지 않는 말을 했다.

그래. ──미련이 남았다고. 이대로 이 몸이 썩어 없어지는 것은 아무렇지 않지만 그녀와 함께 바라고 꿈꿔왔던 기억을, 함께 나누었던 마음을, 누구의 기억 속에도 남기지 않고 이 몸과 함께 사라지게 하기는 싫었다고.

이 마음은 마지막까지 보답받지 못했으니까. 오직 고통과 번민으로 물든 길이었지만 그럼에도—— 자신만큼은, 단 하나뿐인 아들만큼은 기억해주었으면 한다고. 그런 남자와 여자가 있었음을. 그런 두 사람이 행복한 꿈을, 행복한 미래를 꿈꾸며 달려온 나날이 있었음을.

뜬금없었다. 이때, 이곳에서 그런 마음을 이야기해서 대체 어쩌라는 것일까. 자신이 할 수 있는 대답은 단 하나밖에 없는데.

그래. 선택지는 없다. 자신 또한 마술사였던 것이다. 아버지처럼.

그러니—— 줄곧 귓가에 맴돌며 사라지지 않는 말이 있다.

"——스이메이. 내가 인생에서 선택한 것이 있다면, 그건 마술과 시즈마뿐이었다. 이제 기댈 사람은 너뿐이구나. 그러니 부탁하마. 결사의 이념을 좇아라. 맹주가 이 세상의 이치에 바랐던 그것이 정말 존재한다면, 세상에는 결코 구원할 수 없는 사람은 없을 테니까. 그러니까——"

——내 대신 네가 구원받지 못할 여자를 구원해줘, 라고.

그리고 마지막으로 미안하다, 라는 말을 남긴 뒤, 가족의 행복한 미래를 꿈꿨던 남자는 죽었다. 자신의 대답도 듣지 않은 채 전해야 할 말은 모두 전했다는 듯, 이번에야말로 정말 말을 하지 못하는 석고처럼. 그려왔던 꿈길의 끝을, 늘 창문 너머로 떠올려보고는 했던 평온을, 그토록 바랐던 평범한 가족의 모습을, 단 한 번도 보지 못한 채.

제멋대로였다. 자신에게 이단의 길을 강요하고, 위태로운 길을 걷게 하고, 마지막에 그런 행복한 꿈을 설교하고.

그러니까, 새삼스러웠다.

그래. 그래서 그때 자신은 마지막으로 포효하려 하는 적룡에게 소리친 것이다.

──당신의 꿈은, 내가 반드시 이루어내 보이겠어. 반드시.

……그래. 그런 날이 있었다. 아버지를 잃고 닥쳐오는 포악에 부르짖던 그날이 있었다. 그때 외친 다짐을, 맹세를, 지금까지 단 한 번도 틀렸다고 생각한 적은 없었다. 그래서 지금 신비를 좇는 자신이 이곳에 있다.

이 세상에는 결코 구원받지 못할 사람은 없다는 것을 걸어간 길 끝에 증명하기 위해.

유치한 이야기다. 현실성이라고는 없고 이루어질 가능성도 전혀 없어 보인다. 짙은 아침 안개 속에나 있을 듯한 윤곽조차 희미한 꿈. 하지만 이루고 싶은 꿈이었다. 이루어내고 싶은 꿈이었다.

……마술과 과학. 학문에 관계없이 이 세상의 모든 이치를 해명한 끝에 도달하게 된다는 지혜, 아카식 레코드. 과

거, 현재, 미래, 그리고 평행 세계까지 포함한 모든 사항을 기록한 그것에 혹시, 구원받을 수 없는 자들의 행복한 미래가 기록되어 있다면 구원받지 못할 누군가를 구원할 수 있다는, 모든 이들의 행복을 추구한 맹주의 이념. 그것을 발견할 수 있다면 분명 그 두 사람이 걸어온 길도 헛되지 않았다는 것을 증명할 수 있으므로.

그래서 지금 다시 맹세하듯 하는 토로는, 서약.

"……아버지. 분명 당신이 내게 남긴 말은 당신이 말한 것처럼 나의 미래를 속박하는 저주였을지도 모릅니다. 하지만 나는 당신의 아들이며 마술사입니다. 그래서 나는 당신이 좇았던 것을 보고 싶어요. 그러니까——"

당신처럼. 구원받지 못할 자를 구하러 갑니다. 반드시 구하겠어요. 저쪽 세계에서도, 이쪽 세계에서도.

눈을 감고 말의 여운을 천천히 곱씹는다. 절대 잊지 말라고. 그 다짐을 다시 한 번 가슴에 새긴다. 그 소녀를 구하겠다고, 몸에 짊어진 불행에 흐느끼는 소녀를 구하기 위해서, 라고.

그리고 감은 눈을 뜨자, 눈앞에는 더러운 사악이 평원 일대를 가득 메우고 있다. 그래. 보는 것만으로도 구역질이 날 만큼 악덕과 아욕에 물든 생물들이, 썩은 고기에 우글대는 구더기처럼 빽빽하게 들어찬 소름 돋는 광경이.

웃긴 이야기다. 이런 존재와 마주치기 싫어서 성에서 그렇게 난리를 쳤는데. 지금 이곳에서 이렇게 마주하게 되다니 얼마나 얄궂은 상황인가.

"──흠."

솟아오르는 자조를 콧방귀로 날려버린다. 그리고 라쟈스가 레피르에게 했던 말을 떠올리며 오른쪽에서 왼쪽으로 매섭게 노려보았다.

이것이 녀석이 달고 온 부하들이리라. 잘도 쓸데없이 모아들였구나. 천일까, 만일까. 이제 와서 그런 것은 알 바가 아니지만 이 양만큼은 마음에 들지 않는다.

그 무시무시함의 구현인 바다를 향해 한 걸음 한 걸음 내디딘다.

그러자 이쪽의 움직임을 눈치챈 것일까. 앞다투어 공격해오는 마족들. 외각 세계에서 이 세계를 노리는 사신의 입김이 닿은 존재. 과연 그 말단다운 기세다. 마력도 정기도 아스트랄 보디도 아닌 거무튀튀한 오라와 같은 힘을 보유한 이형이자 이능의 생물.

"하아──"

질린다. 무엇이 마족이란 말인가. 인간과는 상극이라는 것이 공식처럼 박힌, 소설이나 게임 속에 등장하는 **판타지**적인 존재다. 그런 창작물에나 나올 법한 난잡한 생물과 왜 현대 마술사인 자신이 싸워야 한단 말인가. 질린다. 결사의 이념을, 아버지가 좇던 꿈을, 그 자그마한 꿈을 좇아야 할 자신이 어째서 세계를 파멸로 이끄는 마왕 따위와 싸워야 하는가──

그래. 그렇게 깨달은 마음속의 또 다른 자신이 차가운 눈동자로 지금의 자신을 바라본다. ——아아, 정말 질린다. 완전히 질린다고.

눈을 감고 그렇게 탄식을 토하는 자신을 향해, 마족이 발톱을 세우고 달려든다. 저돌적으로. 멧돼지처럼. 들이받으면 그뿐이라는 듯, 전투의 미묘한 이치 따위 처음부터 모른다는 듯이.

"Ex hoc loco evanescent(흔적 없이 사라져라)."

외침과 함께 번개가 마족의 반신을 훑고 지나간다. 남은 것은 발치에 형성된 푸른 마법진과 손으로 만든 도인(刀印)뿐. 마족은 잘려나간 팔과 함께 자신의 뒤쪽으로 날아갔지만, 이미 예상한 일이다.

문득 울타리의 안쪽에서 사이킥 콜드(심령한기)를 느끼고 그곳에 의식을 집중시키자, 힘의 고조가 느껴진다. 그것이 마술이라도 되는 듯이 호기를 부릴 작정인가. 사악한 종교의 신도가 다루는 게티아 같은 기술처럼 마족이 내뿜은 기운이 불덩이로 변해간다.

틈을 두지 않고 날아드는 불덩이. 그 불덩이는 물론 자신을 향한 것이다.

하지만 느리다. 전차포에서 발사되는 HEAT탄과 비교하면, 이것이 어떻게 빠르다고 할 수 있을까. 대충 보더라도 불덩이가 만들어져서 이쪽으로 날아오는 사이에 마술을 세개는 발동할 수 있을 듯하다.

불덩이를 쳐다보지도 않고 살짝 비켜서자, 불덩이는 옆을 스쳐 뒤쪽으로 떨어진다.

하지만 그 위력도 시원찮다. 설령 이쪽이 방어에 나선다 해도 마하 20의 속도로 모든 장갑을 관통하는 메탈 제트—— 그것조차 방어할 수 있는 금빛의 방어 마술을 전개하면 우습게 날려버릴 수 있다. 그러니 등 뒤의 변변치 못한 폭풍 따위를 신경 쓸 필요는 없다. 지금은 앞. 앞만 보면 된다.

설령 공중에서 공격해 오는 마족이 있더라도 그런 것 따위에게 길을 양보할 까닭은 없다.

"Et cadens in terram(납작 엎드려라)."

그래. 단 한 마디. 주문과 함께 바닥으로 추락한 마족에게는 눈길도 주지 않고 마력을 극한까지 넣은 오른발로 꾹 지르밟으면서 나아간다. 약하다. 이런 것을 위협이라고 진지하게 생각했던 자신은 정말 어떻게 되었었던 모양이다. 전투 방법만 터득하면 결국은 이런 것이다. 위협은커녕 작은 돌멩이처럼 걸려 넘어질 요인조차 못 된다.

왜 자신은 이런 것과 싸워서 이기지 않으면 안 되는 것일까.

바보 같다. 정말 바보 같은 이야기지만 멈출 수 없는 것은 그래. 그러겠다고 결심했으니까.

"나는——"

——뚫고 나가기로 결심했다. 이 길을.

──그때 그렇게 결심한 것이다. 이 길을 가겠노라고.

넘어지고 구르더라도 결코 이 길을 포기하지 않겠노라고. 그날, 그때 다짐했다.

구하고 싶은 누군가를 구하는 일이 결코 불가능하지 않다는 것을 증명하는 일. 아카식 레코드에 도달해 아버지의 꿈을 올바르게 이곳에서 실현하는 일. 아버지의 바람과 자신의 바람을.

마족의 군세 한가운데를 뚫고 나가는 것은 어리석다. 하지만 지금 걸어가는 이 길은 분명 그곳으로 연결되어 있다.

"──Archiatius overload(마력로, 부하 기동)."

스펠과 함께 발치에 전개되는 것은 무지개색으로 물든 마법진. 그 지름은 얼마인가. 복잡한 문자와 숫자를 내포한 지름 5미터의 마법진은 영겁의 시간을 기다렸다는 듯 깨어난다.

그리고 해방되는 마력. 마력로의 중심이 폭주하듯 터지자마자, 작렬하는 소리를 일으키며 맹회전하고, 번개를 발산할 정도의 마력이 주위에 충격파를 흩뿌린다. 회오리바람 같은 폭풍이 휘몰아치고 바닥이 폭발하는 동시에 마족의 울타리가 하늘 높이 날아갔다.

대기가 절규하고 대지가 진동한다. 주위에 있던 모든 것들이 산산조각 나고 흩어지고 날아올라 먼지가 되는 광경은── 절가(絶佳). 잉여 마력의 폭주가 그치자 동시에 구름처럼 형성되는 이형들이 다시 자신을 공격해 온다. 마치 눈사태가 폭발한 듯이.

마력의 소용돌이로 더러워진 코트의 먼지를 털어낸다. 눈 앞에 버티고 선 마족은 아직 대지를 가득 메우고 있다. 우습게도 머릿속에 맴도는 것은 아버지의 말이었다.

'희망이 없는 미로, 크⋯⋯⋯⋯후———— 덤벼라!!'

우글대는 이형들 앞에서, 웃으면서 그 말을 떨쳐냈다———

마왕 따위 아무래도 좋다. 원래 세계로 돌아가는 것도 지금은 상관없다. 하지만 그 소녀를 지키는 것만큼은 절대 포기하고 싶지 않다.

"하아아아아아아아아아앗!!"

——울려 퍼진 목소리는 날카로운 기합일까 절망에 저항하는 여자의 비통한 절규일까.

레피르는 끓어오르는 격정을 날카로운 검에 실어 마장 라쟈스에게 섬광 같은 검격을 가한다. 참격이 빚어낸 것은 붉게 빛나는 진홍색의 마풍. 마풍은 대지를, 산을, 하늘을. 존재의 크기를 불문하고 베어내지만, 라쟈스는 거무튀튀한 기운을 품은 팔로 그것을 막았다.

수많은 마물과 마족을 섬멸해온 정령의 힘이, 살은커녕 가죽조차 스치지 못하고 그 기운에 의해 튕겨져 나간다. 이 정도 힘은 가소롭기 그지없다고 몸소 말하는 듯이.

"크으……윽!"

"하하하!! 어떻게 된 거냐, 노시어스의 검객! 너는 역시 그 정도였느냐!!"

"닥쳐라아아아아앗!!"

쏟아지는 조소를 절규로 되받아친다. 그리고 행사하는 것은 붉은 참격의 오월우(五月雨). 격렬하고 단속적인 검의 공격을 라쟈스는 그 심상치 않은 기운의 주먹으로 정확히 받아친다.

붉은 선들과 먹을 놓은 듯한 검정이 서로 부딪쳤다가 튕겨 나간다. 힘의 충돌. 양자가 딛고 선 지면은 대항하는 힘에 견디지 못하고 검과 주먹이 격돌할 때마다 흙먼지를 일으키며 갈라진다.

레피르는 열세였다. 피아의 역량을 비교하자면 저울은 라쟈스 쪽으로 기울어져 있다. 힘에 밀려 일보 후퇴하면, 상대는 반드시 이보만큼 거리를 좁혀 오고, 검을 열 번 휘두르면, 상대는 반드시 열한 번의 공격으로 되갚는다.

무슨 짓을 해도 자신은 라쟈스에 미치지 못한다. 몸에는 상처가 늘어간다.

"하아압!!"

공격이 쏟아지는 가운데 라쟈스는 결판을 낼 생각인지 거대한 일격에 돌입한다. 그 움직임을 눈치챘지만—— 몸이 말을 듣지 않는다. 평소라면 이렇게 틈이 큰 공격에는 한 번의 공격에 다섯 번. 다섯 번은 참격을 먹일 여유가 있지만,

손을 크게 다쳐 한 번의 공격조차 쉽지 않다. 가까스로 공격을 받아내며 대검을 방패 삼아 주먹을 막아낸다.

전신을 파고드는 위력에 신음하며 충격에 견디지 못하고 크게 물러난다.

"크, 으……."

지면에 무릎을 꿇고 거친 숨을 토해내자, 라쟈스는 멸시하는 듯 웃으면서 말한다.

"크크크, 이래서야. 언젠가의 반복이군."

"……반복이라고?"

"그래. 우리가 너희들의 고향을 공격했던, 그때처럼——"

그 말을 듣고 되살아나는 언젠가의 광경. 라쟈스의 말을 듣고 떠오르는 것은 마족들이 노시어스에 쳐들어왔던 그날. 그날의 기억은 지금도 잊을 수 없다. 끝없이 밀려오는 마족과 치열하게 접전을 벌이던 중, 졸개들을 가르며 나타난 것이 라쟈스였다. 그곳에 있던 어느 마족보다 강대한 힘으로 모든 것을 파괴했다.

그리고 그 압도적인 힘 앞에 그래. 그때도 결국 지금처럼 무릎을 꿇었다.

눈앞에서 동포들이 무참히 살육당하는 광경을 지켜볼 수밖에 없는 자신의 무력함에 괴로워하던 그때. 그 후, 시간을 바꾸고 장소를 바꾸어 왕도가 함락되기까지 몇 번에 걸쳐 싸웠지만 결과는 그저 반복될 뿐. 전투 끝에는 늘 라쟈스에게 무릎을 꿇은 자신이 있었고, 자신을 지키기 위해서 반드시 누군가가 희생당했다. 동포와 동료, 자신의 소중한 사람들이 반드시.

마족에게 패배한 자신을 비호하듯이 희생되어갔다.

"우, 우욱……."

되살아나는 기억에 신음하고 있을 때, 라쟈스가 입꼬리를 올린다.

"그렇지? 너의 힘으로는 나에게 이길 수 없다."

이길 수 없다. 그 말이 가슴에 박힌다. 증명되었다고, 그것이 진리라고. 자신의 모든 것을 부정하는 듯한 참작 없는 말. 그것은 마치 멀리서 들려오는 거대한 천둥소리 같다. 적란운이라도 몰려오는 것인지 요란하고 시끄럽다. 라쟈스의 목소리도 그것과 같다. 고래고래 소리를 지르는 잡음이 마음속을 휘젓고 돌아다닌다.

"닥, 쳐라……."

"분하냐? 아픈 데를 정통으로 찔렀나 보군. ──헌데 말이지, 너는 도망쳤다. 국민과 동료를 지키겠다고 큰소리친 주제에 몇 번이나 우리에게 등을 보였지. 그 몸이 죽어 없어지는 것을 거부하면서 말이다."

"닥쳐……, 닥쳐……! 그 입 좀 닥치란 말이야!"

"닥치라고? 자신의 비겁함에 대해서는 듣고 싶지 않다는 건가? 떳떳하지 못했으니까. 크크── 그렇겠지. 누구나 자신의 수치는 감추고 싶어 하니까. 보이기 싫겠지. 지적당하기 싫겠지. 그게 수치라는 것을 알면 더욱 말이야. 하지만 너는 죽으러 가는 자를 버리지 않았나? 자기 목숨이 아까워 도망치지 않았나? 내 말이 틀린가?"

꿰뚫어 보고 있다는 듯 비웃는 그 입을 다물게 하고 싶었다. 아무것도 모르면서. 운명으로 인해 수없이 마음을 죽여 온 자신에 대해서도. 자신을 지키기 위해 목숨 바친 자들에 대해서도. 거기에 어떤 마음이 얽혀 있는지도. 아무것도 모르면서.

"네가 노시어스에서 도망치고 나서 다른 인간들이 어떻게 되었는지는 아나?"

"무, 무슨 말이야······?"

"너의 동료, 너의 친구, 너의 가족 말이다. 너를 빼돌리려고 목숨을 걸었던 자들이 어떤 말로를 걸었는지 말이다."

"대체 무슨 짓을 한 거야······."

"무슨 짓? 모조리 사지를 비틀어 찢은 다음, 천천히 놀아 주다가 죽였지! 재미있던걸? 자신이 믿는 것을 위해 목숨을 바치려 했던 자들이 고통과 공포로 울부짖다가 결국에는 너희들이 신봉하는 여신에게까지 저주를 퍼붓던 모습이 말이야. 뭐, 도중에 별 반응이 없어서 따분하긴 했지만. 크, 크하하하하하!!"

"————!"

그 웃음이 자신의 가슴을 갈기갈기 찢었다. 머릿속에 떠올랐다가 사라지는 라쟈스의 말에 의해 떠오르는 상상, 그것은 고통스럽게 죽어간 자들의 모습이었다. 얼마나 고통스러웠을까. 얼마나 괴로웠을까. 얼마나 절망했을까. 자신을 위해 죽어간 모든 이들의 공허한 눈동자가 자신에게로 향한다. 들릴 리 없는 원망의 목소리가 서서히 가슴속에 스며든다.

"말도 안 돼…… 아버지…… 모두…….”

"이제 알았나? 네 고향에서 어떤 일이 있었는지. 네가 사랑하는 자들의 비참한 최후를 말이다. 으하하하하하하!!”

"네가, 감히…… 감히……!!”

"분해?! 분해 죽겠어?! 노시어스의 검사여!! 헌데 말이지, 이건 벌이다. 도망친 대가로 네가 받아야 할 정당한 벌 말이야.”

"으아아아아아아아아아악!!”

이렇게 된 원인은 모두 자신에게 있다고 말하는 라쟈스를 향해 있는 힘껏 덤벼든다. 그것은 혼신을 다한 검격이었다. 맥락도 없다. 몸의 균형도 신경 쓰지 않는다. 분노와 혼란으로 최선을 잃은, 우둔할 정도로 곧바른 검섬(劍閃).

"시시하군!!”

하지만 튕겨 나갔다. 라쟈스의 주먹이 칼을 튕겨내고 조소의 말이 날아든다. 어림없다고 부정당했다. 검격도, 마음도, 비명도. 전부를.

"크윽!”

하지만, 아직이다. 이를 악물고 다시 한 번 검격을 시도하려던, 그때였다.

"후——"

비웃는 소리와 함께 라쟈스의 손 안에 감돌던 기운이 급격히 팽창한다.

——이것은.

"으...... 으......"

그때, 온몸의 힘이 모조리 빠져나가는 듯한 절망이 되살아났다.

라쟈스의 주먹에 여러 번 봐왔던 광경이 주마등처럼 스쳐 지나가고, 일시적인 분노에 분기한 마음이 무너진다. 이것은, 그 기술이다. 라쟈스가 마장이라고 불리는 까닭. 평범한 마족에게서는 느낄 수 없는 강대한 힘. 언젠가의 전투에서 요새를 흔적도 없이 날려버린 라쟈스의 필살기다.

짙은 자주색이 응고된 듯한 거무튀튀한 덩어리가 부풀어 올라 어른 한 명을 거뜬히 집어삼킬 듯한 구슬을 만들고—— 유지한다. 그것은 마치 폭풍이 불어닥치기 직전의 잔잔한 바다처럼 순간 움직임을 멈추더니 곧이어 해방의 전조처럼 마구 떨리기 시작했다.

피할 방법은 없었다. 그 힘은 요새를 통째로 날려버릴 정도의 위력. 미치는 범위가 넓어 피할 수 있는 기술이 아니다. 지금 자신이 할 수 있는 것은 정령의 힘을 최대한으로 끌어올려 몸을 지키는 것뿐.

——그리고 거대한 암흑의 파도가 자신을 삼켰다.

"으, 으아아아아아아아아아아!!"

주위가 온통 거무튀튀한 것들로 채워진다. 모든 것이 파괴되는 감각. 모든 것을 빼앗기는 감각. 종말을 예감케 하는 어둠에 자신의 오감은 기능을 잃어간다.

……그리고 한참 시간이 흐른 듯한 착각 속에 눈을 뜨자, 주위의 모든 것이 사라지고 없었다. 나무도, 바위도, 모험자들의 사체도, 그 소녀의 사체도. 전부.

"아, 흐…… 윽……."

버틸 수는 있었다. 하지만 남겨진 것은 힘을 너무 소모한 탓에 만신창이가 된 자신뿐. 그 언젠가와 같은, 반복이었다. 정령의 힘이 강한 자신만이 살아남는다. 살아남은 자만의 고통과 죄악감을 오롯이 짊어진 채.

공격의 여운으로 경련하듯 떨고 있는 자신을 향해 유유히 걸어오는 라쟈스. 그 모습에 초조함을 느끼면서도 마비된 듯한 몸으로 저항하지도 못한 채, 라쟈스에게 머리카락을 휘어 잡힌다.

온몸이 허공에 매달리듯 힘껏 당겨진다. 그리고.

"이거, 놔── 크읍!!"

복부에 강력한 주먹이 꽂혔다. 통나무 같은 팔에서 나오는 묵직한 일격이 약해질 대로 약해진 정령의 힘을 뚫고 내장을 파고들었다.

"아직이야."

환희에 찬 라쟈스의 입꼬리가 올라가는 것과 동시에 난타가 시작되었다. 몇 번이나, 몇 번이나, 끊임없이. 바위 같은

327

주먹이 단속적으로 몸에 꽂힌다. 그때마다 입에서 흘러나오는 고통의 신음. 그만하라고 애원하는 대신 고통에 찬 신음밖에 낼 수 없다.

끝내 배 안에 있는 것을 모조리 토해낸다. 그리고 자신의 몸은 휴지 조각처럼 바닥에 내버려진다.

"하윽, 하, 악……."

납작 엎드려 괴로워하다가 공기를 들이마시려 입을 벌리고 침을 흘린다. 마치 애벌레가 된 듯이. 아니, 그 이하다. 아프다. 아팠다. 몸보다도, 무엇보다도. 그래. 마음이. 물리적으로, 정신적으로. 서서히 마음을 갉아먹는 듯한 라쟈스의 공격을 수없이 받아낸 끝에 몸을 움직일 수 없게 되었다. 힘이 들어가지 않는다. 아무것도 생각할 수 없다. 이제 다 포기하고 싶다.

그러나 라쟈스는 아직 공격을 멈추지 않는다.

"꼴사납군."

"으, 윽……."

"고작 그런 실력으로 사람들을 지키려고 했던 건가?"

검을 지지대 삼아 몸을 일으키려고 하는 자신을 향해 날아든 물음. 지금 한번 생각해보라는 말이지만 생각해볼 것도 없다. 생각할 의미도 없다. 왜냐하면, 그래——

"너는 그 사람들을 지킬 수 있었나?"

그런 건 이미 알고 있다.

"지금 다시 그때로 돌아간다고, 이 결말을 뒤집을 수 있을 것 같나?"

알고 있으니까. 그러니까——

"그렇지? 너는 아무것도 지킬 수 없다. 누구도 말이야."

——제발, 그만해…….

"흐, 으윽……."

그래. 모든 것이 라쟈스가 한 말대로다. 고향에 있는 동포들뿐만이 아니다. 상대의 상인들도 자신은 지켜주지 못했다. 그 언젠가로 되돌아간다 한들 결국은 반복이다. 그 절규도, 눈물도, 자신은 멈출 수 없다.

그러니까 자신은 이 마족에게 이길 수 없다. 그래. 절대로.

괴로웠다. 물리적인 고통보다도 가차 없는 냉엄한 현실이. 아무것도 할 수 없다는 소리를 들어야 하는 신랄함이. 그러니까, 그것이, 핵심이었다.

"인정해라. 아니, 이미 너는 인정하기 시작했겠지? 네가 얼마나 하찮은 존재인지를 말이야."

"나, …… 나는……."

"너 때문이다. 전부. 예외는 없어. 너 때문에 모두 죽은 거라고."

"아——"

"그렇지?"

"아, 아아아아아아아아아아아!!"

몸을 지탱하고 있던 검을 떨어뜨리고 무릎에 힘이 풀려 주저앉는다. 아무렇게나 늘어뜨린 팔. 힘없이 처진 어깨.

더는 검을 잡을 힘도 기력도 남아 있지 않았다.

"…………."

"──꺾인 것이냐."

희열이 깃든 단정의 말이 몸을 뚫고 지나간다.

그렇다. 이제 꺾였다. 라쟈스의 말대로 이제 싸울 의지는 없다. 잃었다. 소중한 것도, 긍지도, 모든 것을 빼앗긴 이 몸, 좋을 대로 해라.

"흥, 너는 이제 내가 직접 나서서 죽일 가치도 없다. 네가 사랑했던 자들이 그랬듯이, 너도 희롱당하면서 죽는 게 어울리겠군."

그렇게 말한 라쟈스가 부하에게 신호를 보내는 것이 보인다. 그러자 라쟈스의 거무튀튀한 기운 안에 보호받고 있던 마족 몇몇이 곧바로 라쟈스의 신호에 반응했다.

잔뜩 일그러진 시선 끝에서 마족들이 가까워져 온다. 자신을 죽이려고 앞다투어서. 그 와중에도 선명히 눈에 들어오는 것은 자신의 목숨을 앗아갈 발톱. 불결한 용모. 천박한 웃음. 악의에 찬 혼탁한 눈동자. 그 모든 것들이 슬로모션처럼 가까워진다──

"아……."

흘러나온 것은 그런 목소리.

……왜일까. 왜 이런 결말인 걸까. 소중한 것을 빼앗기고 굴욕을 당하고 진 것도 모자라, 마음까지 굴복당해야만 하나.

지금까지 올바르게 살아가고자 했고 또 그렇게 살아왔다.

그런데, 그것이 잘못이었다. 왜 그것이 잘못이었을까. 왜 그것이 이런 비참한 결말로 이어지는 것일까.

희망 따윈 존재하지 않는다. 그렇다면 과연 희망이라는 말은 대체 누가 만든 건가. 무엇을 위해 만든 말인가. 그런 것은 이 세상 어디에도 존재하지 않는데.

그래. 희망을 좇는 것은 부질없다. 매달리는 것도 무의미하다. 결국 희망은 인간을 더욱 깊은 절망의 나락으로 떨어뜨리기 위한 잔혹한 속임수에 지나지 않는다. 지금까지 그것이 존재한다고 확신했던 자신은 대체 얼마나 어리석었던 것일까.

눈물과 함께 솟아오르는 것은 불행을 강요하는 세계에 대한 저주. 그리고——

"누가 좀, 도와줘……."

입 밖으로 나온 말은 소녀다운 바람이었다. 이 지경이 되어서도 구원을 바라는 것일까. 이 세상에 그런 기적이 존재할 리 없는데. 절대로. 그래. 절대 없을 텐데——

그렇게 서서히 다가오는 죽음 앞에 눈을 감으려는 찰나, 어째선지 요란한 천둥소리가 눈앞을 스쳤다.

새파란 빛줄기가 눈앞을 차단하고, 모든 것이 흰 빛 속에 묻혀간다. 공격해 오던 마족도, 어둠에 뒤덮인 하늘도, 모든 것이 날아가고, 황폐해진 땅도, 라쟈스도, 모두 그 흰 빛 속으로.

굉음과 눈부신 빛이 잠잠해지자, 자신에게 달려들던 마족들은 모조리 사라지고 없었다.

어리둥절한 채 주위를 살핀다. 어느새 눈앞을 흐리게 했던 뜨거운 눈물이 부드럽게 닦여져 있다.

그리고 그곳에는——

"넌, 누구지?"

검은색이 펄럭인다. 눈앞에 있는 것은 분명 자신이 아는 자. 지금까지 본 적 없는 고요한 분위기를 풍기는 흑의를 입은, 그 소년은——

——눈동자를 태워버릴 듯 흰 빛이 시계를 가득 채우려는 찰나, 눈을 감고 잔상 현상을 그대로 지나가게 둔 것은 필연적인 행동이었다.

빛의 소멸을 예측하고 조용히 그리고 천천히 눈을 뜬다.

그리고 눈앞에 펼쳐진 참상에 기가 막히고 질렸다는 듯 조용히 분노한다.

——아아, 이곳에도 악덕이 존재하는 건가. 깨끗하게 살아가려는 자를 어리석다고 비웃고, 탄식과 눈물에 젖은 자를 짓밟고, 절망과 슬픔 속에 빠뜨리고도 그것을 부끄럽다고 생각하지 않는 자가.

정의를 추구하며 살아온 자, 그 생(生)이 쌓아올린 긍지를 가차 없이 빼앗는 자.

누군가를 위해 나설 줄 아는 자의 숭고함을 모르는, 결코 용서받지 못할 자.

그래. 행복이라는 누구나 바라는 자그마한 희망을 빼앗는 악의의 화신이.

아직 빛의 여운이 가시지 않은 그곳을 **여유로운 걸음**으로 지나 소녀의 앞으로 다가간다.

빛이 사라진 그 눈동자를 적시는 것은 하염없이 쏟아지는 눈물. 그칠 줄 모르는 눈물의 비. 그 눈물을 손가락으로 걷어낸다. 이번에야말로. 눈물이여, 사라져라. 지금 당장, 사라져라, 라고. 눈가가 빨갛게 부어오른 얼굴. 만신창이가 된 몸. 보는 것만으로도 애처로운 그 모습은 참혹한 고통을 겪었기 때문이다. 늦어서 미안해, 라고 작게 말한다.

"아——"

가냘픈 목소리는 아직 마음이 되지 못한 가슴속의 무언가가 새어 나온 것. 그것은 마음이 무너져 내리기 직전에 내뱉어진 덧없는 탄식이다.

지금까지 수많은 나날을 슬퍼하고, 괴로워하고, 자책하고, 끝내 자신을 용서하지 못한 소녀. 왜 그녀가, 다정한 소녀가, 이런 꼴을 당해야만 하나. 아무것도 욕심내지 않고, 누구보다 정의를 추구했던 소녀를 이런 비참한 결말로 그 마지막을 맞게 하나. 세상은 왜 그런 사람만을 불행의 끝까지 밀어 떨어뜨리려 하나.

"아아——"

──눈물을 부르는 자여, 기억하라. 이 세상에 떨쳐내지 못할 슬픔의 비는 없다는 것을.

──고통을 실어 오는 자여, 기억하라. 이 세상에 없애지 못할 아픔의 불꽃은 없다는 것을.

──악덕에 취한 자여, 잊지 마라. 그대들처럼 사악한 자가 발붙일 곳은 이 세상 어디에도 없다는 것을.

"──넌, 누구지?"

"마술사, 야카기 스이메이."

그것을 지금 이곳에서 현대 마술사인 이 몸이 직접 증명해 보이겠어.

스쳐 지나가는 한 차례의 바람. 그것은 지금 자신의 옆에 조용하게 서 있는 소년의 목소리가 불러온 것일까, 아니면 그 목소리가 한 차례의 바람 그 자체였을까. 열기를 품은 공기 중에 서늘한 바람과 함께 지나간 한마디는, 라쟈스의 귀에도 틀림없이 전해졌으리라.

"마술사……라고."

표정을 일그러뜨리고 스이메이가 내뱉은 말을 되풀이하는 라쟈스. 이전과는 옷차림이 다른 탓에 몰라봤지만 머지 않아 그의 얼굴을 본 적이 있다고 깨닫고 납득했다는 표정을 짓는다.

"그래. 너는…… 그때 귀찮게 끼어들었던 마술사 꼬맹이로군."

스이메이는 입을 다문 채 비스듬히 서서 매서운 눈동자로 바라볼 뿐.

그런 그를 본 라쟈스는 놀랍다는 듯 비웃는다.

"마술사 따위가 용케도 여기까지 도착했군그래. 내 부하들이 꽤 많았을 텐데? 응?"

"그래. 쓸데없이 말이야. 용케도 그런 오물들을 거기까지 끌어들였더군. 구역질이 올라와서 혼났다고."

"그 오물들과 한바탕 판을 치렀나 보군. 그런 몰골로 그런 말을 하니 진정성이 팍팍 느껴지는군그래. 크하하하하하하!"

라쟈스는 조소를 흘리며 비꼬듯이 말한다. 확실히 스이메이의 몰골은 말이 아니었다. 상처라고 할 만한 상처는 보이지 않았지만, 긴 흑의는 여기저기 해지고 찢어지고, 선 자세나 미세한 움직임에서는 생기가 느껴지지 않는다. 거칠게 쉬는 숨소리에서도 체력 소모가 느껴지고 얼굴에는 희미한 칼자국도 있다. 역시 이곳까지 이르는 길에 상당한 고난이 따랐던 것일까.

라쟈스는 그런 스이메이의 모습을 보면서 여전히 재미있다는 듯이 묻는다.

"──그래서? 너는 어떻게 여기까지 왔지? 그 많은 놈들을 뚫고. 아니면 도망쳤나?"

"무슨, 막아서는 놈들을 걷어내고 왔을 뿐인데."

"호오, 그 꼴을 하고 잘도 지껄이는군."

다시 껄껄거리면서 비웃는 라쟈스. 그렇게 말한 스이메이의 모습은 부상자의 허세로밖에 보이지 않는 것일까. 확실히 이런 상황에서도 큰소리치는 모습은 지기 싫어하는 자의 허세로밖에 보이지 않았다.

"하나 묻지. 그렇게까지 해서 여기 온 이유가 뭐지?"

"새삼스럽게 그런 걸 따질 때는 아닌 것 같은데?"

"……설마, 거기 그 계집을 구하러 왔다고 말할 셈은 아니겠지?"

"그 설마가 사실이면?"

스이메이는 라쟈스의 물음에 그렇게 답했다. 여기까지 구하러 와주었다고. 자신에게 힘이 되어주기 위해 왔다고. 자신을 향해 뻗은 그 손을 뿌리쳤는데. 그러지 않아도 됐는데. 이제 어쩔 수도 없는데.

기백이 넘치는 스이메이를 본 라쟈스가 한 박자 늦게 폭소를 터뜨린다.

"뭐?! 크하하하하하하하!! 설마 진짜 그런 말을 하다니!! 이 상황에, 이런 계집을 구하러 왔다고?! 제정신이 아닌 모양이구나?!"

그래. 라쟈스의 말대로 제정신은 아니다. 그 마족의 군세를 넘어 이런 사지까지 찾아오다니 온전한 정신은 아닌 것이다. 이곳에 와서 무엇을 얻을 수 있단 말인가. 이곳에 인간이 바라는 것은 아무것도 남아 있지 않은데. 가진 모든 것을 잃게 될 뿐이데. 그런데 왜.

"이런 계집이 구할 가치가 있다고 생각하나? 목숨이 아까 워서 전투에서 도망치고, 아무것도 지키지 못한 계집이?"

"그래."

눈을 감고 고개를 끄덕이는 그는 지금 무슨 생각을 하는 것일까. 어리석은 행동이라고, 그렇게 내뱉어진 말을 긍정 하고, 스스로 어리석다고 인정하는 그 마음. 그런 그에게 라 쟈스는 또.

"후후—— 뭐가 널 그렇게까지 하게 만들지? 그렇게 다칠 필요 없이 이런 계집은 모른 체하면 그만 아닌가? 처음부터 없었던 것처럼 잊어버리면 그만 아닌가?"

"그럼 안 되지. 그러면 난 그녀를 구할 수 없거든."

"뭐——?"

예상치 못한 스이메이의 대답에 라쟈스가 눈썹을 찌푸렸 을 때, 그는 무언가에 도전하듯이.

"그리고 불행한 자를, 구원받지 못할 자를 구원하는 것이, 내가 믿는 길이다. 나는 그 길을 버릴 수 없을 뿐이야. 그러 니까——"

——그러니까 나는 이렇게 이곳까지 온 거야.

그래. 스이메이는 단호히 말했다. 구하기 위해서, 라고. 너와 싸우기 위해서, 라고.

결의에 찬 스이메이의 선전포고를 듣고, 라쟈스는 잠시 얼이 빠진 듯했지만 머지않아 숨을 한 번 쉬었다.

"하———"

라쟈스는 스이메이의 선전포고를 목청 높여 비웃었다.

"으하하하하하! 어리석군! 고작 그런 이유로! 그런 이유로 여기까지 왔단 말이냐?! 내 부하들을 쓰러뜨리고 이런 사지로! 그리고 뭐라고? 구원받지 못할 자를 구원한다?! 그런 쓸데없는 것을 가슴에 품고 여기까지 오다니, 멍청한 것도 정도가 있다!! 으하하하하!! 아이고———"

"그래서?"

"———?!"

라쟈스의 박장대소를 멈추게 한 것은, 스이메이가 내뱉은 차가운 한마디였다. 북단의 땅에 휘몰아치는 바람보다 훨씬 차가운 북풍이 모든 이의 심장을 얼어붙게 하고 웃음의 여운도, 천천히 숨을 삼키는 소리도, 이곳에는 필요치 않는 듯 앗아간다.

그리고 주변을 가득 메운 것은 소름 끼칠 정도의 한기. 물리적인 추위가 아니다. 그것보다 훨씬 강력한 한기를 불러일으키는 살을 엘 듯한 추위, 정신을 오그라들게 하는 냉기가 그곳에 있었다. 라쟈스의 기운으로 뜨겁게 달구어진 주변이 살얼음판으로 변한 듯하다. 그리고 그런 상황을 만들어낸 스이메이로 말하자면 자신의 결의를 비웃는 마성을 흔들림 없는 눈동자로 주시하고 있었다.

"……꼬맹이. 당장 그 눈빛을 거두어라. 마음에 안 드는군."

"네 말을, 들을 것 같아?"

"그럼 힘으로라도 듣게 해줘야지!!"

라쟈스의 입에서 나온 것은 주위에 있는 모든 것을 요동시킬 듯한 거대한 외침. 그와 함께 발생된 충격파로 인해 먼지와 모래, 돌멩이가 날아간 것도 잠시, 거대한 떡갈나무의 뿌리를 연상케 하는 손과 팔이 날아온다.

그리고 가로막는 것은 모조리 고깃덩이로 만들어버릴 듯한 그 팔에 대항한 것은 다른 곳에서는 한 번도 들어본 적 없는 그만의 고유한 영창이었다.

"Primum ex puintum excipio(성벽, 오중 전개)!!"

황금빛으로 빛나는 마법진 다섯 개가 방패를 만들 듯 뻗은 손을 기점으로 구성되어간다. 그려지거나 떠오르거나 깨진 파편이 원래의 형상으로 되돌아가듯 합쳐진다.

금색의 방위는 시기적절했다. 충돌하는 라쟈스의 주먹과 스이메이의 마법.

황금 불꽃이 튀고 이윽고 한계에 도달한 것인지 아니면 애초에 역할이 다른 것인지 두 번째 마법진이 튕겨져 날아가고 뒤이어 세 번째 마법진도 날아갔다.

"오, 오오오오오오오오!!"

"하아아아아아아아아아압!!"

마법진을 뚫고 스이메이를 쓰러뜨리려는 주먹과 금빛 입자를 날리며 고조되는 마력. 그 충격을 견디지 못하고 땅이 갈라지고 바람이 휘몰아친다. 이윽고 그것이 회오리 같은 기류를 생성하며, 격돌의 공포를 물들인다.

양자의 우렁찬 기합 소리가 교차하는 가운데, 네 번째 마법진이 회전했다. 그 직후——

"히익——?!"

스이메이에게 향해 있던 강대한 힘이 순식간에 뒤집힌다. 굉음을 자아내는 해일과 함께 라쟈스의 거대한 몸뚱이가 땅을 도려내며 비탈 너머로 날아갔다.

"쳇. 제5성벽(감쇠성벽)을 개입시켜도 이 정도밖에 안 날아가네…… 거참, 더럽게 세네…….."

어깨를 들썩이면서 시야 끝으로 사라진 라쟈스를 향해 욕을 하는 스이메이. 역시 그는 약해져 있었다. 지금까지 헤쳐 온 길과 지금 상대하고 있는 적을 합치면 무리도 아니다. 그때 그는 갑자기 이쪽으로 돌아섰다. 그리고.

"일어나, 레피르. 저 녀석을 무너뜨리자."

그는 자신을 향해서 그렇게 말한다. 함께 싸우자. 둘이서 맞서 싸우자, 라고. 협력을 구하듯—— 아니, 주저앉은 자신을 격려하듯. 한없이 진지하게. 자신을 바라보는 눈동자는 묘하게 빛나는 진홍색 안에서, 무엇보다 정직하고 눈부시다. 그 눈동자에 비친 열정은 새빨갛게 달궈진 쇳덩이와 같다. 뜨거운 눈이다. 신념을 절대 잊지 않는 남자의 눈.

하지만 자신에게는 그의 의지와 함께할 힘이 남아 있지 않았다.

그것은 조금 전 라쟈스에 의해 모두 소모되었으므로. 그러니까 자신은——

"무리야."

그래. 고개를 떨구고 포기할 수밖에 없었다.

"응──?"

"무리야. 녀석에게는 이길 수 없어. 너도, 나도. 우린 여기서 녀석의 손에 죽고 말 거야."

"어이…… 레피르, 어떻게 된 거야?"

당황한 스이메이는 그렇게 묻는다. 분명 그는 힘을 합쳐 싸울 수 있다고 믿었을 것이다. 둘이서 반드시 녀석을 무찌를 수 있다고.

하지만, 이제 다 틀렸다. 왜냐하면.

"라쟈스를 이길 수 없어. 저 마족은 너무 강해. 우리가 힘을 합친다 해도 이길 수 없어."

"싸워보지도 않고 그런 걸 어떻게 알아?"

"아니, 나는 알 수 있어. 라쟈스는 강해. 노시어스의 정예 부대도 녀석 앞에 무너졌어. 그런 녀석을 너와 나 단둘이서 무너뜨리는 건 불가능해. 가능할 리 없어. 이렇게 된 이상, 너도 나도 여기서 라쟈스의 손에 죽을 운명인 거야."

그렇게 정해진 거라고, 변하지 않는 운명이라고. 초연하게 내뱉은 말은, 그에게는 그저 심약함으로 들릴 것이다. 하지만 이것이 진실이다. 아무리 그 마음이 강하다 해도, 아무리 용기를 내려 해도, 강대한 힘 앞에서는 모든 것이 한낱 봄밤의 꿈에 지나지 않는다.

그런 자신의 모습을 본 스이메이는 어깨를 떨어뜨리고 눈을 감았다. 실망한 것일까. 움츠리고 있어 표정을 읽을 수 없지만, 분명 그런 것이리라.

"……그걸로 괜찮은 거야? 그런 결말로 끝나도 넌 정말 괜찮은 거냐고!"

"응. 어떻게 되든 상관없어. 모두 다. 다 관둘래. 나는 지쳤어."

"……그래."

목소리가 들린다. 깨달은 것일까. 이미 모든 것이 끝났다는 사실을. 더 저항해서 다칠 필요는 없다. 잠깐의 고통을 견디면 곧 편해질 테니까.

그리고 어느새 스이메이는 뒤돌아 서 있었다.

하지만 그것은 자신이 바랐던 모습은 아니었다. 흑의를 입은 그의 뒷모습은, 닥쳐오는 라쟈스의 위협에 맞선 모습이었다.

"스이메이?"

"그럼 나는 내가 하고 싶은 대로 하겠어. 레피르가 그렇게 생각한다면 내가 여기서 저 사악한 놈을 완전히 굴복시키면 돼."

스이메이가 내뱉은 말은 희망을 믿어 의심치 않는 말. 그 생각이 너무 무지해서 목소리가 거칠어졌다.

"무슨 소릴 하는 거야! 넌 라쟈스의 진정한 힘을 알지도 못하잖아! 라쟈스는 네가 무너뜨린 마족과는 차원이 다르다고!!"

"그렇겠지. 하지만, 여기서 내가 포기하면 레피르도 구할수 없고, 나는 내가 좇아온 것에 도달할 수도 없어."

그가 좇아온 것. 그것은 조금 전 라쟈스에게 선포한 그 다짐일까.

"구원받지 못할 자를 구원하기 위해서라고? 바보야! 이세상에는 불행해질 사람은 반드시 존재해! 언제든, 어디서든, 예외 같은 건 없다고!"

"그래도."

"그런 건 다 환상이야! 사기라고! 아이들 꿈에서나 나오는이야기란 말이야!"

"그래도."

"뭐가 그래도야! 그렇게 번지르르하게 꾸며진 말이 지금우릴 구해주기라도 한다는 거야?"

"그래도."

"……그런 건, 그런 건 절대 이루어지지 않아. 불가능하다고. 절대로……."

그래. 절대로. 이 세상에는 어디에나 굶주린 자가 존재한다. 슬픔으로 무너지는 자가 존재한다. 분노 속에 죽어가는자가 존재한다. 그리고 결코 살아남지 못할 자가 지금 이곳에 존재한다. 예외는 없다. 구원받지 못할 자는 반드시 존재한다. 반드시.

알고 있을 것이다. 분별이 있는 자라면. 현실을 직시한다면 그런 희망 따위 이미 옛날 옛적에 버려도 이상할 게 없는 환상이다.

　하지만 그래도 그는 잘 알아듣지 못하는 아이를 상냥하게 이해시키려는 듯 고개를 가로저으면서——

　"레피르. 그건 네가 결정하는 게 아니야. 누군가를 구할 수 있느냐 없느냐는, 지금까지 내가 걸어간 길 끝에서 발견할 거야."

　"그런 걸 좇아서 뭘 어쩌겠다는 거야. 그런 불확실하고 애매한 거. 그런 걸 좇으면 그냥 발견하지 못하는 걸로 끝날 것 같아? 그 끝에 있는 건 말이야. 희망에 배신당한 자의 절망뿐이야."

　"그럴지도."

　"그럼——"

　"하지만, 나는 뒤돌아보지 않을 거야. 그렇잖아? 뒤돌아본 곳에 내 꿈은 존재하지 않아. 꿈을 포기한 길 끝에, 그날 맹세한 나는 존재하지 않아. 그러니까——"

　——그러니까. 지켜봐. 내가 꿈꾸는 희망을. 그 희망을 추구하는 지금의 내 모습을.

　"아——"

　지켜봐, 라고. 단호히 말하며 레피르의 주장을 물리친 그 모습은 어째서 그토록 눈부신 것일까. 분명 그것은 지금껏 누구도 본 적이 없는 영혼의 빛이었다.

　날아갔던 라쟈스가 돌아온다. 땅을 발로 밟아 깨뜨리면서. 그 형상은 분노로 가득 차 있으며, 눈빛으로 쏘아 죽이겠다는 듯, 눈의 초점은 정확히 스이메이를 향하고 있다.

"꼬맹이, 네가…….."

"얌전히 날아가 있으라고. 악마 같은 놈아."

"닥쳐라아아아아앗!!"

그 포효에 발맞춰 라쟈스의 손바닥 안에 고여 있던 기운이 급속도로 커진다. 검정이 검정을 집어삼키고 주위에 빛바랜 보라색 그림자를 늘어뜨리면서. 노시어스의 요새를 날려버리고 조금 전 이곳까지 황무지로 만든, 라쟈스의 그 기술이다.

"이걸로 그 계집과 함께 사라지는 게 좋을 거다!"

이제 끝이다. 이것으로 끝. 자신에게는 더 이상 정령의 힘은 남아 있지 않으므로 저 힘을 감당해낼 수 없다. 저 힘에 대항할 수 있는 마법 역시 이 땅에 존재하지 않는다. 그러니까 이제.

"스이메이…… 이제 됐어…… 그만 포기하자…….."

변하는 것은 아무것도 없을 텐데 스이메이는 분명히 들렸을 레피르의 말을 무시한 채, 마치 그 힘을 시시하다고 말하는 듯 주문을 외웠다.

"Non amo munus scutum omnes impetum invictus(나의 방패는 방패가 아니니. 어떤 공격 앞에서도 더욱 견고한 것. 어떤 포화 속에서도 흔들림 없는 것)."

주문의 영창에 맞추어 커지는 마력. 금색의 마력광이 주위의 어둠에 저항하듯 가득 번지고, 빛이 회오리처럼 회전한다.

"Invincibility immobilitas immortalis cumque mane surrexissent castle(결코 무너지지 않는 부동의 반석. 그것은 별의 숨결을 모아놓은 황금빛으로 장식된 견고한 성. 그 이름은)."

이윽고 황금빛은 각자의 역할을 수행하려는 듯 수 갈래로 갈라져 정해진 곳으로 뻗어나가고, 발광하는 금빛 번개로 그 형상을 갖추어간다. 착착, 하고 무엇인가가 서로 맞아드는 소리가 들리기 시작하고——

"Firmus congrega aurum magnalea(나의 견고함. 현란한 금빛 요새)!"

스이메이가 외친 마지막 말과 함께 마법진이 겹쳐진다.

마법진이 구축되는 것과 동시에, 어둠이 모든 것을 앗아갈듯 주변의 경치를 집어삼켰다.

"————크윽!!"

……이것으로 끝이었다. 모든 것이, 다. 라쟈스의 공격 앞에 육체도 영혼도 어둠 속으로 빨려 들어가 사라질 것이었다.

그런데—— 끝이 아니었다. 피할 수 없는 죽음을 예감하며 감은 두 눈. 그 눈을 뜨자, 멀쩡한 자신과 스이메이가 이곳에. 이곳에서 확실히 생명을 이어가고 있었다.

이윽고 모래 먼지가 걷히고, 그곳에 경악을 하고 서 있는 것은 자신뿐만이 아니었다.

"이, 이럴 수가……?! 요새도 날려버린 나의 힘이 대체 왜, 왜, 듣지 않는 거지?!"

경악에 찬 목소리가 울려 퍼지는 가운데, 주위를 둘러보니 그곳에는 숨이 멎을 듯한 광경이 펼쳐져 있었다.

주위에는 영역을 형상화한 기하학무늬와 문자와 숫자. 그것을 에워싼 금빛의 마력광. 땅에 그려진 마법진에는 시계의 시침과 초침 같은 것이 그려져 있고, 다른 마법진은 주위의 공간을 보호하듯 펼쳐져 있다. 크고 작은 마법진, 조금 전에 봤던 마법진도 분명히 이곳에 있다. 어느새 자신들은 여러 개의 금빛 마법진 속에 둘러싸여 있었다.

그래. 그것은 마치 마법진의 성벽에 둘러싸인 요새 같았다——

"홋—— 내 금빛 요새를 하찮은 것과 비교하지 마라. 이건 저쪽 세계의 군사기지를 본뜬 것. 뚫고 싶었으면 적룡후(赤龍吼)의 배의 위력으로 덤볐어야지."

"저쪽 세계, 라고……? 너는, 설마……."

"홋—— 그런 건 네가 상관할 바가 아니지!"

스이메이가 오른손을 뻗자 그 안에서 순식간에 은빛을 띤 검이 구축되고, 라쟈스의 당황한 목소리와 함께 흙먼지와 여진을 모두 날려버렸다.

"이 자식이이이이이이이이이!"

마침내 라쟈스도 그를 강적으로 인식했는지 그를 향해 맹렬히 덤벼든다. 공격을 기다리는 것은 스이메이. 방어의 성채를 마력으로 없애고, 칼끝을 세우고 돌진한다.

한편 라쟈스의 전투 방식은 단순하다. 하지만 민첩하고 강력하다.

……라쟈스는 저토록 거대한데, 인간 따위는 스치기만 해도 다진 고기로 만들어버릴 텐데. 하지만 스이메이는 이 싸움을 근접전으로 끌고 갔다.

다가온 죽음. 그 느낌은 틀림없다. 하지만 그렇다 해도 스이메이의 기세는 약해지지 않는다.

라쟈스의 무차별적인 공격을 피해 마력을 담은 은색 검으로 맞서 싸우면서 단어를 엮어 마술을 행사한다. 그 주먹에 한 번만 맞아도 치명타리라. 힘겨운 전투였지만 그에게서 비창감은 느껴지지 않는다. 마음속에 품은 뜨거운 다짐이 원동력이라고 말하는 듯, 그의 등은 철심이 박힌 듯 견고하다. 꺾이지 않고 굽힘이 없는 그 모습은 이곳에 있는 누구보다도 강하다.

마족의 기운이 살과 옷을 스칠 때마다 스이메이의 얼굴과 몸에는 작은 상처가 늘어간다. 그래도 멈추지 않는다. 소년의 용맹스러운 외침이, 밀려오는 공포를, 마음을 위축시키는 기백을, 모든 것을 튕겨내고 뚫는다.

……그가 상처투성이의 몸으로 치열한 전투를 벌일 때, 열정에 취해 있을 때, 문득 정신이 들었다.

————자신은 대체 무엇을 하고 있나, 라고.

"아……."

그가 저렇게 싸우는 동안 그 뒤에서 모든 것을 포기하고 내던져 버리고 그의 말을 부정하고 지금, 무릎을 꿇고 있다. 그저 보고 있을 뿐. 아무것도 할 수 없다고 단정하고 지켜볼 뿐. 어느새 자신은 그러고만 있었다.

"…………."

보이는 것은 저 등. 외곬 같은 등. 그리고 부조리한 세상에 눈물짓는 모든 이들이 행복해지기를 바라는 소년의 뜨겁고 두터운 마음, 그 눈부신 빛이다.

구원받지 못할 자를 구원한다. 그렇게 말할 수 있는 결의. 그 모습에 매료당했으면서, 이대로 아무것도 하지 않아도 괜찮은 걸까——

스이메이의 몸이 라샤스의 주먹에 튕겨져 자신의 앞까지 날아온다. 만신창이가 된 몸. 하지만 일어서는 힘도, 맞서는 패기도 전혀 약해지지 않았다. 그리고 강하게 땅을 딛고 선다. 아직 지지 않았다고. 그렇게 말하는 듯이.

어느새 자신은 그런 그에게 말하고 있었다.

"스이메이…… 너는, 왜 그렇게까지……."

왜 그렇게까지 하는 것이냐고, 그렇게 묻자 그는 여전히 정면을 주시한 채 잘라 말했다.

"너를, 지키고 싶으니까."

"_____"

그의 말을 듣자 잊고 있던 무언가가 되살아난다. 찢어진 마음의 중심에 있던 그 뜨거운 마음이.

"너도 알잖아? 너도 지키고 싶은 사람이 있잖아. 목숨을 걸어서라도 지키고 싶은 사람이 있으니까 여기까지 온 거잖아?"

"아―――"

지키고 싶다. 그래. 그가 가진 생각도, 자신과 같은 신념인 것이다. 그래서 그는 다쳐도 포기하지 않고 여기 이렇게 서 있는 것이다.

그런데 자신은 이대로 포기해도 괜찮은 것일까. 아니, 괜찮지 않다. 자신은 그런 결말 따위 바라지 않는다. 바란 적 없다. 다시 한 번 자신의 꿈을 향해 달려가고 싶다. 결코 멈추지 않는, 자신과 똑같은 생각을 가진, 그처럼.

……소년이 다시 거대한 적을 향해 돌진한다. 자신의 신념을 밀고 나가기 위해서.

그것을 깨달았을 때에는 이미 가만히 있을 수 없었다.

"나는―――"

그러니까 다시 한 번, 이라고. 다시 한 번, 자신에게 싸울 수 있는 힘을 달라고. 고통을 견디며 피투성이가 된 채로, 꼴사나운 모습으로, 지금 여기서 간절히 빈다.

"우리의 여신 아르주나여. 아무것도 바꿀 수 없었던 나에게, 혼자서는 변할 수 없는 나에게, 지금 단 한 번만 변할 수 있는 용기를 주소서. 바라건대 단 한 번만 더, 단 한 번만 더 나에게―――"

그것은 간절한 바람이며 희구의 말이었다. 자신을 북돋우고 다시 검을 잡기 위한 부활의 축사. 하지만 여신은 결코 도와주지 않으리라. 알고 있다. 그녀는 이 세상에 존재하지 않으니까. 지금은 그저 지켜볼 뿐인 존재니까. 그러니까 이 것은 자신이 변하기 위한, 자신을 위해 걸어본 말에 불과한 것이다.

그리고 눈을 떴을 때, 자신의 몸은 전에 없던 힘으로 충만해 있었다. 무릎을 꿇고 포기했던 것이 거짓말이었던 것처럼, 조금 전까지 마음을 점령하고 있던 나약함은 이미 어디에도 존재하지 않는다.

그런 힘을, 극복할 수 있는 용기를 준 이는 다름 아닌 눈앞에 있는 소년이다. 신념을 밀고나가는 것을 가르쳐주었기에, 몸소 보여주었기에, 일깨워주었기에, 자신은 지금 다시 일어설 수 있다.

떨어뜨린 검을 다시 잡고, 두 손으로 있는 힘껏 휘두른다.

칼이 일으킨 바람이 붉은 바람이 되어 스이메이와 라쟈스 사이를 가로질렀다.

"하앗── 이 계집이?! 대체 어디서 그런 힘이?"

"레피르……."

다시 일어선 자신을 맞이한 것은 경악한 얼굴과 기뻐하는 얼굴. 그것이 누구의 얼굴인지 굳이 설명할 필요는 없다.

정령의 힘을, 지금 발휘할 수 있는 모든 힘을 해방한다. 붉은 바람, 전쟁과 불빛의 정령 이샤크토니의 적신(赤迅)에 응하듯이, 모든 바람이 진홍빛으로 물들어간다. 갑자기 불어닥친 돌풍에 라쟈스가 버티지 못하고 뒤로 물러났다.

"크, 크윽…… 이건."

바람을 피하려 팔로 얼굴을 막는 라쟈스. 그런 마족에게 검을 겨누고 결연하게 내뱉는다.

"……라쟈스. 너도 두 눈으로 똑똑히 봐두는 게 좋을 거다. 이것이 너희 마족을 멸할 힘. 여신의 신자, 정령의 힘이다."

"뭐가 멸할 힘이라는 거냐! 죽는 게 두려워 도망친 계집 주제에!"

"──닥쳐라……. 나는 더 이상 도망치지 않아. 지금의 나로 살기 위해서! 무엇으로부터도, 누구로부터도, 이 운명으로부터도!"

"이 계집이! 잘도 지껄였겠다아아아아아아아!"

절규하며 공격하는 라쟈스에 대검과 적신으로 맞선다. 강력한 기운이 깃든 팔과 주먹을 뻗어 오지만, 이번만큼은 튕겨나가지 않는다. 참격에 붉은 바람을 감아 비스듬히 검을 후려쳐 라쟈스의 주먹을 튕겨낸다.

"커헉, 뭐, 뭐지?! 조금 전과는 완전히……."

다른 것은 당연하다. 나약한 자신은 조금 전에 죽었다. 그러니 지금 여기 있는 것은 새로운 자신이다. 조금 전까지 자신을 압도했던 공격은 통하지 않는다. 그리고 네 녀석에게 그런 말을 할 여유는 없다──

"하아아아아압!!"

곤혹스러움을 들어줄 귀는 없다는 듯 검을 휘두르는 손에 더욱 힘을 준다. 이미 조금 전과는 딴판이었다. 속도에서도 뒤지지 않고 공격 횟수 또한 이쪽이 많다. 공격의 위력 역시 간단히 꿰뚫을 수 있다.

당황한 것일까. 라쟈스는 팔을 마구 휘두른다. 그것은 막무가내며 정확도가 떨어지는 공격이었지만, 라쟈스는 운 좋게도 절호의 순간, 이쪽의 급소를 포착했다. 당한다면 물론 그냥 끝나지는 않는다. 하지만 그것은 어디까지나 당한다면의 이야기.

──그래서 자신은 주위에 가득 찬 빛의 색깔과 같은, 적신이 되었다.

그 움직임은 누구도 끝까지 보지 못했으리라. 붉은 바람은 그림자조차 남기지 않고 모든 속도를 능가한다. 그 민첩함은 실로 경이롭다. 마치 순간 이동이라고 착각할 만한 속도로 라쟈스의 등 뒤에 미끄러지듯 이동했다.

"이년이, 어느새──"

눈치를 채고 뒤돌았을 때에는 이미 늦었다. 실체화를 마친 것과 동시에 후려친 참격이 라쟈스의 가슴을 정확하게 베었다.

"커흡, 크아아아아아아아!"

라쟈스의 바위 같은 가슴이 갈라진다. 치명상까지는 아니었지만 그 상처에서는 자신을 괴롭혔던 마족의 힘의 원천이 증기처럼 뿜어져 나왔다.

이것이, 절호의 기회──

"갈라 바르나(바산)!!"

대검을 머리 위에서 휘둘러 온 힘을 다해 전광석화 같은 일격을 가한다. 자신의 자세가 땅에 엎드리는 것으로 착각할 만큼 낮아진 것과 동시에, 주변 일대에 가득 찬 적신이 그 참격을 모방하는 듯 거대한 참격으로 변해, 대지를, 하늘을 마구 베어나갔다.

그리고 증기 같은 힘의 원천에 감싸인 라쟈스에게 적중했다── 그런데.

"끈질기네."

바산의 공격을 받은 라쟈스는 아직 건재했다. 온몸이 칼에 베이고 몸에서는 거무튀튀한 증기가 솟구치고 있지만 분명히 서 있다. 스이메이의 공격에 이어 자신의 공격까지 받았는데, 이 마족은 대체 얼마나 강한 것일까.

"크흡……!!"

공격에 지쳐 초조로 얼굴을 일그러뜨리고 있는데, 라쟈스가 갑자기 크게 뒤로 물러난다.

무슨 속셈일까 하고 잔뜩 긴장하는데, 그 거대한 몸이 뒤돌아섰다.

설마, 이제 와서 물러나겠다는 것일까.

"무슨── 거, 거기 서!!"

"……승부는 다음으로 미루어두지. 노시어스의 검객."

이대로는 불리하다고 판단한 것이리라. 분하다는 듯 그렇게 뇌까린 라쟈스는 탈출을 시도한다. 아직 남은 힘이 있었는지 날아오른 모습은 눈 깜짝할 사이에 저 멀리 멀어져갔다.

"하아아아아아아아아!"

그 뒷모습을 통째로 베어버리겠다는 듯이 다시 한 번 라
쟈스를 향해서 바산의 공격을 퍼붓는다. 하지만 붉은 바람
은 라쟈스의 속도에 미치지 못한다. 적신이 미치지 못하는
곳에서는 거리가 벌어질 때마다 힘이 감쇄하여 평범한 바람
으로 변해 사라졌다.

——놓쳤다. 그 거리에서는 무슨 수를 써도 닿지 않는다.
라쟈스처럼 하늘을 날 수 있다면 이야기가 달라지겠지만 자
신에게 그런 능력은 없다.

그래서 여기까지였다. 스이메이, 그 덕분에 여기까지 올
수 있었는데, 도움을 받았는데, 무너뜨려야 할 적을 반드시
무너뜨려야 할 장소에서 이렇게 허무히 놓쳐버리다니.

"젠장……."

결판은 다음으로 미루어졌다. 여기까지 와서 이렇게 찝찝
하게 끝을 맺다니. 딱 한 걸음이면 되었는데. 조금만 더, 아
주 조금만 더 자신이 녀석을 능가했더라면. 어쩌면.

——실의에 잠겨 입술을 깨문 그때였다.

느닷없이 등 뒤에서 마력의 기운이 높아진다. 아니, 높아
진다는 미적지근한 표현은 적합하지 않다. 이것은 마력이
폭발적으로 증대할 때 생기는 강력한 파동. 그것을 일으키
고 있는 자는 물론——

"스, 스이메이……?"

이 소년의 마력에는 바닥이 없는 걸까. 마족의 대군을 물리치고 라쟈스의 힘을 방어하고 녀석과 싸우고도 아직 그 힘이 다하지 않은 걸까. 그는 그대로 힘을 끓어 올린 채로 걸어온다. 천천히, 유유히 활보하듯이. 머지않아 자신의 옆에 나란히 섰다.

그리고 울려 퍼지는 마술사의 목소리.

"Abreq ad habra(죽음이여, 그대는 나의 천둥 앞에 멸하리⋯⋯)."

⋯⋯붉은빛을 띤 거대한 칼바람이 등 뒤에서 평범한 바람으로 전락한다. 위험했다. 설마 저 계집이 그 틈에 다시 일어서다니. 아니, 그뿐 아니라 그 전보다 훨씬 세지다니. 무슨 일이 있었는지는 모르지만 전부 그 마법사 때문인 것이 틀림없다. 쓰라린 후퇴를 경험하며 이를 간다.

"이 굴욕은 잊지 않겠다, 인간 놈들. 이 상처가 아문 뒤에 반드시 되갚아주겠어⋯⋯."

분노에 사로잡혀 그렇게 뇌까린 라쟈스는 더 높은 곳을 향해 날아오른다.

'⋯⋯이 상처로 적란운을 통과하는 것은 위험하지만, 어쩔 수 없지.'

바라보는 곳은 이제부터 자신이 가야 할 퇴로. 이대로 저공비행을 하다가는 추격을 당할지도 모른다. 상대적인 거리를 감안하면 있을 수 없는 일이라고 생각하지만 지금은 그 역전극이 벌어진 뒤. 구름을 통과하면 확실히 몸을 숨길 수 있다.

분하지만 저 계집의 반격으로 상당한 타격을 입고 말았다. 이 몸으로 적란운으로 뛰어들면 그냥은 끝나지 않으리라. 하지만 지금은 그런 것을 신경 쓸 겨를이 없다. 돌아갈 수 있는 방법은 이것뿐이다.

──그래. 그렇게 적란운을 뚫어야 한다는 생각으로 걱정할 때였다.

"뭐지……?"

그것을 눈치챈 것은 마침 하늘을 올려다본 그때.

생각지도 못한 전개에 머릿속이 새하얘진다. 그래──

적란운이 없다. 하늘 그 어디에도.

"──?!"

너무 놀란 나머지 주위를 두리번거린다. 있어야 할 것이 없다. 천둥을 동반한 적란운이. 요란했던 천둥이. 조금 전까지 분명히 있었는데. 잘못 봤나 하고 뚫어지게 쳐다보지만 적란운은 보이지 않는다. 별빛이 가려진 구름 낀 하늘이 보일 뿐이었다.

조금 전부터 분명 천둥소리가 들렸다. 전투가 한창일 때도 시끄러울 정도로. 그렇다면 대체 어떻게 된 건가. 왜 적란운도 없는데 천둥소리가 났단 말인가.

그때 문득 아래를 내려다보았다.

"아니…………?!"

그리고 발밑에 펼쳐진 그 참상에 아무 말도 나오지 않았다.

시선의 끝. 그곳에는 숨이 멎을 듯한 광경이 펼쳐져 있었기에. 분명 평원이 펼쳐졌던 산기슭과 숲 속. 그곳에 집결시켜두었던 군대는 온데간데없고 그 대신 그곳에 있는 것은 끝없이 불타오르는 불꽃과 용기, 함몰된 대지였다. 영원히 녹지 않는 얼음 속에 갇힌 것, 산과 독이 깔린 무시무시한 부패의 바다에 언제까지고 끓어 녹는 것, 그리고 땅에 남아 있는 권속 같은 존재의 그림자. 무엇보다 경악스러운 것은 그 잔해조차 부하의 총수와 맞지 않는 다는 사실이다.

　끌고 온 군세의 대부분이 그 장소에서 거짓말처럼 사라지고 없었다.

　"무, 무슨 일이 일어난 거냐……."

　이런 일이 일어날 리가 없다. 설령 인간이 군대를 파견했다 해도 이런 참상은 절대로 만들지 못한다. 그것은 노시어스에서 벌인 전투로 잘 알고 있다. 하지만 지금 이곳에 이런 참상이 벌어졌다면 틀림없이 그렇게 만든 장본인이 있을 터──

　있다면 그것은, 그래.

　──막아서는 놈들을 걷어내고 왔을 뿐인데.

　귓가에 대고 속삭인 듯이 또렷이 되살아나는 남자의 말. 그 말이 눈 아래의 참상과 연결되어간다.

　그래. 그 남자가 저곳에 도착하기 전에 반드시 부하들이 그의 앞길을 막아섰을 터다. 그렇다면 그 남자가 말했던 '막아서는 놈들'은, 그 남자의 앞에서 길을 가로막은 존재, 부하라는 것이 된다. 그렇다면 무엇이란 말인가. 거침없이 돌진하는 그 남자에게 부하들이 차례로 밀어닥치는 광경이 눈에 보일 듯 선명히 떠오른다.

그렇다면 그 남자는 **막아서는 놈들 전부**를, 용사를 무너뜨리기 위해 끌고 온 군대를, 오직 혼자서 물리치며 왔다는 건가——

"이런 일이, 혼자서 일만이 넘는 대군을 격파하다니⋯⋯."

그런 생각들로 등줄기가 서늘해진 그때, 귀를 찢을 듯한 굉음이 등 뒤에서 울려 퍼졌다.

말도 안 된다. 적란운은 이곳에 존재하지 않는단 말이다. 그렇다면 어째서 그런 소리가 등 뒤에서 나는 것일까.

"설마⋯⋯."

그래. 곰곰이 생각하면 자신은 이곳에 와서 적란운을 보지 못했다. 천둥소리가 나서 있을 것이라고 생각했을 뿐. 그러니까 애초에 적란운이 존재하지 않았다고 한다면.

"설마⋯⋯."

저 천둥과 굉음이 전부 다른 요인 때문이라고 한다면.

"설마⋯⋯!"

그래. 등 뒤에서 울려 퍼지는 그 소리는 조금 전부터 시끄러워서 견딜 수 없었던 천둥소리와 완전히 똑같은 소리. 그러니까——

뒤돌아본 그곳에 여태껏 품어온 의문의 해답이 있었다.

지축을 뒤흔들 정도의 굉음과 함께 창백한 한겨울의 천둥이 하늘로 거꾸로 떨어지듯, 어두운 하늘을 위협하면서 원과 도형과 문자를 그려나간다.

이윽고 완성되는 거대한──아니, 원대한 마법진. 원의 곳곳에 중간 규모의 마법진을 배치하며 그려진 그것은, 실로 엄청난 마술을 내뿜기에 적합한 규모.

그리고 그 중심에 서 있는 것은 그 남자. 자신을 마법사라고 칭한 그 인간이었다.

……천둥이 땅을 부수고 바람이 비명을 지른다. 모든 것을 무작위로 파괴해간다. 남자를 중심으로 생성되는 힘이 모래와 돌멩이를 날려버리고 숯으로 변해 사라졌다.

여파다. 저것은 여파. 마법을 구성하는 힘, 그 힘이 너무 강력한 탓에 그 여파가 주위의 사물을 끝도 없이 유린하는 것이다. 천둥이 주변을 유린하는 것도, 폭풍의 중심 같은 돌풍이 국지적으로 일어나는 것도, 전부 앞으로 일어날 현상의 아주 작은 전조에 불과한 것이다.

"저, 저게 전조……? 이건, 말도 안 돼──"

──그래. 마장 라쟈스는 알 도리가 없다. 아브라=메린 아브라함의 마술 계통. 흔히 성스러운 마술 또는 신성 마술이라 불리는, 성수호천사의 힘을 빌려 악마를 격퇴, 퇴산, 사역하기 위해 만들어진 것들 가운데 가장 유명하며 가장 강력한 힘을 지닌 마술── 아브라크아드하브라(그대의 천둥을 죽음에 퍼부어라). 세상에서 가장 유명한 스펠, 아브라카다브라. 이것은 그 원형을 현대 마술 이론에 의해 공격성 마술로 전화한, 야카기 스이메이가

보유한 대악마, 대사령용 마술 중 최강의 한 수다.

아지랑이 속에서 나타나듯 남자의 등 뒤에서 여자의 형체가 드러난다. 인간 여자를 본뜬 그 모습에서는 생명적 근원은 전혀 느껴지지 않는다. 흰색과 회색 사이에 존재하는 무기질적인 색으로 빚은 조각처럼. 성스럽지도 않지만 불길하지도 않다. 하지만 무시무시한 힘이 느껴진다.

"아아아아아아아아아아아아……"

그 조각이 입을 한껏 벌리고 더욱 크게 소리를 질러 천둥의 기둥을 하늘로부터 불렀다.

……저런 것은 들어본 적이 없다. 저런 인간 따위. 이것은 모르는 힘. 미지의 힘. 저런 힘은 이 세계의 인간이 가질 수 있는 것은 아니며, 설령 저 남자가 이세계에서 불려 온 용사라 할지라도 그것은 불가능하다. 용사는 여신의 힘을 받아 소환되는 존재다. 결코 저런 능력을 가질 수 없다.

그래. 용사는 보통의 인간을 훨씬 뛰어넘는 힘과 엘리멘트의 절대적인 가호를 받고 소환되는 존재. 하지만 저 남자에게는 그것이 없다. 그러니 있을 수 없는 일이다. 저것은 엘리멘트의 가호를 받지 않은 마법. 조종할 수 없는 사상을 조종하고, 현상을 다스리고, 여신이 창조한 세계를 멋대로 고쳐 쓰고 있다. 지금 눈앞에 존재하는 저 천둥도, 무엇보다도 신성하며 무시무시하다. 그런 힘, 그런 능력이 있다는 말은 들어본 적이 없다. 그런 말도 안 되는 힘을 다루는 인간은 이 세계에는 존재하지 않는다. 절대로. 그렇다면, 저 남자는, 대체.

——**마술사**, 야카기 스이메이.

"마술사…… 라고? 뭐지 그건?! 저 남자는, 마법사가 아닌 건가?!"

주위에 수천 갈래로 뻗은 천둥이 요란한 소리 끝에 잔향의 여운을 남기고, 집적된 마법진의 중심점에 모여든다. 끝없는 조각의 절규. 지평선 끝에서 하늘 끝까지 온 세상을 가득 메운 새파란 명멸. 시선 끝에는 마찬가지로 경악으로 혼이 나간 계집의 얼굴과, 굳은 의지를 비치는 얄미운 남자의 진홍색 눈동자가. 그리고 피할 수 없는 죽음의 기운——

"젠자아아아아아아아아아아앙!!"

——자, 인간의 탄식을 꿀처럼 빨아먹는 악의여. 우리들 결사의 마술사가 좇는 숭고한 염원 앞에 썩어서 사라져라.

남자의 입술이 그렇게 움직이는 것이 또렷이 보였다.

그 직후, 마법진의 중심에 손가락을 댄다.

귀를 먹먹하게 하는 천둥소리가 빠르게 지나가는 그 찰나, 동심원을 그린 마법진의 빛 안에 모인 수천 갈래의 빛줄기가 오직 하나의 거대한 기둥이 되어 온 시야를 가득 채운다.

그곳에 자신들이 신봉하는 사신의 어둠은 조금도 존재하지 않는다. 결코, 어디에도.

이윽고 마장 라쟈스는 자신이 내지른 분노 섞인 절규와 함께 성스러운 천둥이 만들어낸 빛의 줄기 속으로 꼼짝없이 빨려들어 갔다.

에필로그

"이제, 지쳤어."

어둠 저편으로 사라져가는 천둥의 명멸을 눈으로 좇으면서 스이메이는 그 자리에 대자로 뻗었다. 등으로 딱딱한 지면의 감촉을 고스란히 느끼면서 거칠어진 호흡을 고른다.

이번에야말로 모든 것을 다 쏟아부었다. 마족의 힘을 파악하는 한편 가능한 한 전투력을 소모시켜야 했다고는 하나, 마족을 전부 쓰러뜨리며 온 것은 상당히 무모했는지 모른다.

더군다나 라쟈스와의 전투와 마지막 아브라크아드하브라까지.

라쟈스는 가공할 만한 위력을 지녀서 이쪽의 마술이 제대로 먹히지 않았고, 결국은 자신이 다루는 신성 마술 가운데 최강의 카드를 꺼내야 할 상황이었다.

하지만 마력이 하나도 남지 않았다는 것은, 분명히 말해 가망이 없다는 뜻이다.

스이메이는 그런 생각을 하면서 라쟈스가 사라진 하늘을 쳐다본다.

"……운이 좋았다는 건가."

솔직히 마족에게 통하는 마술이 신성 마술인 것은 뜻밖이었다. 레피르와의 대화로 녀석들이 사신이라는 악과 관련

되어 있다는 사실을 알게 되어 혹시나 했는데── 정답이었을 줄이야. 어둠은 빛에 약하다거나 사악한 것은 성스러운 것에 굴복한다는 것은 당연한 이야기라고 생각할 수 있지만, 그것은 마술사인 자신에게는 맹점이었다. 마족이 곧 사악이라는 단순한 억측을 피하고 이쪽 세계의 마법이 가진 특별함에만 초점을 맞추었던 것이다. 그래서 그것을 깨달은 것이 그 불쾌한 기운과 접촉했을 때고, 답이 나온 것이 숲 속이었으니, 첫 전투로부터 꽤 시간이 지난 뒤였다.

마술사로서의 사고, 순리나 생물적인 함정, 개념적인 약점을 찾으려 했기에 그런 단순한 사실을 깨닫지 못한 것은 어떤 의미로 너무 얄궂은 일이다.

하지만 효과가 있는 것이 신성 마술이라서 다행인 것도 사실이었다. 만약 마족에게 효과가 있는 마술이 이 세계에 있어서 효과가 옅어진 마술이었다면 라쟈스를 상대로 상당히 불리한 국면을 맞이했을 것이다.

유대의 비밀 의식인 카발라에서 그노시스주의로 이어져 현대에서는 대악마, 사령용으로서 아브라=메린 아브라함의 마술 계통으로 분류된 마술을 어레인지한 것이 이 신비다. 마술의 특성상 악에만 효과를 발휘하며, 일정량 이상의 힘을 발휘하려면 강신술로 나타낸 성수호천사를 반 빙의시켜야 하기 때문에 행사하는 데 어느 정도 시간이 걸리지만, 지구에 존재하지 않으면 효과가 떨어지는 마술, 이를테면 점성술이나 저쪽 세계의 사물이나 지형을 필요로 하는 마술과 달리 장소에 대한 제한이 거의 없다.

외각 세계라는 세계와 세계 사이에 존재하는 공동(空洞). 텅 빈 공간에 존재하는 구별되지 않은 순수한 힘—— 즉 에테릭, 그리고 모나드로부터 어느 정령의 범주에도 속하지 않는 유일 정령인 성수호천사를 구성하고 나타내, 체계화된 마술을 행사하는 기법이기에 이 세계에서도 무리 없이 다룰 수 있었다.

최대의 힘으로 시도한 마술이 통한 것은 다행이었다. 자신이 행사한 마술 위력의 절대치가 라쟈스의 힘을 웃돈 것도 뜻밖의 행운이었다고 해야 할까.

하지만 마족에게 나누어진 사신의 힘. 만일 그것을 라쟈스보다도 강하게, 그리고 많이 보유한 마족이 있다면 간단히 끝나지 않으리라.

"……나크샤트라. 뭐, 엮일 생각은 없지만."

그 필두인 것은 분명 마왕 나크샤트라. 그인지 그녀인지 알 수 없는 베일에 가려진 민폐덩어리 마족장은, 단순히 생각해서 라쟈스보다 더욱 강력한 사신의 힘을 하사받았을 터다. 엮일 생각은 없지만 만에 하나 맞닥뜨리게 될지도 모르고 다른 마장이 라쟈스보다 강할 가능성도 있다. 만에 하나의 경우도 염두에 두고 대책을 세워야 한다. 앞으로의 일을 생각하면 머리가 지끈거린다.

여전히 거친 숨을 쉬면서 한숨을 쉰 스이메이에게 옆에 있던 레피르가 말을 건다.

"스이메이. 고마워. 네가 와준 덕분에 살았어."

"무슨. 늦게 도착해놓고 그런 말 들으니까 좀 민망하네."

레피르가 고맙다고 말하자 스이메이는 솔직한 마음을 털어놓는다. 최초로 마족과 상대했을 때부터 주저한 것은 부정할 수 없다. 자신의 마음이 굳건했다면 늦는 일도 없었다. 그리고 물을 것도 없는 이야기지만.

"……상대 사람들은 역시?"

"……응."

"그렇구나."

그녀의 우울한 목소리가 그 대답이었다. 이곳에 도착했을 때의 참상을 돌이켜보면 짐작할 만한 사실이지만, 전멸이라니. 가지 말라고 그녀를 붙잡고, 마족에게 조종당한 모험자가 나온 시점에서, 무사할 것이라는 기대는 접었다. 그런 자신이 할 말은 아니지만 그래도 함께 했던 동료다. 유감스럽게는 생각한다.

돌이켜보면 레피르를 쫓아서 숲으로 들어선 그곳이 갈림길이었을지 모른다. 그때, 자신이 상대 사람들을 좀 더 능숙히 설득할 수 있었다면, 레피르를 상대에 머물게 할 수 있다면, 어쩌면 조금 더 괜찮은 결과가 되었을지도 모른다.

물론 모든 것이 때늦은 이야기라고는 생각하지만…….

"……스이메이. 너무 마음 쓰지 마. 내가 할 말은 아니지만, 상대 사람들이 죽은 건 네 잘못이 아니야."

"그렇게 말해줘서 고마워. 그런데 나보다 레피르가 더 신경 쓰고 있는 거 아니야?"

"그, 그건."

역으로 질문당하자 그녀는 당황한 듯 그렇게 말했다. 곧이어 적막한 기운이 주변을 감싼다. 역시 신경 쓰고 있는 것이다. 신경 쓰이지 않을 리 없다. 그녀는 지키고자 했던 자들을 지키지 못한 것이다. 늦은 것인지, 늦지 않게 왔지만 구하지 못한 것인지는 알 수 없지만, 괴로운 것은 마찬가지다.

그리고 라쟈스는 그 점을 노렸을 터다. 그런 사악한 자는 상대의 약한 부분을 파고드는 데 능숙하다. 구역질이 날 정도로.

그러니 그녀는 더욱 괴로운 것이다.

"……레피르. 너는 나처럼 망설이지 않고 상대 사람들을 구하려 달려왔어. 그렇게 자책하지 마."

"으, 응……."

더듬거리듯 말한 그 목소리는 역시 무거웠다. 노력했다느니 최선을 다했다느니 그런 말은 결과 앞에서는 모두 그럴 듯한 위안에 지나지 않는다. 그것을 알기에 레피르는 의기소침한 것이고, 자신 역시 해줄 수 있는 말이 없다.

얼마 동안 그렇게 있었을까. 죽은 자의 명복을 비는 묵념이었을까, 자신의 마음을 추스르기 위한 시간이었을까, 깊은 침묵이 이어지던 중, 불쑥 레피르가 입을 열었다.

"스이메이, 저……."

"응?"

"저, 저기. 고마워."

"……뭐야, 또?"

감사 인사라면 이미 조금 전에 들었다. 거듭 같은 말을 들은 스이메이가 이상하게 생각하는데, 부끄러워하는 듯하지만 차분한 목소리가 들려온다.

"아까 말이야, 네가 날 구하러 왔다고 말해줬을 때, 무척 기뻤어. 그래서……."

"아, 으응……."

"고마워."

"그, 그래…… 참, 천만의 말씀이십니다요."

레피르의 말투가 너무 진지한 탓에, 스이메이의 입에서 난데없이 희한한 존댓말이 튀어나온다. 그런 말을 또 들으니 상당히 쑥스러운데── 그리고 보니 라쟈스와 맞섰을 때나 레피르와 이야기했을 때, 꽤나 낯간지러운 말만 한 듯하다.

'으아──…….'

자신이 좋는 것. 결사의 이념과 아버지의 소원. 제멋대로인 구원법. 독선. 분위기다. 분위기 탓이다. 분위기 탓에 그렇게 외치고 만 것이다. 그래 그렇다.

그렇게 생각하고 전부 잊어버리면 된다. 그러면 다 해결된다.

그런 식으로 생각하며 세차게 머리를 가로젓는 스이메이. 스이메이가 그렇게 현실도피를 하기 시작했을 때, 레피르가 결의에 찬 목소리로 말했다.

"나는 네 덕분에 용기를 낼 수 있었어. 더 이상 포기하지 않고 제대로 자신의 길을 나아갈 거야. 뭐, 강해져서 마족과 싸우는 것에는 변함이 없지만 말이야."

……아무래도 꺾인 마음을 회복한 듯하다. 조금이나마 절망감이 누그러졌다면 다행일지도 모른다.

그렇게 스이메이가 아무 말 없이 하늘을 쳐다보고 있자, 레피르가 의아하다는 듯.

"……왜 그래?"

"응? 아아. 나도 그러는 게 좋다고 생각해."

"나는 더 이상 포기하지 않을 거야. 무슨 일이 있어도 끝까지 최선을 다할 거야. 네가 그걸 가르쳐줬어."

그렇게 낯간지러운 말을 진지한 얼굴로 말하는 그녀에게 스이메이는 자조 섞인 투로 대답한다.

"그만해. 나도, 그, 도용한 말 같은 거니까."

"도용?"

"그래. 전에 말도 안 되게 강한 녀석에게 호되게 혼난 적이 있었거든. 그때 들은 말이야."

그래. 부정당했을 때의 심정은 모르지 않는다. 강한 녀석에게 들으면 온 세상이 자신을 부정하는 듯한 기분이 든다. 그런 궁지, 마음에 망설임이 생긴 그때, 달려, 뒤돌아본 그곳에 네가 바라던 꿈은 존재하지 않아, 라고 지적한 남자가 있었다. 그래──

"좋은 사람을 만났구나."

"무슨. 완전히 제정신이 아닌 사람이라고. 뭐, 감사는 하지만, 그 녀석은 기본적으로, 해악이야."

레피르는 그 말을 미담쯤으로 생각한 듯하다. "에……." 하고 놀란 듯한 목소리가 들린다. 그래. 자신에게 그런 말을 한 그 남자는 기본적으로 타인의 꿈을 비웃기만 했다. 중요한 순간에만 나타나서 난데없이 얼토당토않은 갈채를 올리고 훼방만 놓는 남자다. 주목하고 있던 녀석이 죽으면 재미없어진다고 생각했을 거다.

그래서, 그래서 그때, 그런 말을…….

"……하지만 그때 했던 말은, 진심이었을지도 몰라."

"너도 너대로 복잡하구나."

"그런가."

"후후후……."

무엇이 재미있다는 것일까. 불쑥 작게 웃음 짓는 레피르. 이런 이야기 마지막에 상대가 온화한 웃음을 지으면 왠지 어린아이 취급을 당한 것 같아 살짝 언짢지만── 그래도 그녀의 온화한 목소리를 들을 수 있어서 다행이다.

어쨌든 전투는 끝났다. 이로써 최악의 상황은 면했다──

그렇게 안도하면서 평온한 분위기에 둘러싸여 있던 그때였다. 누워 있는 스이메이의 옆에서 이변이 일어났다.

──툭.

"히유우!!"

갑자기 땅바닥에 내던져지는 듯한 소리와 함께 귀여운 비명이 들려온다. 아마, 아니 분명 레피르의 목소리일 테지만, 주변에 울려 퍼진 높은 목소리는 지금껏 들어본 적이 없는 종류다.

레피르의 비명을 직접 듣는 것은, 스이메이도 이번이 처음이지만.

"어이. 레피르, 왜 그래——"

움직이는 것도 괴로워하면서 간신히 목만 돌려 쳐다보자, 당연히 그곳에는 목소리의 주인공인 레피르가 있었다.

——그것도, 엄청 작아져서.

"…………응?"

"아야야……왜 그래, 스이메이?"

너무나 당황스러운 광경을 목격하고 눈을 비비고 싶은 충동에 휩싸이지만, 그대로.

그곳에는 초등학생 정도로 보이는 어린 소녀가 있었다. 붉은 머리카락의 포니테일. 살짝 올라간 예리한 눈매와 설국 출신다운 흰 피부, 처음 보았을 때 한눈에 감지한 고요한 검의 분위기. 생김새는 분명 레피르인데. 그러니 이 어린 소녀는 작아진 레피르가 틀림없다. ……분명.

하지만 대체 이게 무슨 상황일까. 몸이 작아진 탓에 옷은 헐렁헐렁해지고, 넘어질 때 얼굴을 찧었는지 눈꼬리에 눈물을 그렁그렁하게 달고, 얼굴에 묻은 진흙을 손등으로 쓱쓱 문질러 닦고 있다. 그런 그녀는 자신을 보며 그렇게 물었지만 묻고 싶은 쪽은 자신이다——

"아니, 너야말로 어떻게 된 거야. 너 지금 작아졌는데?"

"작아져……?"

그렇게 묻자 작은 레피르는 사랑스럽다고밖에 표현할 수 없는 표정으로 고개를 갸웃하면서 자신의 몸을 쳐다본다. 그리고 곧이어 경악한 표정으로 바뀌었다.

"에? 에? 뭐, 뭐야 이게?! 대체 어떻게 된 거야, 스이메이?!"

"아니아니아니, 묻고 싶은 쪽은 나라고."

"몸이! 몸이 작아졌어! 왜? 왜? 왜 이런 거냐구?!"

"처음이야? 아, 처음인 거 같네……."

"당연하지! 이런 일이 있었을 리가 없잖아!"

별안간 벌어진 이변에 대해 그렇게 소리치는 레피르. 혼란스러워하고 있다. 처음 있는 일. 하긴 이런 일이 자주 일어나도 곤란하다. 하지만 레피르는 뭔가 짚이는 데가 있는지 추측한 것을 말한다.

"서, 설마 전투 중에 라쟈스가 나에게 나쁜 술법이라도……."

심각한 표정으로 그렇게 말하는 레피르. 초조감이 여실히 전해진다. 저주라면 이전의 일도 있고, 생각해볼 수 있는 이야기지만, 과연 유아화하는 저주를 일부러 걸었을까. 더군다나 모든 것이 끝난 후에 효과가 나타나는, 늦어도 너무 늦은 저주 따위. 분명히 말해 이런 저주는 걸어봤자 아무 소용이 없다.

설마 최후의 몸부림으로 장난을 친 건가, 하며 혹시나 하고 살펴보지만.

"⋯⋯아니, 그런 건 아닌 것 같아. 저주의 흔적이라곤 전에 것 외에는 없어."

"으, 그럼, 왜——"

머리를 감싸 안는 레피르의 표정은 전에 없이 초조하다.

하지만 지금은 왜 이렇게 되었는지를 먼저 생각할 때다. 그녀도 필사적으로 원인이 될 만한 정보를 찾는 것 같지만 과연 지금까지 이런 이변을 불러일으킬 요인이 있었나.

확실히 레피르는 평범한 인간과 괴리된 부분은 많지만.

——정령의 힘, 스피릿.

그러고 보니, 스이메이는 전투의 막판에 레피르가 발휘한 심상치 않은 힘을 떠올린다. 레피르가 주위의 공기를 지배한 그 능력은 이전에 본 것과는 전혀 다른 것이었다. 힘의 세기도, 범위도, 종류도, 마족 졸개들을 날려버렸을 때와는 전혀 다르고, 다른 차원이라고 할 만큼 강렬했다.

그것으로 미루어 짐작해보면 바로 답이 나오지만.

'아무리 그래도 그건 너무 단순하잖아.'

일단 마음속에서 내린 해답을 조용히 부정하는 스이메이. 하지만 여기서 조금 전의 신성 마술 건을 떠올린다. 단순하게 생각하지 않아서 결국 해답에 늦게 도달했던 것을 생각해보면, 이 이세계에서는 그런 단순한 생각도 반드시 부정할 수 없다는 말이 된다.

"레피르, 저기 말이야."

"……작아졌어. 전부, 전부 다, 으으, 뭘까, 어쩐지 또 소중한 걸 한꺼번에 잃어버린 기분이야…… 히이."

"오, 어—이!"

"응? 아, 미안. 왜 그래, 스이메이?"

늘어진 소맷자락으로 한숨을 훔치며, 스이메이 쪽을 바라보는 레피르. 그런 그녀에게 스이메이는 자신이 추측한 것을 말하기 시작한다.

"혹시 레피르의 몸은 스피릿의 힘을 너무 많이 사용해서 작아진 게 아닐까."

"……? 왜 그렇게 생각하는데?"

"음— 그게 상당히 억측에 가까운 이야기긴 한데 말이야, 레피르의 몸은 인간과 정령의 것이 반반 섞여 있는 거라서, 정령의 힘의 본체인 에테릭이나 모나드를 대량으로 소모하면, 정령으로서의 부분이 사라지는 거지……."

"잘 모르는 단어가 섞여 있네…… 그러니까 간단히 말해서 힘을 너무 많이 써서 이렇게 됐단 거야? 하지만 그게 몸이 작아지는 거랑 무슨 상관이야? 지금까지는 아무리 힘을 많이 써도 이렇게 된 적은 없었어. 무엇보다 애초에 육체가 줄어든다는 게 말이 돼? 정령의 힘이 사라지면 단순히 힘을 쓸 수 없게 될 뿐이야."

"확실히 그렇긴 한데, 어쨌든 레피르는 스피릿이니까. 내가 살던 곳에서도 해명되지 않은 것이 너무 많아서……."

그렇다. 저쪽 세계에서는 정령이 존재했던 시대는 상당히 오래 전이며, 기록 또한 많이 남아 있지 않기 때문에 정령이라는 존재가 아직까지 명확히 해명되지 않았다.

　하지만 태어날 때부터 반 정령인 레피르의 몸은 피지컬 보디(육체)와 아스트랄 보디에 더해, 스피릿을 구성하는 에너지로 신체를 유지하고 있다. 이렇게 된 것은 몸을 구성하는 일부를 너무 많이 써서 그것이 결핍되어서라고 생각할 수 있지만, 확실히 그녀 말대로 몸이 줄어드는 것은 의문이다. 아니——

　"……그래. 레피르의 몸은 스피릿에 기초한 거니까 보통의 육체와는 근본적으로 달라. 레피르의 존재는 소환된 정령과 같은 거야. 나타낸 존재가 실상과 육체를 이 세계에 투사하고 있는 상태인 거지. 기초인 스피릿의 힘이 약해지면 실상이 희박해지고. 아아, 그러면 납득이 가. 레피르라는 개체는 그곳에 있지만, 존재가 점점 희박해지니까, 그 이치에 맞도록 작게 보이게 되고, 그게 실제 육체에도 영향을 주는 거야."

　"스, 스이메이! 너무 어려워서 하나도 모르겠어! 알아들을 수 있게 간단히!"

　"응? 아, 미안. 나중에 정리해서 설명해줄게…… 그건 그렇고 레피르, 그 상태로 너무 날뛰면 곤란하지…….""

　스이메이가 말을 마치기도 전에 레피르는 옷과 신발에 발이 걸려서——

"와, 와왓!! 히이익?!"

다시 땅에 얼굴을 찧었다. 그리고 잠시 일어나려고 버둥거리다가 혼자서는 어렵다고 판단했는지 쭈뼛거리면서 스이메이에게 말했다.

"……스이메이, 미안한데 손 좀 빌려줄래? 옷이랑 신발이 너무 커서 못 일어나겠어."

"…………."

"스이메이?"

왜 대답이 없냐는 듯 레피르가 의아한 목소리로 불렀지만── 스이메이는 그 부탁을 들어줄 힘이 없다. 그도 그럴 터. 땅에 드러누운 채로 스이메이는.

"아니…… 있잖아? 나도 힘을 너무 써서 움직일 수가 없어."

"…………."

"…………."

장소를 압도하는 침묵. 어색한 고요. 이렇게 되고 보니 누구도 움직일 수 없는 것이다.

캄캄한 미래가 슬쩍 엿보이고, 스이메이는 괜히 메마른 웃음으로 분위기를 얼버무린다.

"하하하…… 어쩌지?"

"아아…… 그러게……."

……결국 그 후, 그럭저럭 일어날 수 있는 상태까지 회복한 스이메이는 옷이 엉켜 움직이지 못하고 있는 레피르를 일으켜준 뒤 함께 산을 내려갔다.

★

　——같은 시각. 사람들이 최북단이라고 말하는 땅보다 더 북쪽에 위치한 성에서, 왕좌를 향해 무릎을 꿇은 자가 있었다.

　그자는 인간의 형상을 하고 있지만 자세히 보면 군데군데 인간과는 다른 부위를 가지고 있으며, 결코 인간이라 부를 수 있는 존재는 아니었다.

　그자—— 마장 중 한 명인 리샤밤은 일어서서 왕좌에 앉은 자에게 정중히 예를 올린다. 그리고 다시 무릎을 꿇었다.

　왕좌에 앉은 자—— 검은색으로 장식된 화려한 옷을 입은 소녀는 그가 예를 올리는 모습을 지켜본 뒤, 팔걸이에 걸친 팔로 턱을 괴면서 나른한 목소리로 말한다.

　"……뭐야, 모처럼 기분 좋게 졸고 있었는데, 무슨 일이지?"

　소녀가 묻자 어딘가 고음이 섞인 듯한 남자의 목소리가 돌아온다.

　"폐하께 급히 아뢸 말씀이 있습니다."

　"……뭔데?"

　그러자 무릎을 꿇은 리샤밤은 잠깐 뜸을 들인 후, 소녀의 물음에 대답한다.

　"라쟈스 각하의 반응이 조금 전에 끊어졌습니다."

"호오?"

끊어졌다. 그 말에 흥미가 일었다는 듯 소녀는 조금 전의 나른한 표정을 완전히 지우고 왕좌에서 몸을 내밀었다.

"분명 그자에게는 최초로 불려 온 용사를 죽이라고 명령했지?"

"그러하옵니다."

"그럼 용사에게 당했다…… 는 건가."

"가능성은 충분하다고 생각합니다."

리샤밤이 완전히 동의하지 않고 정치적인 표현을 쓰자, 소녀는 눈을 가느스름하게 뜬다.

"……그 말투는 여전하구나."

"천성이지요."

"……뭐, 됐다. 흠, 그렇단 말이지…… 라쟈스가…….."

소녀가 그 말의 의미를 곱씹는 듯 그렇게 중얼거리자, 리샤밤이 얼굴을 들고 묻는다.

"이제 어떻게 할 생각이신지요?"

"그래…… 직접 가보고 싶지만, 그럴 순 없지. 선봉장이 무너졌으니. 계획을 살짝 변경해야겠구나."

"어떤 계획이신지요?"

"우선 인간들이 우리와의 영토의 경계로 한 서쪽 일대에 비슈다와 무라를 보내라. 인간들을 공격할 준비를 시켜라."

"녀석들이 바로 움직일까요?"

"그래. 그것도 생각한 배치다. 시간적 여유를 주면 더욱 많이 걸려들 테니까.”

소녀가 빙긋 웃자 리샤밤도 그에 응답하듯이 미소 짓는다.

“분부대로 하겠습니다.”

그렇게 짧게 대답한 뒤, 리샤밤은 어둠 속으로 사라졌다. 그리고 그 방에는 다시 소녀만이 남겨졌다.

──부하가 졌다. 하지만 소녀의 표정에 슬픔의 기색은 보이지 않는다. 오히려 흥미로운 것을 발견한 어린아이처럼 즐거운 듯 소리 내어 웃는다.

“크큭, 이세계에서 불려 온 용사라. 천하의 라쟈스를 무릎 꿇리다니, 보게 될 날이 기다려지는걸.”

그렇다. 소녀── **마왕 나크샤트라**의 웃음소리가 마왕성에 울려 퍼졌다.

후기

여러분, 오래간만이에요. 히츠지 가메이입니다. 이 후기를 읽어주시는 분들은 1권의 후기를 읽어주신 분들이라고 제 마음대로 간주하겠습니다.

읽어주세요. 물론 〈이세계 마법은 뒤떨어졌다!〉 1권의 본문도요(간절).

음— 이번 이야기로 말씀드리자면, 웹에 연재된 레피르 편을 다듬고 군더더기를 잘라낸 것이라고 할 수 있겠어요. 확실히 웹보다 쉽게 읽힐 거라고 생각합니다. 메니아의 등장을 기다리신 분들은 조금만 더 기다려주세요.

하지만 전 레피르가 사랑스러워요. 정말정말 사랑스러워요. 작가는 대만족이랍니다.

……자, 이제 웹에 쟁여놓은 글은 없습니다. 애초에 가득 써놓은 것도 아니에요. 이제 바닥이 난 거지요. 앞으로는 어떻게 될까요. 짐작도 가지 않네요.

농담입니다. 열심히 쓰고 있어요. 빠른 시일 내에 다음 권을 선보일 수 있도록 노력하겠습니다.

마지막으로 담당자 S 씨, 일러스트를 그려주신 himesuz 씨, 이번에도 이 책의 디자인을 맡아주신 호리에 히데아키 씨, 교정을 맡아주신 교정 회사 오라이도, 그리고 편집부 여러분에게도 진심으로 감사의 말씀을 전합니다.

히츠지 가메이

The Different World Magic is Too Behind! 2
© 2014 Gamei Hitsuji
First published in Japan in 2014 by OVERLAP, Inc.
Korean translation rights reserved by Somy Media, Inc.
Under the license from OVERLAP, Inc., Tokyo JAPAN

이세계 마법은 뒤떨어졌다 2

2015년 6월 15일 1판 1쇄 발행
2019년 4월 30일 1판 6쇄 발행

저　　　자 히츠지 가메이
일 러 스 트 himesuz
옮 긴 이 김보미
발 행 인 유재옥
본 부 장 조병권
편집 1팀 정영길 김민지 이성호 조찬희
편집 2팀 김다솜
편집 3팀 박상섭 김효연
라이츠담당 박선희 오유진
디 지 털 최민성 박지혜
발 행 처 ㈜소미미디어
인쇄제작처 코리아피앤피
등　　　록 제2015-000008호
주　　　소 서울시 마포구 토정로 222, 403호 (신수동, 한국출판콘텐츠센터)
판　　　매 ㈜소미미디어
마 케 팅 한민지 한주원
물　　　류 허석용 최태욱
전　　　화 편집부 (070)4164-3962, 3963 기획실 (02)567-3388
　　　　　 판매 및 마케팅 (02)567-3388, Fax (02)322-7665

ISBN 979-11-5710-157-3 04830
ISBN 979-11-5710-085-9 (세트)